BOO

Neil Smith

BOO

Traduit de l'anglais (Canada)
par Lori Saint-Martin et Paul Gagné

l'école des loisirs
11, rue de Sèvres, Paris 6^e^

Loi n° 49.956 du 16 juillet 1949 sur les publications
destinées à la jeunesse : août 2019
Dépôt légal : août 2019

ISBN 978-2-211-30149-7

1 1,01

H

Hydrogène

Vous êtes-vous déjà demandé, chère mère et cher père, quel genre de dentifrice utilisent les anges du paradis ? Je vais vous le dire, moi. Nous saupoudrons nos brosses à dents de bicarbonate de soude. Le goût est salé. Pas étonnant, vu que le bicarbonate de soude est une sorte de sel.

Vous ne vous êtes jamais posé de questions sur le dentifrice qu'on emploie au paradis, n'est-ce pas ? Après tout, vous êtes agnostiques. Il faut dire que les croyants eux-mêmes s'interrogent rarement sur les détails pratiques de la vie dans l'au-delà. Ils associent le paradis à une sensation d'amour et à un sentiment de paix. Ils ne se demandent pas si les ananas qu'ils y consommeront seront frais ou en conserve. (On nous sert les deux, mais les fruits en boîte figurent plus souvent au menu.)

Le livre que j'écris sur ma vie dans l'au-delà vous présentera ces détails. J'espère un jour trouver le moyen de vous le faire parvenir.

Comme vous le savez, je suis mort devant mon casier du collège Helen-Keller le 7 septembre 1979, soit il y a un mois jour pour jour. Avant de mourir, je récitais les cent six éléments du tableau périodique. C'est mon casier (le numéro 106) qui m'en a donné l'idée, et j'avais pour objectif de mémoriser tous les éléments dans l'ordre chronologique. J'étais arrivé au numéro 78, le platine (Pt), lorsque Jermaine Tucker m'a interrompu en me donnant un gros coup sur le côté de la tête. « Qu'est-ce que tu fous, Boo ? »

Je vous ai raconté que mes camarades de classe m'appelaient Boo en raison de la pâleur spectrale de ma peau et de mes cheveux blanc-blond dressés tout droit sur ma tête, comme sous l'effet de l'électricité statique. Certains d'entre eux me considéraient comme un albinos, à tort, évidemment : un vrai albinos a les yeux rouge foncé ou tirant sur le violet, alors que les miens sont d'un bleu pâle.

« Boo ! Quelle ironie ! vous écrierez-vous peut-être. Notre fils est bel et bien devenu un fantôme. »

Vous vous tromperiez. En effet, il ne s'agit pas, à proprement parler, d'une ironie. On pourrait parler d'authentique ironie si Jermaine Tucker avait lancé : « Waouh, Boo ! Je respecte et j'admire ta volonté d'apprendre le tableau périodique par cœur ! »

Le respect et l'admiration sont tout le contraire des sentiments que j'inspirais à Jermaine et, à vrai dire, à la plupart de mes camarades de classe.

Vous rendiez-vous compte que j'étais un paria ? Si non, je regrette de ne pas vous l'avoir signalé clairement. Mais, comme vous n'auriez rien pu faire, je cherchais à vous éviter des inquiétudes inutiles. Vous vous tourmentiez déjà assez à cause du trou inopérable dans mon cœur et, depuis longtemps déjà, vous me répétiez de ne pas surmener les muscles de cet organe.

Jermaine est parti en classe et j'ai poursuivi mon énumération comme si de rien n'était, sous l'œil des scientifiques Richard

Dawkins et Jane Goodall, dont j'avais scotché les photos à l'intérieur de la porte de mon casier. Pour la toute première fois, j'ai atteins le numéro 106, le seaborgium (Sg), sans jeter un seul coup d'œil au tableau périodique accroché sous les photos de Richard et de Jane.

Il faut croire que mon exploit mémoriel a surexcité mon cœur parce que je suis aussitôt tombé dans les pommes et sur le sol. Je pourrais écrire que j'ai « rendu l'âme », mais j'ai horreur de cet euphémisme. Ou encore, eu égard à mon surnom, que j'ai rejoint le camp des fantômes. Je préfère toutefois dire la vérité, crûment et simplement : mon cœur s'est arrêté et je suis mort.

Je ne saurais préciser combien de temps s'est écoulé entre le dernier boum de mon cœur dans le couloir de l'école et le moment où j'ai ouvert les yeux ici, dans l'au-delà. Après tout, qui sait dans quel fuseau horaire se situe le paradis ? La pièce où je me suis retrouvé ne correspondait pas du tout, c'est le moins que je puisse dire, à l'image galvaudée qu'on se fait du paradis. Je n'ai pas vu d'anges à la robe blanche et au sourire benoît glisser sur un amoncellement de nuages en chantant d'une voix de fausset. À la place, j'ai vu une fille noire qui ronflait dans un fauteuil pivotant à dossier haut, un livre à ses pieds.

J'ai tout de suite su que j'étais mort. Mon premier indice : je la distinguais parfaitement, cette fille, malgré l'absence de mes lunettes. J'ai même pu lire le titre de son livre : *Fille noire, pierre sombre*. En fait, je voyais avec une grande netteté tout ce qui m'entourait. La fille portait un jean bleu et un tee-shirt orné d'une portée de chatons angoras. Des billes de couleur pendaient au bout de ses nattes collées et elles m'ont fait penser au boulier que vous m'avez offert quand j'avais cinq ans.

J'étais couché dans un lit à une place sous un drap et une mince couverture en coton. À part le fauteuil pivotant et ce lit, la pièce sans fenêtres ne comptait aucun meuble. Au plafond, un ventilateur tournait. Des peintures abstraites étaient accrochées aux murs : gribouillis, taches, coulures. Je me suis redressé dans le lit. Mon torse nu semblait anormalement blanc, et les artères bleuâtres qui marbrent mes épaules ressortaient beaucoup. En jetant un coup d'œil sous le drap, j'ai constaté que je ne portais pas de bas de pyjama ni même de sous-vêtements. En soi, la nudité ne me gêne pas : selon moi, un pénis n'est ni plus ni moins embarrassant qu'une oreille ou un nez. N'allez pourtant pas vous imaginer que je me sentais bien dans les douches du gymnase de l'école, par exemple. Dans les douches communes, les papillomavirus humains, qui causent la verrue plantaire, prolifèrent. Et là, à deux reprises, Kevin Stein a décidé qu'il serait tordant d'uriner sur ma jambe.

– Hou-hou ! ai-je crié à la fille assise dans le fauteuil pivotant. Allô ?

La fille s'est réveillée en sursaut et m'a dévisagé, les yeux exorbités.

– Dois-je comprendre que je suis mort ?

Bondissant de son fauteuil, elle s'est précipitée vers moi et, d'un coup de pied, a propulsé accidentellement son roman sous le lit. Elle m'a pris la main et l'a serrée. Je me suis dégagé parce que, comme vous le savez, j'ai horreur qu'on me touche.

– T'es pas mort, mon chou, a-t-elle dit. T'es passé de l'autre côté, mais t'es toujours vivant.

– « Passé de l'autre côté » ?

– Ici, on dit « passé de l'autre côté » au lieu de « mort ». Ou juste « passé », pour faire plus court. Comme on parle de la note de passage à un examen de maths.

Son sourire a découvert entre ses incisives centrales supérieures un trou assez grand pour accueillir une paille. Le lit, lorsqu'elle s'y est assise, s'est enfoncé sous son poids. J'ai lu dans le magazine *Science* un article sur la longévité dans lequel on affirmait que les minces vivent plus longtemps que les gros. Dans l'espoir de contrecarrer les effets du trou dans mon cœur, j'avais essayé de prolonger ma vie en restant svelte. Inutile de dire que mes efforts ont été vains.

– Je me présente, a-t-elle dit. Je m'appelle Thelma Rudd et je viens de Wilmington en Caroline du Nord, où ma famille exploite le Horseshoe Diner.

Elle m'a demandé comment je m'appelais et d'où je venais.

– Oliver Dalrymple de Hoffman Estates dans l'Illinois, lui ai-je répondu. Mes parents y ont un salon de coiffure appelé Clippers.

– Tu sais pourquoi tu es passé, Oliver Dalrymple ?

– Mon cœur, je crois, n'était pas sain.

– « Pas saint » ? a-t-elle demandé d'un air intrigué. On a tous le cœur *saint,* ici.

– Non, j'avais un trou dans le mien.

– C'est affreux, a-t-elle dit en me tapotant la jambe.

Thelma m'a appris qu'elle appartenait à un groupe de bénévoles appelés les « bienfaiseurs ».

– Je suis toujours d'accord pour m'occuper des renaissances, ici, à l'hôpital Meg-Murry, a-t-elle dit. J'aime bien accueillir les nouveau-nés comme toi.

Je lui ai demandé combien de temps prenait une renaissance.

– Un clin d'œil et c'est fini, a-t-elle répondu en clignant des yeux à plusieurs reprises. Au Meg-Murry, un bienfaiseur est toujours en service. On sait jamais quand un colis va nous tomber dessus.

Elle a tapoté le matelas et j'ai regardé le lit, sa couverture froissée, son oreiller qui conservait l'empreinte de ma tête. Le lit ne me semblait ni mystérieux ni miraculeux.

– On se matérialise ici, juste comme ça ?

Thelma a hoché la tête.

Elle m'a examiné d'un air inquisiteur. En voyant ses yeux enfoncés, je me suis dit que, à une certaine époque, elle avait dû porter des lunettes, elle aussi.

– Tu veux que je te dise, mon chou ? a-t-elle lancé. J'ai jamais rencontré un nouveau-né plus calme que toi. Depuis dix-neuf ans que je suis ici, au Village, j'en ai vu, des crises de nerfs.

– Dix-neuf ans ! me suis-je écrié. Mais on jurerait que tu as le même âge que moi.

– On a tous treize ans, ici.

Notre au-delà particulier, m'a-t-elle alors expliqué, est réservé aux Américains passés de l'autre côté à l'âge de treize ans.

– On l'appelle le Village. Nous, les villageois, on pense qu'il y a de nombreux villages au paradis. Un paradis pour chaque âge : un pour ceux qui sont passés à seize ans, ou à vingt-trois, ou à quarante-quatre, et ainsi de suite.

– Treize ans, ai-je dit, mystifié. Vous avez tous treize ans ?

– Les villageois vieillissent jamais. Nous restons à treize ans pendant toute notre vie dans l'au-delà. Je suis exactement comme j'étais en arrivant ici il y a dix-neuf ans.

Vous allez trouver cela absurde, chère mère et cher père, mais cette stagnation dans l'au-delà m'a attristé plus encore que le constat de ma propre mort. Je ne grandirai jamais, je n'irai pas à l'université et je ne deviendrai pas scientifique. Et, franchement, j'ai eu ma dose de jeunes de treize ans, avec leur stupidité, leur cruauté et leur immaturité, chez nous, aux États-Unis.

Thelma a remarqué mon accablement soudain.

– Par contre, plus on reste ici, plus on devient sage, a-t-elle dit. Dans certains cas, du moins.

– Subdiviser l'au-delà par âge est une bonne idée, ai-je concédé, beau joueur. Et si tous les morts étaient entreposés au même endroit, le Village serait drôlement surpeuplé.

Je lui ai ensuite demandé :

– Je vais rester ici pour l'éternité ?

Elle a secoué la tête.

– Non, nous, les villageois, on est ici pendant seulement cinq décennies. Après, on se couche, un beau soir, et on se réveille jamais. On s'évanouit dans la nuit. Tout ce qui reste de nous, c'est notre pyjama.

– Ah bon ? Et où va-t-on, ensuite ?

– Certains disent qu'on passe à un niveau supérieur du paradis, où la cuisine est meilleure, la plomberie plus solide et les cieux plus ensoleillés, a répondu Thelma. D'autres pensent qu'on se réincarne quelque part aux États-Unis. La vérité, c'est que personne sait vraiment où on va.

Thelma s'est levée et a ouvert la porte d'une salle-penderie. Elle en est ressortie avec un jean, des tee-shirts, des boxers et des chaussettes, qu'elle a posés sur le lit.

– Tu chausses du combien ?

– Du trente-neuf.

Elle est retournée me chercher des chaussures.

– Tu as des mocassins ? lui ai-je demandé.

Ce sont les chaussures que tu m'achetais toujours, chère mère.

– Au Village, y a pas de chaussures en cuir ! a-t-elle crié. Le cuir, c'est de la vache morte, et au paradis y a pas de place pour les morts.

Pendant qu'elle était dans la salle-penderie, j'ai enfilé un boxer et le jean, couvert de pièces rouges, blanches et bleues, aux couleurs du bicentenaire, célébré trois ans plus tôt.

– Il n'y a que des Américains, ici ?

– Ouais. On reçoit pas d'étrangers. Que des jeunes qui ont vécu au pays de l'Oncle Sam.

J'ai songé à ces films de science-fiction absurdes dans lesquels des personnages venus de lointaines planètes parlent couramment l'anglais américain, mais jamais le suédois ou le swahili.

– Et les autres religions ? ai-je demandé en choisissant un tee-shirt teint à la ficelle parmi les cinq ou six qu'elle avait étalés sur le lit.

– Ah ! On n'est pas divisés par religion. On reçoit un peu de tout. Des baptistes, des catholiques, des mormons, des juifs, des témoins de Jéhovah. Tout ce que tu veux, mon chou, on l'a.

Elle est réapparue avec une paire de sneakers défraîchis, au bout desquels les lettres *G* et *D* étaient inscrites à l'encre.

– T'es de quelle religion, toi ? a-t-elle demandé.

– Athée.

Elle a pouffé de rire.

– Y a des jours où je doute de l'existence d'un être suprême, moi aussi.

Je me suis assis sur le lit pour enfiler les chaussures. Thelma s'est installée à côté de moi et a ôté des peluches sur mon tee-shirt.

– Je suis pas pratiquante, mais j'ai une riche vie spirituelle, a-t-elle dit. T'as une vie spirituelle, toi, Oliver ?

– Je n'ai pas eu une seule journée de spiritualité de toute ma vie.

Elle m'a gratifié d'un sourire troué.

– Eh bien, ta vie aux États-Unis est terminée, mon chou. Ta vie dans l'au-delà est sur le point de commencer. Ici, tu vas peut-être te découvrir un peu de spiritualité.

2 4,00

He

Hélium

Mais que veut-on dire quand on parle de « spiritualité » ? Veut-on dire qu'on ressent instinctivement la présence d'une puissance supérieure qui guide notre vie et régit le monde ? Ou s'agit-il simplement de l'émerveillement ou de la stupeur qu'inspire la beauté ?

Quand ils songent au paradis, les croyants ne pensent ni aux toilettes ni au dentifrice, mais ils se font souvent une idée assez précise du paysage. Ils s'imaginent des petits ruisseaux, des cimes enneigées, des chutes d'eau rugissantes et des forêts luxuriantes. Des lieux dont la beauté naturelle les a éblouis, où ils ont vécu une expérience spirituelle.

Eh bien, adieu ruisseaux, montagnes, chutes et forêts. Vous auriez une meilleure idée du Village en vous représentant un vaste ensemble de bâtiments abritant des HLM. Nos dortoirs en briques rouges de deux étages sont des immeubles de ce type. Les autres bâtiments (écoles, bibliothèques, réfectoires, centres communautaires, entrepôts) sont des structures anonymes, mais solides. Ils ressemblent à s'y méprendre à ceux qu'on voit dans l'Illinois, à un détail capital près.

Au Village, les immeubles « se réparent tout seuls ».

Avec le temps, la lézarde d'un mur se colmate, les marches

de travers s'égalisent et les lattes branlantes d'un parquet se solidifient. Si, par exemple, on casse un carreau avec un ballon de football, la vitre ne met que quelques semaines à repousser. Parfois, un villageois en proie à l'ennui fracasse exprès la fenêtre de son dortoir pour avoir le plaisir de regarder la vitre réapparaître petit à petit.

Trois semaines après mon arrivée, j'ai moi-même volontairement cassé un carreau, non pas par ennui, mais bien par désir de mener une expérience scientifique. Ayant le sommeil léger, je n'ai pas voulu courir le risque de laisser entrer les bruits du dehors dans ma chambre. J'ai donc donné un coup de marteau dans la vitre de la remise qui surplombe ma résidence, le dortoir Frank-et-Joe-Hardy. Le matin, à la première heure, je grimpe sur le toit pour contempler le lever du soleil et examiner la vitre dans son cadre. À l'aide d'une règle, je mesure la progression quotidienne du verre afin d'établir si elle est constante. Jusqu'ici, elle ne l'est pas : certains jours, la vitre gagne deux centimètres et demi, et certains autres, sept ou huit. Mystère.

Avec un couteau de poche, cette semaine, je me suis entaillé l'avant-bras gauche. Ne vous alarmez pas, chère mère et cher père : je mène une expérience visant à déterminer combien de temps la blessure mettra à se refermer. Tout indique qu'on guérit plus vite au paradis qu'aux États-Unis. Nous sommes également immunisés contre les maladies graves. Ainsi, les enfants morts de leucémie, disons, n'ont pas à craindre de souffrir de nouveau. De la même façon, la cécité et la surdité sont inconnues au Village. Imaginez l'étonnement et l'ébahissement d'une personne comme Helen Keller se réveillant dans un monde où elle peut voir et entendre.

Le Village m'éblouit-il ? Oui, souvent. Bien que je sois ici depuis un mois, j'ai rencontré peu de personnes qui partagent mon émerveillement devant des trucs aussi banals que les toilettes, les interrupteurs et les vide-ordures. Où va l'urine, ici, quand on tire la chasse d'une toilette ? D'où vient l'électricité qui alimente la lampe de mon bureau ? Jusqu'où va la boîte d'ananas que je jette dans le vide-ordures ?

Certains villageois soutiennent que nos ordures dégringolent jusqu'aux États-Unis. Ils croient que les vide-ordures servent de portails et qu'il existe peut-être ici d'autres tunnels qui descendent jusque chez nous. Pour ma part, j'ai besoin de preuves irréfutables.

Dans le Village, on se déplace à l'aide de bicyclettes dix vitesses. Souvent, leur peinture est écaillée, parfois leur chaîne déraille, mais elles permettent d'aller où on veut (interdiction formelle de rouler sur les trottoirs, cependant). Les vélos n'appartiennent à personne ; en d'autres termes, nous ne pouvons pas nous approprier un modèle qui nous plaît. Hier, j'en ai réservé un au dépôt et j'ai roulé jusqu'à la bibliothèque Guy-Montag pour passer l'après-midi à écumer les rayons. J'ai noué au guidon le ruban rouge qui indique que le vélo est en service, mais, en sortant, j'ai constaté la disparition de mon moyen de locomotion. Les anges, contrairement à ce qu'on pourrait penser, ne respectent pas toujours les règles, et il leur arrive de s'approprier le bien d'autrui. Hélas, les villageois ont les mêmes petites manies que les habitants de Hoffman Estates.

Autre déception : nos bibliothèques ne renferment que des livres de fiction. Qu'est-ce que je ne donnerais pas pour lire un traité d'entomologie ou d'astronomie ! Mais non. Je dois me satisfaire de polars, de bandes dessinées, de romans littéraires (il y a je ne sais pas combien d'exemplaires de *Sa Majesté des mouches,* par exemple) et de romans destinés aux jeunes adultes et portant sur des sujets comme la grossesse chez les adolescentes et la toxicomanie. Puisqu'il n'y a pas d'insectes au Village, un traité d'entomologie peut sembler superflu, d'accord, mais on n'y voit ni adolescentes enceintes (les seules naissances, par ici, sont les renaissances) ni drogues (bien qu'il n'y ait pas de marijuana, un garçon de mon dortoir affirme fumer des feuilles de tisane à la camomille pour devenir « tout mou »).

En fait, le Village est dépourvu de nombreuses choses que les Américains tiennent pour acquises : téléphones, téléviseurs, journaux, gratte-ciel, voitures, feux de circulation, supermarchés, boîtes aux lettres et ainsi de suite.

En revanche, on y trouve une chose absente des villes des États-Unis : de gigantesques remparts de béton, c'est-à-dire quatre Grands Murs, appelés mur du Nord, mur du Sud, mur de l'Est et mur de l'Ouest, qui entourent notre chez-nous et s'élèvent à une hauteur d'environ vingt-cinq étages. Il arrive que des morceaux de béton de la taille d'une assiette se détachent des murs et se fracassent sur le sol. Les sections les plus basses sont tapissées de peintures réalisées par des jeunes aux inclinations artistiques. Parfois, des villageois se réunissent au pied d'un des murs pour crier et chanter en chœur dans l'espoir que quelqu'un, de l'autre côté, les entendra et leur répondra. Jusqu'à présent, cet espoir a toujours été déçu.

Ici, treize (eu égard à notre âge) est le nombre chanceux ; le Village compte treize secteurs divisés en patchwork : Un, Deux, Trois, Quatre, Cinq, etc. (Le dortoir Frank-et-Joe, soit dit en passant, se trouve dans le Onze, non loin du mur du Nord.) Certains voient le Village comme un terrarium en béton, de forme rectangulaire, dans lequel nous faisons figure de souris de laboratoire. Ils se demandent s'il existe, quelque part au sud, un terrarium rempli de Mexicains de treize ans et, quelque part au nord, un terrarium rempli de Canadiens de treize ans. Ils se représentent notre dieu sous les traits d'un scientifique se livrant à une infinité d'expériences dans un gigantesque laboratoire peuplé d'anges.

Qu'est-ce que je ne donnerais pas pour que notre dieu soit effectivement un scientifique comme le biologiste évolutionniste Richard Dawkins ou la primatologue Jane Goodall ! (Comme je vous l'ai répété cent fois, vous êtes les portraits tout crachés de Richard et de Jane, même si mère insiste pour dire qu'elle ressemble davantage à Olive Oyl, la fiancée de Popeye, mais en blonde.)

À mon avis, notre dieu est non pas un scientifique, mais plutôt un artiste hippie un peu excentrique. Je l'appelle « Zig », nom qui me semble sensass et à la mode (à compter de maintenant, chère mère et cher père, j'utiliserai, dans l'histoire que je vous raconte, le mot « Zig » à la place du mot « Dieu » chaque fois que quelqu'un l'emploiera pour désigner le dieu aux commandes de notre paradis). Je m'imagine un homme maigre avec une barbe et de longs cheveux, conforme aux représentations de Jésus-Christ, sauf que, au lieu d'une tunique, il porte un jean délavé et un tee-shirt orné de marguerites ou du symbole du yin et du yang. Il arbore des tongs, chaussures populaires au Village. Dans mon esprit, il fume de la marijuana (et non des feuilles de camomille), fait brûler de l'encens et porte des bagues d'humeur à plusieurs doigts. Zig n'est sans doute pas un vrai de vrai dieu, car si les dieux sont généralement considérés comme infaillibles, lui multiplie les gaffes. Par exemple, les toilettes se bouchent et débordent sans cesse. Comme le disent les villageois, « la plomberie de Zig, c'est de la m**de ». (Connaissant votre aversion pour les gros mots, chère mère et cher père, j'atténue le propos à l'aide d'astérisques.)

Zig ne nous envoie jamais de panoplies de chimiste, de traités d'astronomie, de rapporteurs d'angle ni de tableaux périodiques. Non, lui, c'est plutôt la gouache, les pastels, les craies, les crayons et les feutres de toutes les couleurs. Nous recevons même des bombes aérosol (d'où les graffitis qu'on voit partout).

Donnez-nous aujourd'hui notre *painture* de ce jour. (Ha ! ha !)

Zig nous fournit aussi des instruments de musique comme des ukulélés, des guitares acoustiques, des trombones, des violons, des tambourins et des harmonicas. Les jeunes d'ici sont doués pour la musique et je m'associerais volontiers avec eux si je n'avais pas une oreille déplorable, une voix faiblarde et deux pieds gauches. Et puis, à quoi bon mentir ? Même si j'avais la grâce d'un danseur et la voix de baryton d'une vedette d'opéra, je ne me joindrais pas à eux.

Zig nous procure aussi de l'équipement sportif : des ballons de football, des battes de base-ball, des raquettes de badminton, des ballons de basket, des crosses de hockey sur gazon. Je dois avouer que je trouve ces articles sinistres : au collège Helen-Keller, j'ai subi de fréquentes humiliations durant les cours d'éducation physique. Dans les parties de balle au prisonnier, par exemple, j'étais toujours celui qu'on tuait le plus sauvagement, d'où mon aversion pour les sports d'équipe.

Ma politique, aux États-Unis, était de rester dans mon coin. C'est une politique que, s'il plaît à Zig, j'entends aussi adopter au Village.

3 6,94

Li

Lithium

Bien qu'il n'y ait pas d'églises au paradis, on y trouve ce qu'on appelle des « maisons du bien ». Pendant la cinquième semaine de mon séjour au Village, Thelma Rudd, la bienfaiseuse, m'emmène à la maison du bien Jonathan-Livingston, où on propose une soirée punch. À cause du nom qui évoque le pugilat, on pourrait craindre un événement au moins aussi violent qu'une partie de balle au prisonnier, mais il s'agit d'un simple cocktail au cours duquel on sert une boisson fruitée. Thelma n'approuve pas ma stratégie d'évitement. En tant que nouveau-né, dit-elle, je dois sortir et rencontrer des gens pour nouer de nouvelles amitiés, d'autant plus que je n'ai pas encore de camarade de chambre.

– Mais je n'ai jamais eu d'amis à Hoffman Estates, lui dis-je pour la rassurer, et je m'en suis toujours bien sorti.

Elle hausse un sourcil et dit :

– Faut pas mentir à Thelma, bébé.

Je songe à mon existence sans amis au collège Helen-Keller. Dans le cours de sciences, j'étais toujours seul pour disséquer la grenouille. Aucun camarade ne voulait être jumelé à moi, malgré une note maximale garantie. Avant d'adopter ma politique d'évitement, j'avais essayé à quelques reprises, en particulier en cinquième, d'engager la conversation avec d'autres élèves. Je m'étais au préalable exercé devant le miroir: par le passé, en effet, mes propos avaient eu le malheur d'offenser ou d'irriter. Devant la glace, donc, j'ai dit: « Tiens, salut, Cynthia Orwell. Comment se sont passées les épreuves de sélection des pom-pom girls, aujourd'hui ? Tu as réussi des grands écarts satisfaisants ? » Lorsque j'ai répété les mêmes mots devant elle, Cynthia Orwell a plissé le nez, comme si je dégageais une vilaine odeur. « Fais pas le fou, Boo. Va voir ailleurs si j'y suis, OK ? » J'ai compris que je n'étais pas doué pour échanger des banalités, peut-être parce que les mots, pour moi, sont tout sauf banals.

Pendant que nous marchons sur le trottoir et que des vélos passent à vive allure dans la rue, je cherche quelque chose à dire à Thelma. La météo est un sujet banal à souhait. Je contemple le ciel gris avec ses fins nuages clairsemés (des cirrus). Jusqu'ici, il a fait chaud tous les jours. À peu près vingt-cinq degrés Celsius, selon mes estimations, de trois à cinq degrés de moins la nuit. Je regrette de ne pas avoir de thermomètre, mais il s'agit d'un autre article dont on se passe au Village, peut-être parce qu'il n'y a pas d'extrêmes à mesurer. Ici, c'est toujours le début de l'été.

Hélas, il n'y a pas d'oiseaux dans le ciel. Le paradis est dépourvu d'oiseaux, d'animaux et même d'insectes, exception faite, paraît-il, de rares spécimens qui parviennent à s'y introduire en douce. Peut-être Zig estime-t-il que les Américains, chez eux, ont déjà torturé assez de pauvres créatures.

Thelma et moi bifurquons dans John Clayton Street. Les noms des rues sont écrits à l'encre indélébile sur des bouts de carton enveloppés de cellophane. Ces panneaux sont ensuite collés ou cloués aux murs des immeubles (comme en

Europe). Les immeubles, les rues et les parcs portent le nom de personnages de romans. De temps en temps, les résidants exigent par vote la modification ou l'actualisation d'un nom. Au moment où je m'apprête à lui demander qui était John Clayton, Thelma dit :

– Tu ferais un bienfaiseur parfait, Oliver.

– As-tu fumé de la camomille ? Je ne suis pas sociable pour deux sous.

Je ramasse un caillou qui traîne en bordure du trottoir.

– Je suis plus à l'aise en compagnie des pierres. Je suis un garçon de pierres. Regarde mon petit ami : il a des bandes d'oxyde de fer.

Malgré le règlement qui interdit de rouler sur le trottoir, un garçon passe à toute vitesse sur un vélo au siège banane brillant. Le guidon effleure Thelma.

– Pousse ton gros cul ! hurle-t-il.

Thelma s'empare de mon ami à bandes et semble sur le point de le lancer à la tête du cycliste, mais elle se ravise. Elle ferme les yeux et bredouille :

– Que Zig me donne la force…

Thelma habite aussi le dortoir Frank-et-Joe-Hardy, un étage plus bas, au premier. Le Conseil des bienfaiseurs l'a désignée comme ma conseillère d'orientation. Elle s'arrête souvent chez moi et me demande comment je m'en sors. J'insiste pour lui dire que tout va bien (en fait, je réponds « au poil », car c'est l'expression bizarre que vous employez, chère mère et cher père, et je pense à vous chaque fois que je prononce ces mots). Souvent, Thelma me dévisage avec un mélange d'inquiétude et d'étonnement. Elle me soupçonne sans doute de cacher quelque chose. La dernière fois que je lui ai dit que tout était « au poil », en effet, elle a répondu : « Dis la vérité à maman. »

Quelques-unes des filles plus vieilles – par « plus vieilles », j'entends les filles de treize ans qui sont ici depuis vingt ans et plus – aiment bien se qualifier de « maman ». Elles se montrent maternelles envers les nouveau-nés. Elles rapiècent leurs jeans. Le matin, elles leur apportent des muffins au son pour leur assurer un bon transit. Elles les appellent « mon chou », « mon lapin », « bébé » ou « chaton ».

Depuis que je lui ai confié que tu aimais les standards du jazz, chère mère, elle me chante des berceuses traditionnelles américaines. Je n'ai plus l'âge des berceuses, mais, aux yeux de Thelma, je suis encore un nouveau-né. Hier soir, elle a choisi *Begin the Beguine*.

Dans Merricat Blackwood Street, Thelma s'arrête devant un vieil entrepôt où des dizaines de villageois poussent des chariots bringuebalants remplis d'aliments en conserve (fèves, maïs en crème, poires et pois chiches).

– On a reçu une livraison aujourd'hui, m'explique Thelma.

Je demande à entrer parce que je n'ai encore jamais visité un entrepôt alimentaire. Le local a la même taille que le gymnase du collège Helen-Keller, mais, au lieu d'être entouré d'estrades, il est équipé d'étagères en métal, si hautes qu'on doit grimper sur une échelle pour en atteindre le sommet. Ces tablettes servent de lits de renaissance aux conserves, aux boîtes de céréales, de riz et de pâtes, aux sacs de pommes de terre, de carottes et de pommes, bref, à toute la nourriture simple que nous consommons ici. Tout est végétarien parce que, dirait Thelma, la viande, c'est la mort. Or, au Village, rien de vraiment mort ne peut exister.

– La nourriture apparaît-elle en un clin d'œil ? demandé-je à Thelma. Exactement comme un nouveau-né ?

– Ouais, sauf que la nourriture arrive seulement quand on a enlevé tout ce qui a été livré la fois d'avant.

Nous sortons de l'entrepôt et remontons la rue jusqu'à la maison du bien Jonathan-Livingston. En l'occurrence, on dirait un centre communautaire avec des meubles provenant d'une vente de charité. La cuisinière et le petit réfrigérateur de la kitchenette sont cabossés. Les chaises réparties çà et là dans la pièce sont dépareillées et écaillées. La table basse est une malle délabrée avec des poignées en similicuir à moitié arrachées. Le canapé à carreaux sur lequel nous nous asseyons, Thelma et moi, est miteux, et des courtepointes recouvrent les endroits par où la bourre s'échappe en peluchant. Au-dessus est accroché un coucou dépourvu des aiguilles qui permettent de donner l'heure. Toutes les quelques minutes, la petite fenêtre s'ouvre et la plate-forme sort, sans rien dessus, avant de rentrer aussitôt.

La plupart des villageois rassemblés à cet endroit portent sur le biceps gauche le même brassard violet que Thelma. Le brassard est le symbole des bienfaiseurs. Pour le reste, ils s'habillent comme tout le monde : jean et tee-shirt.

Les garçons réunis là, au même titre que ceux du dortoir, ont des coupes irrégulières. Comme il n'y a pas de barbier au Village, nous nous coupons les cheveux mutuellement, d'où les plaques chauves qu'arborent certains. En tant que coiffeurs, chère mère et cher père, vous seriez consternés. Au moins, les cheveux repoussent plus vite, au paradis, de la même façon que les coupures et les gales guérissent plus rapidement.

Les cheveux des filles sont moins mal coupés : en général, elles les portent plus longs. La fille installée près de Thelma a de longs cheveux blonds comme dans les publicités de shampoing. Thelma fait les présentations ; elle s'appelle Esther Haglund. On n'aurait jamais choisi Esther pour une pub de shampoing : elle est naine, quoique de grande taille pour une naine (elle fait environ quarante-cinq centimètres de moins que moi). Elle a le crâne hypertrophié et le front bombé qu'on observe souvent chez les nains.

– Esther est une bienfaiseuse en formation, explique Thelma, d'où son brassard violet pâle.

– Mauve, corrige Esther. Et je l'ai tricoté moi-même.

Elle touche le brassard qui ceinture son biceps gauche.

Thelma montre du doigt la jupe à plis d'Esther.

– Esther fabrique tous ses vêtements, dit-elle.

Je me contente de la regarder fixement. C'est la première fois que je rencontre une naine.

– Tu t'en sors, comme bienfaiseuse ? demande Thelma.

– Je ne suis pas du genre à me plaindre, Thelma, mais je te jure que certains des occupants de mon dortoir sont de vrais porcs. Je leur prépare des collations, j'organise leurs horaires scolaires, je leur offre une épaule pour pleurer, je vais même jusqu'à repriser leurs chaussettes et puis ils laissent la kitchenette dans un désordre du tonnerre de Zig et ils comptent sur moi pour tout nettoyer. Il y en a même un qui m'a dit : « Vous, les bienfaiseurs, vous vivez pour ce genre de m**de. »

Thelma secoue la tête.

Esther remarque que je la dévisage.

– Une question, Oliver ? demande-t-elle.

– Oui, Esther. Je m'interrogeais sur le type de nanisme dont tu es affligée.

– *Affligée* ? répète Esther, les yeux exorbités. Comment diable oses-tu me parler de cette façon ?

– J'ai du mal à me souvenir des catégories de nains, mais…

Thelma me coupe la parole.

– C'est un nouveau, Esther.

– Nouveau ou ancien, je m'en moque comme de l'an quarante. Cette question était grossière.

Elle se tourne vers moi.

– On ne dit pas « nain ». On dit « personne de petite taille ». Compris, petit c*l ?

J'acquiesce.

Esther tend la main vers le verre de punch posé sur la table et, sur ses jambes arquées, se dirige vers la foule des bienfaiseurs.

– Je me suis fait une amie, je pense, dis-je à Thelma. (Prière de noter que ce commentaire est un exemple d'authentique ironie.)

Elle me tapote la jambe.

– T'en fais pas pour elle.

– Je me demande pourquoi Zig ne guérit pas les nains, dis-je. Il guérit bien le cancer et la cécité.

– Les personnes de petite taille sont pas malades, Oliver. Elles ont pas besoin d'être guéries.

Après un moment de réflexion, je demande :

– Et les enfants atteints du syndrome de Down ?

– Bon, y en a qui disent que ces enfants-là sont un peu plus futés en arrivant ici. Question de leur faciliter la vie dans l'au-delà.

– Zig revoit leur QI à la hausse ?

– C'est ce qu'on raconte, mais comment savoir ?

J'ai alors une idée effrayante. Et si Zig avait ajusté mon QI à la baisse ? Peut-être était-il trop élevé à l'époque où je vivais à Hoffman Estates ; peut-être était-ce lui qui m'empêchait d'interagir normalement avec mes pairs.

J'ignore quel est mon quotient intellectuel, chère mère et cher père, parce que vous avez toujours refusé de me faire passer le test. Vous ne vouliez pas que je saute des années à l'école. « Tu es déjà assez différent comme ça », raisonnais-tu, cher père. Avec le recul, je juge ta décision avisée : si je n'avais jamais fréquenté de jeunes de mon âge, je serais complètement perdu, ici.

Quelqu'un, à la maison du bien, attire mon attention. Près de la table des hors-d'œuvre, un garçon mâchouille un bâtonnet de carotte. C'est un jeune Noir avec une coupe afro, mais il a des taches blanches sur les bras et d'autres sur son visage, y compris une sorte de plaque en forme d'étoile éclatée sur le front.

Je le montre à Thelma.

– C'est Reginald Washington, dit-elle. Le président du Conseil des bienfaiseurs.

– Il souffre de vitiligo, dis-je. Une maladie qui détruit la pigmentation de la peau.

– Il est arrivé comme ça, mais les taches ont pas grossi depuis qu'il est là. Zig a stoppé leur progression, qu'il dit. Il est devenu bienfaiseur entre autres pour remercier Zig.

Reginald Washington réclame le silence en tapant dans ses mains. Il se tient sur une estrade installée près de la table des hors-d'œuvre.

– Un moment d'attention, je vous prie, mes amis.

Il parle du mouvement des bienfaiseurs et souligne qu'il vaut mieux aider ses semblables que tourner en rond dans sa tête, sans but. Il tient à la main un porte-voix dont il se sert pour amplifier quelques expressions, lesquelles donnent l'impression de sortir tout droit de la bouche de Zig.

– Traite bien les autres et ils te le rendront bien ! tonne-t-il.

Les bienfaiseurs hochent la tête, sauf Esther, qui lève les yeux au ciel.

Cette doctrine du bien est une ânerie. Par exemple, j'ai un jour laissé Oscar Stanley et Larry Schultz copier mon devoir de géométrie. Me l'ont-ils bien rendu ? Non. Le lendemain, ils m'ont fait trébucher dans les marches de l'école et je me suis foulé la cheville.

Je cesse d'écouter Reginald. Je préfère tourner en rond dans ma tête, merci quand même. Je me demande de nouveau si mon intelligence a baissé d'un cran depuis que je suis dans l'au-delà. À la pensée de ces quelques points de QI perdus, je me mets dans tous mes états, tellement que j'ai le sentiment de vivre un deuil. Je m'éclipse enfin et je me réfugie dans les toilettes des garçons, où, assis sur la cuvette, je récite le tableau périodique pour me consoler.

4 9,01 Be Béryllium

Je vous le dis tout de suite : la prochaine scène est un rêve. Je n'aime pas les récits dans lesquels un rêve est présenté, ne fût-ce que brièvement, comme la réalité. Je ne prise guère de tels artifices et je ne ferai jamais rien pour vous tromper sciemment, chère mère et cher père.

Voici donc le rêve que j'ai fait le soir du punch : je suis allongé dans le cercle central du terrain de basket-ball désert du collège Helen-Keller. À un mur est accrochée une bannière proclamant : ALLEZ, TROJANS ! Le moi dans mon rêve croit avoir repris vie aux États-Unis parce qu'il porte ses lunettes et qu'il est totalement nu, encore une fois. Il se lève et se dirige vers les portes du gymnase quand, en un clin d'œil, l'espace se remplit d'articles d'occasion : canapés, cuisinières, bicyclettes, caisses de livres, matelas. Les objets empilés en tas sont si nombreux qu'il doit les escalader pour accéder aux portes du gymnase. En grimpant sur des boîtes entières du même roman policier (*Dix Petits Nègres*), il entend des coups violents résonner contre les portes. Malgré son athéisme, il a le sentiment que c'est une force supérieure qui frappe. En montant au milieu des objets, il se cogne l'orteil et se tord la cheville, mais il atteint enfin la sortie et ouvre toutes grandes les portes. Une lumière aveuglante l'accueille. Il dit à la lumière :

– Tu es là, Zig ? C'est moi, Oliver.

Une voix répond alors :

– Tu es là, Oliver ?

C'est là que mon rêve prend fin. Je me réveille et comprends qu'on frappe à la porte de ma chambre.

– C'est moi, Thelma.

– Un moment ! crié-je, tout embrouillé.

Après le punch, Thelma m'a dit qu'elle passerait la nuit dans la salle de renaissance de l'hôpital Meg-Murry. Pourquoi est-elle déjà de retour ?

Je descends du lit ; les rideaux ouverts laissent entrer la clarté de la lune. Ici, c'est la pleine lune tous les soirs. Autre mystère. J'allume la lampe de mon pupitre et cligne des yeux dans l'éclat de lumière soudain. Selon l'horloge, il est 2 h 45.

Vêtu de mon pyjama trop grand, j'avance vers la porte en traînant les pieds. Dès que je l'ouvre, j'ai, pendant un bref instant, l'impression d'être de retour dans le rêve du collège Helen-Keller : à côté de Thelma Rudd, dans le couloir faiblement éclairé, se tient un joueur de basket des Trojans. Il n'est pas en uniforme, mais je le reconnais quand même.

– Zig nous envoie un colis tardif, explique Thelma.

Je ne la regarde même pas. Je n'ai d'yeux que pour le garçon.

– Johnny Henzel ? dis-je.

Le garçon hoche la tête. Nous nous dévisageons l'un l'autre avec une égale intensité. Il me semble plus maigre qu'à Hoffman Estates. Ses cheveux coupés ras laissent voir ses oreilles, dont l'une est plus grande que l'autre. Ses cils sont si foncés qu'il donne l'impression de porter du mascara.

– Tu avais un cœur défectueux, toi aussi ? lui demandé-je.

– Quoi ? répond Johnny Henzel.

– Un trou dans ton cœur, dis-je.

Les chances que deux élèves de la même école meurent de la même cause au cours du même semestre sont infinitésimales, je le sais bien, mais je dors à moitié.

– Entrons, propose Thelma.

Personne ne bouge.

Johnny passe la main dans ses cheveux, se gratte le crâne et grimace un peu. Il cesse enfin de se gratter.

– On n'est pas morts à cause d'un p*tain de cœur défectueux, Boo, dit-il d'une voix rauque et tremblante. On s'est fait descendre par un garçon complètement cinglé, à l'école.

Un cri. Pas devant ma chambre, mais dans ma tête. Le souvenir d'un cri qui résonne dans le couloir du collège Helen-Keller.

D'une voix murmurante, je dis :

– Tu fais sûrement erreur.

Johnny Henzel laisse tomber son sac à dos. Il s'avance vers moi et ouvre les bras. Il me serre contre lui, sa tête en sueur reposant contre mon épaule osseuse. Bien que j'aie horreur qu'on me touche, bien que je n'aie jamais fait de câlins qu'à vous deux, je ne me dégage pas. Johnny Henzel pleure longuement dans mes bras, tandis que je le caresse entre les omoplates, comme l'aurait fait une maman.

5 10,81

B

Bore

Vous vous souvenez de votre histoire préférée à propos de mon incapacité à pleurer? L'histoire de l'encyclopédie? J'avais quatre ans au moment de l'incident et nous venions d'emménager au 222, Hill Drive, dans les Bluebell Apartments, pour vous permettre de reprendre le fonds de commerce du barbier local. Pendant que vous déballiez la vaisselle dans la cuisine, vous m'avez laissé au milieu du séjour avec mes dinosaures en plastique. Bientôt, en entendant un horrible vacarme, vous avez couru dans le séjour, où vous avez constaté que la bibliothèque, sur laquelle vous aviez rangé une encyclopédie complète, avait cédé. Trois tablettes avaient dégringolé, semant çà et là les volumes, de A à Z. J'étais assis là, au milieu des livres renversés, et je dévisageais d'un air placide mon ankylosaure, un dinosaure à armure avec une queue-massue formée de plaques osseuses.

– Notre petite tête d'œuf a reçu une encyclopédie complète sur le coco, t'es-tu émerveillée, chère mère, et la coquille a tenu le coup.

– Notre fils a une tête d'ankylosaure! as-tu renchéri, cher père.

Comme j'aimais vous entendre raconter cette histoire! Vous

me manquez, chère mère et cher père. À cause de mon cœur troué, sans doute n'avez-vous pas été totalement surpris par ma mort prématurée, mais vous n'aviez sûrement jamais pensé que ma vie serait interrompue par un garçon avec une arme à feu.

6 12,01

C

Carbone

Johnny Henzel n'est pas mort sur le coup. Après la fusillade, on l'a emmené au centre médical de Schaumburg, plongé dans un profond coma dont il n'est jamais ressorti. Malgré son état, il nous a confié, à Thelma et à moi, qu'il entendait parfois ce que les gens disaient.

– Les médecins ont même suggéré à mes parents de me parler, dit Johnny. Mais ils ont jamais mentionné les coups de feu. Ils étaient convaincus que je m'en remettrais jamais, s'ils en parlaient.

C'est sa sœur de dix ans qui lui a parlé de son meurtrier. Pendant que leurs parents étaient sortis chercher à manger, elle s'est penchée sur la tête de Johnny, enveloppée de bandages qui lui faisaient comme un turban, et a murmuré : « C'est Gunboy qui t'a fait ça ! »

– Brenda a dit que mes parents refusaient de prononcer le nom du garçon. Ils l'appelaient seulement « le garçon avec l'arme ». Elle m'a dit de pas m'inquiéter, que Gunboy pouvait plus rien contre moi. Il s'était suicidé.

– Il est mort, lui aussi ? dis-je, ébahi.

Johnny forme un pistolet avec sa main et le braque sur sa tempe. Puis il hoche la tête et appuie sur la détente.

Thelma et lui sont assis en tailleur sur le lit qui fait face au mien. Installé de mon côté, je serre mon oreiller contre ma poitrine. Je crois être en état de choc : je ne suis pas mort d'un surcroît d'excitation causé par la mémorisation des cent six éléments, en fin de compte.

– Qui était Gunboy ? demandé-je à Johnny, dont les yeux, après sa crise de larmes, sont encore injectés de sang.

– Je suis pas sûr, répond-il. Brenda m'a jamais plus parlé de lui. Elle me suppliait seulement de me réveiller. « Ouvre les yeux, Johnny ! S'il te plaît, ouvre les yeux ! »

– Si c'était un vrai garçon, dis-je, il fréquentait sans doute notre école. Bonté ziguine, il a peut-être treize ans. Il est peut-être rené ici, au Village !

– J'en doute, dit Thelma. Zig a beau être une andouille, j'arrive pas à croire qu'il laisserait entrer un tueur.

Elle se tourne vers Johnny.

– Tu l'as pas vu ?

– Le jour de la fusillade, non. Tout ce que je me rappelle, c'est que je marchais dans le couloir en me mêlant de mes affaires. J'ai vu Jermaine Tucker et Cynthia Orwell et Larry Schultz et Oscar Stanley, dit-il. Je t'ai vu aussi, Boo, devant ton casier. Puis plus rien.

– Quand on meurt dans des circonstances horribles, explique Thelma, Zig efface nos dernières secondes. Pour notre bien.

– Gunboy a dû me tirer une balle derrière la tête, dit Johnny. Et il t'a descendu toi aussi, Boo. T'as rien vu ?

– Je faisais face à mon casier, dis-je. Je me souviens peut-être d'un coup de feu et même d'un cri. Mais je n'en suis pas certain. C'est très confus.

– Qui, à l'école, aurait pu avoir envie de vous tirer dessus ? demande Thelma.

Plusieurs de mes ex-camarades de classe prenaient plaisir à me tourmenter et à me faire du mal, mais l'un d'eux aurait-il été jusqu'à me tirer une balle dans le dos ?

Johnny plisse les yeux.

– Je pense que Gunboy était un nouveau.

– Pourquoi ?

– Je vois la face de ce sal**d. Il vient me rendre visite dans mes cauchemars.

– Tes cauchemars ?

– Ceux que j'ai eus à l'hôpital, pendant que j'étais dans le coma. Gunboy me hante, mon pote. Il me laisse pas de répit, m**de.

– Tu l'as peut-être entrevu, en fin de compte, dit Thelma.

– Dans mon rêve, le garçon a une sale gueule, des yeux diaboliques, de grandes oreilles et des cheveux en bataille, comme un punk. J'ai dû le voir dans les mois qui ont précédé la fusillade.

J'essaie de me faire une image d'après sa description. Comme je suis mort seulement quatre jours après le début de l'année scolaire, je n'ai sans doute pas remarqué la présence de nouveaux. Nous n'avions peut-être pas de cours ensemble.

– Il est possible que Gunboy ait tué d'autres jeunes de treize ans, dis-je. Nous avons peut-être ici d'autres camarades de classe.

– On peut consulter les registres de renaissances des autres hôpitaux, propose Thelma. Pour voir si Zig a envoyé d'autres colis en provenance de Hoffman Estates, dans l'Illinois.

Elle se lève et tapote l'épaule de Johnny.

– On en reparle demain matin, mon chou. Là, t'as besoin de sommeil.

– Pourquoi a-t-il besoin de sommeil ? demandé-je. Il vient de passer cinq semaines dans le coma.

Thelma ignore mon commentaire. Elle s'approche et tente de m'entraîner contre son corps gros et doux, mais j'ai eu ma dose de câlins pour cette nuit. Je m'esquive et me glisse sous les couvertures. Elle me borde en chantant quelques mesures d'*In the Still of the Night*.

Une fois Thelma sortie, je regarde Johnny ôter ses vêtements et enfiler le pyjama rayé que Thelma a fourré dans son sac à dos. Il se met au lit et je me demande s'il a peur de dormir. Risque-t-il de retomber dans le coma ou de faire un cauchemar à propos de Gunboy ? Je ne lui pose pas la question. Je tends la main et éteins ma lampe de chevet. Nous restons allongés dans le noir, en silence.

– Je suis content que tu sois là, dit-il enfin.

Comme je ne réponds pas, il poursuit :

– Je veux pas dire que je suis content que tu sois mort ou passé de l'autre côté, ou je sais pas trop comment ils disent. Je suis juste content de pas être tout seul. Je suis content d'avoir un ami avec moi.

Un ami… Il a dit que j'étais son ami. Bizarre. Aux États-Unis, nous nous adressions rarement la parole. Mais, après tout, Johnny a reçu une balle dans la tête, alors ses souvenirs sont peut-être un peu embrouillés.

– Bonne nuit, Johnny.

– Bonne nuit, Boo.

Mais la nuit n'est pas bonne, car je ne ferme pas l'œil.

7 14,01

N

Azote

Vous connaissez Johnny, chère mère et cher père. C'est lui qui nous livrait notre *Tribune.* Mais il s'arrêtait rarement au salon de coiffure. Ses cheveux lui arrivaient aux épaules. On a sans doute rasé sa tignasse pour permettre aux chirurgiens de soigner sa blessure à la tête.

À Hoffman Estates, j'avais prédit une mort hâtive à Johnny. C'était un adepte du *skitching*. Vous connaissez ? Il s'agit d'une activité hivernale illégale qui consiste à s'accroupir derrière une voiture à l'arrêt, à s'accrocher au pare-chocs et, lorsque la voiture démarre, à se laisser entraîner sur la chaussée glacée.

Johnny était un dingue de vitesse, ainsi que le prouvaient les médailles qu'il avait remportées comme sprinter membre de l'équipe d'athlétisme. À mes yeux, ce sport périlleux traduisait une attitude suicidaire. En même temps, je détectais un paradoxe dans la mesure où Johnny était aussi brigadier scolaire. Comme *skitcher,* il faisait fi du Code de la route et risquait sa vie à chaque instant ; comme brigadier scolaire, il aidait les petits à traverser en toute sécurité des artères passantes.

Au cours de l'hiver ayant précédé notre passage de vie à trépas, j'ai moi-même été témoin de son attitude casse-cou. Comme vous le savez, je me levais tôt, car six heures de sommeil me suffisaient largement. Vers 6 heures, je sortais faire ma petite promenade quotidienne. À cette heure-là, Johnny livrait les journaux. Je l'ai souvent vu passer devant l'immeuble en tirant une voiturette rouillée remplie de numéros du *Tribune*. En hiver, un traîneau remplaçait la voiturette.

Un jour de janvier, j'ai aperçu son traîneau devant une résidence située du côté est du grand ensemble où nous habitions. Je me suis dit qu'il faisait une livraison à l'intérieur. Il neigeait et des flocons s'étaient accumulés sur les journaux. Je les ai balayés de la main pour éviter qu'ils les mouillent.

Parfois, le chien de Johnny l'accompagnait dans sa tournée. Rover était un basset baveux aux yeux rouges chassieux. Je l'ai cherché du regard, mais en vain. J'ai cependant vu une familiale dont le moteur tournait au ralenti. Son propriétaire, qui venait tout juste de déglacer le pare-brise, s'est installé au volant. Au même moment, une silhouette accroupie a surgi d'entre deux voitures stationnées et s'est accrochée au pare-chocs.

Sans doute le conducteur l'avait-il aperçue dans son rétroviseur, car il a démarré en trombe. Dans la rue, il a zigzagué dans l'espoir d'obliger Johnny à lâcher prise. Celui-ci a roulé dans la neige avant de heurter une voiture en stationnement.

J'ai couru jusqu'à l'endroit où gisait Johnny, un peu étourdi. Son bonnet de laine à pompon était de travers. Des flocons s'agrippaient à ses cils, de la morve descendait de son nez à ses lèvres et des taches d'encre de journaux noircissaient ses joues.

– C'est tellement beau, Boo, a-t-il dit en contemplant le lever du jour.

J'ai interrogé le ciel, d'un gris graphite mouillé semblable à celui des journaux étendus sur son traîneau.

– Tu es blessé ? ai-je demandé. Tu as besoin d'un médecin ?

– Allonge-toi. Regarde comme c'est beau.

– Nous sommes dans Meadow Lane, Johnny. Une voiture risque de nous passer dessus.

– On vit seulement une fois. (Là, il se trompait.)

J'ai balayé les environs des yeux. Il n'y avait personne en vue. Pas de phares à l'horizon. La familiale avait depuis longtemps disparu.

Qui sait pourquoi je me suis allongé à côté de Johnny Henzel, moi qui évite autant que possible les absurdités. Pourtant, ce geste était non seulement absurde, mais aussi dangereux. Je m'y suis résigné, sans doute parce que Johnny semblait y tenir beaucoup.

– Tu vois ? a-t-il demandé pendant que la neige mouillait mon fond de culotte.

– Qu'est-ce que je suis censé voir ?

– Ce que nous voyons, Boo, c'est la paix.

– « La paix » ?

Il a levé une main en l'air et fait le V de la victoire.

À travers son V, j'ai aperçu la silhouette délicate d'un croissant de lune qui s'estompait peu à peu.

Puis nous avons entendu le klaxon d'une auto. Nous nous sommes relevés en vitesse et Johnny a couru vers son traîneau chargé de journaux en me saluant avec sa mitaine.

Depuis des années, nous habitions le même grand ensemble d'immeubles et fréquentions les mêmes écoles, au primaire et au collège, et jamais nous n'avions discuté aussi longtemps qu'en ce jour de janvier, au milieu de Meadow Lane.

Au cours de ce bref instant, dans la rue, il est vrai que j'ai ressenti une certaine connivence. Je ne saurais dire si c'était de l'amitié. Nous avions partagé un moment, mais j'ignore de quelle nature.

8 16,00

O

Oxygène

Le matin suivant la première nuit que Johnny a passée dans ma chambre, je ramasse ses vêtements par terre et je suspends son jean dans le placard. Je roule ses chaussettes en boule et je les dépose dans l'un des tiroirs qui se trouvent sous son lit. Pendant ce temps, Johnny ronfle comme un bienheureux.

Je parcours la chambre des yeux. Elle est anonyme et bien rangée. Je n'y ai pas ajouté de touche personnelle, exception faite du dessin à l'encre que j'y ai accroché, lequel représente une cellule végétale. Thelma m'a supplié d'égayer les lieux. Avec Johnny qui dort dans le deuxième lit, ma chambre de dortoir me semble déjà plus personnelle (malgré son front sombre et plissé).

Il est 6 h 30. Je me dirige vers les douches. Dans la glace, j'examine mon dos, à la recherche de la cicatrice laissée par une balle. Rien. Peu après, je monte sur le toit de l'immeuble pour mesurer la progression de la vitre dans le cadre. De retour dans la chambre peu après 7 heures, je trouve Johnny encore endormi. Je lui laisse un mot : « Cher Johnny, parti au réfectoire nous chercher de quoi manger. De retour bientôt. Espère que tu as bien dormi. » Je signe « Oliver », même si je me rends bien compte que, pour lui, je serai toujours « Boo ».

Je glisse des récipients en plastique dans un sac en papier pour aller nous prendre du gruau. Les villageois, qui n'ont pas toujours le calembour heureux, préfèrent parler de « porridge » parce que, disent-ils, c'est « pas riche », comme plat. Je sors du dortoir et, en traversant un terrain de jeu pour me rendre au réfectoire, j'aperçois un trio de garçons qui tapent sur un ballon de football en riant. Facile, pour eux, de rire et de jouer : personne ne les a abattus à coups de revolver, me dis-je. Mais je me rends compte que c'est injuste : pour ce que j'en sais, ils ont peut-être eu une mort aussi violente que la mienne.

De l'autre côté du terrain de football, je franchis les portes de l'école Sophie-Wender, qui abrite le réfectoire du coin. Je m'assieds aussitôt sur un banc du hall : je viens de me faire une réflexion qui m'a scié les jambes et laissé tout étourdi. Je me demande si la balle de Gunboy est encore en moi, peut-être même incrustée dans mon cœur troué. Je halète. Je sors mes récipients en plastique du sac en papier et je colle mon nez et ma bouche sur l'ouverture. Le sac se gonfle et se dégonfle à chacune de mes respirations.

– Ça va, Oliver ?

Je lève les yeux sur Esther Haglund.

– Tu es malade ?

Je m'apprête à répondre que tout est au poil, mais, en retirant le sac, je lui dis plutôt :

– J'ai été assassiné.

– Quoi ?

– J'ai été assassiné, répété-je. Abattu par un type que je ne connais même pas. Je suppose que je suis mort sur le coup.

La balle a dû atteindre un organe vital. À moins qu'il m'ait fait sauter la cervelle.

Je pense à vous, chère mère et cher père. Avez-vous appris la nouvelle par téléphone ? La police est-elle venue vous prévenir au salon de coiffure ? Je dois éviter de me faire de telles réflexions ; sinon, je risque de ne jamais reprendre mon souffle.

Esther s'assied à côté de moi sur le banc, tandis que, dans le hall de l'école, des villageois défilent devant nous. Des attroupements de jeunes de treize ans qui se bousculent, crient et sifflent. Ils sont aussi insouciants que l'étaient sans doute les autres élèves du collège Helen-Keller la seconde avant que Gunboy ouvre le feu.

Je remets le sac sur mon visage et, sous les yeux d'Esther, inhale un peu plus de dioxyde de carbone. Elle a des yeux verts très écartés, qu'elle fait cligner sans dire un mot. Malgré son statut de bienfaiseuse en formation, elle est aussi peu douée que moi pour les échanges de banalités.

Je repose le sac.

– Tu as de beaux cheveux, lui dis-je. (Ma façon à moi de dire des banalités.) J'en sais quelque chose : mes parents sont coiffeurs.

Elle examine le bout d'une mèche, à la recherche de fourches. Puis elle repousse ses cheveux vers l'arrière et me regarde dans les yeux.

– Il y a un groupe de soutien pour les jeunes qui ont été assassinés.

– Un groupe de soutien ?

– Ouais, ils s'appellent les « essellèmes ». « SLM », comme dans « surmonter le meurtre ». C'est un nom stupide, si tu veux mon avis. Les essellèmes se réunissent pour discuter des circonstances de leur passage. De leur colère. De leurs cauchemars. Tu vois le genre.

Devant mon air étonné, elle ajoute :

– Tu n'es pas le seul à avoir été assassiné, tu sais. Certains essellèmes voient leur mort comme un badge d'honneur. Ils nous traitent de haut. Ils exagèrent et présentent leur meurtre de façon plus horrible que dans la réalité. J'espère que tu ne feras rien de tel.

Je lui réponds que j'en doute, d'autant que je n'ai pas été témoin de mon assassinat.

– Je préférerais de loin être mort d'un cœur défectueux, ajouté-je en rangeant les récipients en plastique dans mon sac.

Je me demande si Esther est morte d'un cœur défectueux, affection fréquente chez les nains.

Puis je me lève et je lui dis au revoir. Je dois aller nous chercher de quoi manger, à Johnny et à moi.

Tandis que je m'éloigne, Esther crie :

– Attends, Oliver.

Lorsque je me retourne, elle hésite, puis lance :

– Achondroplasie.

Son type de nanisme.

9 19,00

F

Fluor

– C'est Zig qui a préparé le gruau ? demande Johnny Henzel.

– Non, ce sont les trois ours.

C'est, de ma part, une tentative d'humour bon enfant, mais Johnny ne rit pas. Il enfourne le gruau, les yeux fermés, comme s'il n'avait jamais rien goûté d'aussi exquis. Il n'a pas mangé de vrais aliments pendant son coma.

Nous pique-niquons sur le tapis jeté entre nos deux lits. Johnny est encore en pyjama. Le voyant si affamé, je renonce à mon déjeuner et lui offre le deuxième bol de gruau, de même que les noix de cajou, les abricots séchés, les deux pommes et les deux muffins que j'ai rapportés du réfectoire. Adossé à son lit, il mange et, à l'occasion, laisse échapper un rot retentissant : son système digestif a perdu l'habitude de la nourriture.

J'examine son crâne sous ses cheveux coupés ras. Comme moi, il n'a pas de cicatrice laissée par une balle, signe, sans doute, que Zig fait aussi office de plasticien.

– Je me demande s'ils ont accroché une photo de ma sale binette dans le hall de l'école, dit-il.

Lorsque Oscar Stanley a été happé par une voiture, l'année dernière, me rappelle-t-il, on a agrandi sa photo scolaire et on l'a mise dans une vitrine avec une carte de vœux de prompt rétablissement géante.

– La tienne y est sûrement aussi, dit-il.

Sur ma plus récente photo scolaire, je porte un tee-shirt où est imprimée une citation d'Albert Einstein : « L'éducation, c'est ce qui reste une fois qu'on a oublié tout ce qu'on a appris à l'école. » En fait, je serais étonné que M. Plumb, notre directeur, décide d'attirer l'attention sur cette phrase. Je serais étonné que l'école me rende le moindre hommage. Mes camarades de classe en sont sûrement arrivés à la conclusion qu'ils pouvaient très bien se passer de moi. « S'il fallait qu'un de nous casse sa pipe, autant que ce soit Boo », ont-ils sans doute dit. La mort de Johnny Henzel, en revanche, a sûrement causé beaucoup de chagrin, car c'était un athlète et un artiste de talent.

Je me lève, m'avance vers la fenêtre et ouvre les rideaux. Arrivé tard, Johnny n'a pas bien vu le Village. Je lui fais signe d'approcher. Il se campe à côté de moi et, du haut de notre fenêtre du deuxième, parcourt les environs du regard.

– C'est un peu décrépit, ici. On se croirait dans les Poubelles.

« Poubelles », comme vous le savez, est le nom désobligeant que certains donnent aux Bluebell Apartments. Il est vrai que le Village se compose d'immeubles bas comme le nôtre.

– Ici, tout est très simple et fonctionnel, dis-je à Johnny.

– Ce n'est donc pas un pays où coulent le lait et le miel.

– Non. En fait, nous ne recevons ni lait ni miel. Tout indique que Zig est un végétarien très strict.

Johnny secoue la tête, incrédule.

– D'après Thelma, on est coincés ici pendant cinquante années de m**de, dit-il. Et, après, on recrève.

Certains villageois, lui dis-je, pensent que dans les secondes précédant la remort (pas de remords, ha ! ha !), nous prenons cinquante ans d'un seul coup.

Il écarquille les yeux.

– Pour ma part, je pense que c'est de la bouillie pour les chats. Du moins jusqu'à preuve du contraire.

Si seulement je disposais d'une caméra pour filmer, dans leur sommeil, des villageois qui sont au Village depuis cinquante ans… Il y aurait tant d'expériences à mener, ici.

– Et si je tombe du haut de cette fenêtre ? demande-t-il en regardant les buissons desséchés et les pissenlits montés en graine devant la façade du dortoir Frank-et-Joe.

– Il y a fort à parier que tu survivrais et qu'on te conduirait à l'hôpital.

Récemment, je me suis de nouveau rendu au Meg-Murry pour recueillir des données sur les temps de guérison des jambes et des bras cassés. J'explique à Johnny que certains villageois se comportent de manière irresponsable parce qu'ils se remettront rapidement. Ils roulent trop vite à vélo et sont victimes de vilaines collisions.

Johnny observe le mouvement des cyclistes en contrebas, presque hypnotisé par le défilé. Je me demande comment je ferai pour m'adapter à sa présence. Je n'ai pas l'habitude de partager mon espace, et déjà je dois lutter contre une envie de faire son lit afin qu'il soit aussi soigné que le mien. J'espère qu'il ne laissera pas ses sous-vêtements traîner par terre, qu'il n'encombrera pas son bureau d'un bric-à-brac vulgaire, qu'il n'accrochera pas aux murs des affiches bariolées.

– Qu'est-ce qui arrive si on tue quelqu'un, Boo ?

Je me dis qu'il a peur d'être abattu de nouveau.

– Je doute qu'il y ait des armes à feu ici, Johnny.

Il se détourne de la fenêtre pour me dévisager. Il n'est qu'à trente centimètres de moi. Comme je préfère préserver une distance de soixante centimètres entre les autres et moi, je recule d'un pas.

– Je me demande s'il est ici, fait-il en me regardant droit dans les yeux.

Ses iris sont si foncés que ses yeux se résument à ses pupilles. Je comprends aussitôt de qui il veut parler.

– Thelma soutient que Zig ne l'aurait pas laissé entrer, dis-je. Mais je me suis moi-même fait la réflexion qu'elle se trompe peut-être.

– Si le type qui nous a réduits à l'état d'os dans un cercueil est ici, mon pote, il va payer le prix.

– Quel est ce prix ?

Johnny pose le bout de son doigt sur sa paupière et fait le geste de toucher l'une des miennes, mais je m'écarte brusquement.

– Œil pour œil, dit-il.

10 20,18

Ne

Néon

Resté aux États-Unis, le corps de Johnny Henzel n'est pas encore réduit à l'état de squelette : sa mort est si récente qu'il ne s'est pas encore complètement décomposé dans sa tombe. Dans un cercueil, un cadavre embaumé met de longs mois à se putréfier assez pour que les os soient visibles. La dégradation, qui est fonction de la température, s'accélère au cours des mois chauds de l'été. Les yeux de Johnny, composés de tissus mous, pourriront en premier. Si son cadavre était momifié, évidemment, la décomposition s'étirerait sur des siècles ; s'il était inhumé dans la toundra gelée de l'Alaska, des scientifiques qui l'exhumeraient dans trois siècles n'auraient, après l'avoir décongelé, qu'à consulter une photo scolaire pour l'identifier.

Si j'étais mort d'un cœur troué pendant une mission de recherche dans l'Arctique et que j'avais été enseveli sous la glace, je serais bien content que, des centaines d'années plus tard, des savants me déterrent pour m'exposer dans une vitrine à des fins éducatives. Passer mes journées dans un musée de sciences, ce serait pour moi le paradis.

À l'occasion des funérailles d'oncle Seymour, vous vous êtes déclarés favorables à la crémation, chère mère et cher père.

J'en déduis donc que vous avez fait incinérer mon cadavre. Avez-vous mis mes cendres dans une urne en céramique posée à côté de l'*Encyclopedia Americana*? J'espère que mes cendres adoucissent votre chagrin. Je me fais du souci pour vous. Tu es portée à la distraction, chère mère; sur le chemin du salon de coiffure, il t'arrive souvent de traverser la grand-route sans regarder des deux côtés. Quant à toi, cher père, tu ne dois pas recommencer à fumer des Camel. N'oublie pas qu'oncle Seymour est mort du cancer du poumon.

Je me demande si vous seriez plus heureux, en ce moment, si vous étiez chrétiens, bouddhistes, mormons ou adeptes d'une autre confession religieuse qui professe la foi dans l'au-delà. Ma mort vous semblerait-elle moins lourde à porter si vous saviez que, en ce jour de Halloween, j'assisterai, dans un auditorium de l'école Sophie-Wender, à un spectacle monté par des anges?

C'est l'anniversaire de Johnny, aujourd'hui. Hélas, on ne célèbre pas les anniversaires au paradis, car nous ne vieillissons pas. Ici, nous célébrons seulement les réanniversaires, c'est-à-dire le jour de notre arrivée au Village.

Vous avez une petite idée du costume que je porterai pour Halloween?

Un indice? Pensez à mon surnom.

Oui, je suis un fantôme. J'ai, sur la tête, un drap blanc dans lequel Johnny a découpé deux grands trous pour les yeux. Lui-même a opté pour un loup, le genre de masque noir porté par les voleurs de banque ou Zorro. Il a décrété que notre but, ce soir, était de nous déguiser. Il m'a aussi demandé de couper ses cheveux encore plus court. Je n'aime pas toucher la peau des autres, mais j'accepte de toucher leurs cheveux parce que, composés principalement de kératine, comme vous le savez, ils sont morts. L'art de la coiffure doit être inné, chez moi, car j'ai fait un travail épatant.

Ce soir, nous sommes loin d'être les seuls villageois costumés. Johnny et moi sommes déguisés pour célébrer Halloween, certes, mais aussi parce que Johnny craint que nous tombions sur Gunboy. Pour Halloween, les villageois parcourent parfois de longues distances.

– S'il est ici, il voudra surtout pas qu'on le dénonce, a dit Johnny quand nous étions encore au dortoir. S'il nous voit, il risque de nous agresser encore. Il faut qu'on lui règle son compte avant qu'il nous règle le nôtre.

Dans l'auditorium de l'école, Johnny tourne la tête à droite et à gauche, balaie la foule des yeux, à la recherche d'un garçon aux cheveux bruns et aux oreilles décollées, celui qui hante ses cauchemars au Village. (Depuis qu'il est devenu mon camarade de chambre, il y a environ deux semaines et demie, il a crié dans son sommeil à quelques reprises. Inutile de préciser que j'ai recommencé à souffrir d'insomnie.)

– Des dizaines de garçons ont les cheveux bruns et les oreilles décollées, lui dis-je.

Nous avons choisi des sièges au bord de l'allée. Ainsi, nous pourrons nous rapprocher de Gunboy, à supposer que Johnny l'aperçoive. Notre tueur sera lui aussi déguisé, prédit Johnny.

J'aperçois Esther Haglund, debout dans l'allée centrale, qui cherche un siège. Elle s'est coiffée avec recherche, et ses cheveux tombent en cascade sur son front bombé. Son chemisier est couvert de paillettes. Elle se glisse dans notre rangée et s'assied à côté de moi.

– Bonsoir, Esther, dis-je. Comment vas-tu en cette charmante soirée ?

Elle scrute les trous dans mon drap.

– C'est toi, Oliver ?

– Oui. Je suis un fantôme. Et toi, en quoi es-tu déguisée ?

– Une nouvelle fille de mon dortoir m'a fait cette coiffure consternante. Je suis une actrice qui joue un ange détective à la télé. Je ne sais pas son nom. Je suis passée en 1969. Je ne connais donc pas grand-chose à la télévision moderne.

Je lui confie que, à la maison, je regardais surtout des émissions de PBS, car mon père et ma mère soutenaient que les chaînes de télévision commerciales corrompent l'âme. Il semble qu'on puisse à la fois être agnostique et utiliser des mots comme « âme » (je plaisante).

Je présente Johnny à Esther et lui demande s'il connaît l'actrice dont elle a parlé.

– Bo*del de m**de, Boo. C'est cette stupide p*te à Farrah Fawcett. Tu vivais la tête dans le c*l, ou quoi ?

Contrairement à vous, chère mère et cher père, je ne suis pas gêné par les gros mots. Des expressions ou des mots comme « trou du c*l », « m**de » et « c*n » ne sont jamais que des dispositions particulières des vingt-six lettres de l'alphabet. À mes yeux, le mot « en**lé » n'est pas plus offensant que « ampoulé » ou « maculé ». Je fais toutefois remarquer à Johnny que les personnes qui jurent devraient malgré tout respecter les règles de la grammaire et qu'il aurait dû dire « C'est cette stupide p*te de Farrah Fawcett ». Avec un « de ».

– Les villageois s'expriment horriblement mal, ajouté-je. Pourquoi ? Parce qu'ils n'ont pas d'adultes comme modèles.

Johnny me regarde comme s'il voulait me tirer une balle dans la tête.

– Pourquoi tu fais toujours le c*n, Boo ?

– Peut-être parce que je ne suis pas porteur du gène de la gêne.

Ma repartie ne fait pas rire Johnny.

Je me tourne vers Esther.

– Thelma compte parmi les artistes qui se produiront ce soir, mais elle a refusé de me préciser ce qu'elle ferait. Elle a tenu à ce que ce soit une surprise.

– Elle exécute une reconstitution, réplique Esther en roulant ses gros yeux sous sa coiffure boursouflée. Alors préparez-vous à beaucoup de douleur et de souffrance.

– C'est quoi, une reconstitution ? demande Johnny.

– Thelma est une essellème, explique Esther. Elle va reconstituer les circonstances de son meurtre.

11 22,99

Na

Sodium

Thelma Rudd est déguisée en holstein. Son costume se compose d'une espèce de combinaison de ski blanche parsemée de patchs de feutre noir. Où a-t-elle déniché une combinaison de ski au Village ? Elle porte un capuchon sur les côtés duquel sont fixées des oreilles de vache, une noire, l'autre blanche, mais la partie du costume qui provoque l'hilarité de l'auditoire se situe au niveau du bas-ventre : les pis. Les quatre trayons semblent faits de ballons de baudruche roses.

Au bord de la scène, elle remue sa queue, qui est une sorte de marionnette : en effet, elle est fixée à un bout de ficelle qui s'élève jusqu'aux chevrons du toit.

Au fond de la scène, dans la pénombre, se dressent quatre arbres. Je suppose qu'ils sont faits en fil de fer et en papier mâché, et leurs feuilles, en feutre vert. Derrière chacun des troncs se cache un garçon. Ils s'avancent, les bras derrière le dos, et se rapprochent de Thelma. Ce sont de gros garçons, grands et musclés, qui semblent avoir plus que treize ans, même si, évidemment, c'est impossible.

– Meuh ! Meuh ! meugle l'un d'eux.

Un autre unit sa voix à celle du premier, puis un troisième. Bientôt, ils meuglent à l'unisson. De plus en plus fort.

– *Meeeuh ! Meeeuh ! Meeeuh !*

Thelma sourit gentiment. Dans l'auditoire, des rires nerveux fusent.

À côté de moi, Esther chuchote :

– Je ne peux pas regarder ça.

Les garçons blancs s'approchent de Thelma. Ils l'encerclent. Ils ont à la main de fines branches, dont ils se servent pour lui piquer le dos, la croupe, les pis.

– C'est l'heure du souper et j'ai drôlement envie d'un hamburger, dit l'un des garçons.

– Cette vache a assez de viande pour nourrir toute une armée, ajoute un autre.

– Je parie même qu'elle donne du lait *au chocolat,* déclare le troisième.

– Pendons-la ! crie le quatrième.

Trois garçons continuent d'éperonner Thelma à coups de branche, tandis que le quatrième feint de lancer quelque chose dans les airs. Des chevrons tombe une corde qui se termine par un nœud coulant.

L'un des garçons lance :

– Elle est si grasse que la p*tain de branche va pas tenir.

Le nœud coulant descend lentement sur la scène, tandis que les lumières se tamisent. Lorsque le nœud coulant arrive à la hauteur de Thelma, il ne reste qu'un projecteur, braqué sur son visage.

– Pour une fois dans ma courte vie, j'ai pas été assez grasse, dit-elle en se passant le nœud coulant autour du cou. La branche a tenu.

Puis les lumières s'éteignent complètement. On entend des bruits de pas : les acteurs regagnent les coulisses.

À côté de moi, Esther murmure :

– C'est terminé ? Je peux ouvrir les yeux ?

Ce n'est pas terminé. Sur scène, une voix s'élève. C'est Thelma. Elle est encore là.

La chanson qu'elle a choisie est l'une de vos favorites, chère mère et cher père. C'est une chanson de Billie Holiday où il est question d'yeux exorbités, de bouches tordues et de sang sur les feuilles. C'est une chanson où il est question de corps pendus aux branches d'un peuplier.

12 24,30

Mg

Magnésium

Après les prestations, les villageois se rassemblent dans le gymnase de l'école Sophie-Wender, où des serpentins orange et noirs sont accrochés au plafond et où des ballons de baudruche rebondissent sur le sol. Dans un coin, certains brandissent des couteaux, fin prêts à débuter le concours de sculptures de citrouilles. Une chaîne hi-fi installée sous un des paniers de basket diffuse de la musique disco et un groupe de monstres de Frankenstein, le visage verdâtre, exécute une danse convulsive qui fait penser à une crise de rage.

On a disposé dans le gymnase quelques canapés et fauteuils élimés. Je prends place dans une causeuse, Johnny d'un côté, Esther de l'autre. Je sens la chaleur de leurs corps, malgré le drap. Je peux passer un bref moment près d'un autre individu sans éprouver d'inconfort, mais la présence de deux personnes me fait souffrir, sauf quand il s'agit de vous, chère mère et cher père. Je me tortille sur mon siège et Johnny dit :

– Oh, j'avais oublié que tu supportes pas qu'on te touche.

– Parce que tu as été assassiné ? demande Esther.

– Non, répond Johnny. Aux États-Unis, déjà, il avait horreur de ça. Tu te souviens des cours de lutte au gymnase, Boo ? T'avais été mis avec Jermaine Tucker. Dès qu'il a mis la main sur toi, t'es devenu tout mou, comme si t'étais tombé dans les pommes.

Je me lève et je retire mon drap. Mes cheveux se dressent sur ma tête à cause de l'électricité statique (ou peut-être parce que j'ai vu un fantôme, ha ! ha !). Dans le gymnase, les lumières sont si tamisées que, dans l'hypothèse peu probable où Gunboy se dandinerait sur la piste de danse au son de *Disco Duck*, il ne nous verrait pas.

Pour expliquer ma sainte horreur des contacts, je raconte les funérailles d'oncle Seymour à Johnny et à Esther. Vous vous souvenez sans doute, chère mère et cher père, que ses amis et ses proches, réunis autour du cercueil, discutaient entre eux. Il était surtout question de la boulangerie d'oncle Seymour, célèbre pour ses brioches à la cannelle, d'ailleurs servies à cette occasion.

Oncle Seymour avait toujours été gentil avec moi. Il avait un tempérament artistique. Pour mon onzième anniversaire, il m'avait offert un joli gâteau orné de onze éprouvettes à la place des onze bougies conventionnelles.

En voyant mon oncle dans son cercueil, je me suis rendu compte que mon aversion pour le contact physique ne s'appliquait qu'aux vivants. Les gens sont des écosystèmes. La circulation du sang. La division des cellules. La croissance des os. L'élimination des cellules cancéreuses par des cellules jouant les fantassins. Il se passe tellement de choses dans le corps humain que c'en est étourdissant. À mes yeux, deux personnes qui se touchent, c'est comme une collision entre deux galaxies. (Je fais preuve en cela d'une naïveté *touchante,* ha ! ha !)

Vous direz peut-être : « Mais, Oliver, le cadavre en

décomposition est lui aussi un écosystème, une sorte de galaxie qui agonise. »

Pourtant, j'ai eu envie de toucher oncle Seymour. Il avait un nez d'une grande singularité, un pif bulbeux parsemé d'affluents prenant la forme de capillaires violacés ainsi que d'un champ d'infimes cratères.

Je promenais le bout d'un doigt sur l'arête du nez de mon oncle lorsque cousine Maureen m'a tapé sur la main, traité de goule et donné une bonne bourrade. Si vous vous souvenez bien, je suis tombé sur tante Rose et j'ai renversé un plateau de scones.

– Ce que tu nous dis, résume Esther, c'est que tu peux toucher les gens à condition qu'ils aient cassé leur pipe.

– Je préfère.

– Mais on a *tous* cassé notre pipe, ici, me rappelle Johnny.

– « Passé » n'est pas synonyme de « mort », dis-je en reprenant à mon compte l'une des formules de Thelma.

Je me lève et la cherche des yeux parmi la foule. Je tiens à la féliciter pour sa reconstitution saisissante.

Johnny se lève, me saisit par les épaules et m'oblige à me rasseoir sur la causeuse. Puis il s'installe sur mes genoux et passe un bras autour de mes épaules.

Une telle proximité est horriblement désagréable.

– Descends de là, Johnny.

– Encore cinq secondes.

– Arrête ça, lui lance Esther.

– Va te faire mettre, rétorque-t-il.

Puis Johnny précipite son compte à rebours – cinq, quatre, trois, deux, un – et se relève.

– Il faut que tu t'habitues. Avec un peu d'entraînement, tu as peut-être encore une chance de devenir un être humain normal.

Esther se lève et assène à Johnny un coup de pied dans le tibia.

– Imbécile ! Tout le monde n'a pas envie d'être *normal,* tu sais ?

– Écoute, s'il se comporte en freak, ici, les autres vont lui ch*er dessus comme ils le faisaient aux États-Unis.

Soyez assurés, chère mère et cher père, que Johnny parle au figuré. On n'a jamais déféqué sur moi (bien que, comme je l'ai déjà indiqué, on m'ait effectivement uriné dessus).

Trois garçons déguisés, debout tout près, nous avaient sans doute épiés. En effet, l'un d'eux, un clown avec du rouge à lèvres et une rangée de pompons sur la poitrine, hurle :

– Mêlée !

Ils sautent alors sur la causeuse. Ils se tortillent et se trémoussent sur moi. Le contact de leur peau est atroce, leur poids insoutenable, leur odeur corporelle abominable. Mes poumons risquent de se dégonfler, mes membres de se fracturer et mon esprit de sombrer dans le coma.

– Lâchez-le, petits tas de m**de ! hurle Johnny.

Une omoplate m'aplatit le visage, un coude me heurte les côtes et un genou m'atteint à l'entrejambe. Je gémis.

Johnny en repousse deux, un vampire et un épouvantail, et tire le clown au visage blanc par ses cheveux roux bouclés (ses vrais cheveux, et non une perruque).

Je halète et le clown crie à Johnny :

– Du calme, espèce de trou du c*l !

La chaîne hi-fi diffuse *Monster Mash,* une chanson de Halloween. Le chanteur évoque une débâcle dans un cimetière lorsque Johnny, serrant le poing, frappe le clown en plein sur le pompon du milieu. Le clown se plie en deux et tombe à genoux. Son visage se convulse, sa bouche s'ouvre toute grande et ses doigts griffent le sol. Il a perdu le souffle (d'un point de vue médical, son diaphragme est atteint de spasmes et il n'arrive pas à inhaler).

Une demi-dizaine de bienfaiseurs accourent.

– Défense de se battre ! hurlent-ils.

Reginald Washington arrive, armé de son petit porte-voix.

– Vous n'avez pas honte ? tonne-t-il dans l'instrument. L'heure est à la joie et aux célébrations ! Pourquoi faut-il toujours que des voyous de votre espèce gâchent la soirée de tout le monde ?

13 26,98

Al

Aluminium

Thelma et Esther nous accompagnent, une fois Johnny expulsé de la fête de Halloween. Nous marchons dans une rue qui, par pure coïncidence, porte le nom de Boo Radley Road. Il est 21 heures. La pleine lune brille et les étoiles scintillent exactement au même endroit, soir après soir. J'aimerais pouvoir dire à Zig: «Change-moi cette fichue toile de fond, tu veux?» Il paraît qu'il retouche la disposition des étoiles tous les dix ou vingt ans, mais ce ne sera pas avant quelques années. Inutile, toutefois, de tenter de repérer le Dragon, Andromède, le Grand Chien, le Lion et d'autres constellations terrestres: au-dessus du Village, les étoiles forment des motifs différents. L'un de mes projets consiste à en établir la carte et à mettre au point un nouveau système de constellations. Franchement, je m'étonne qu'un autre villageois n'en ait pas eu l'idée avant.

– Le ciel est-il un trompe-l'œil? demandé-je à Thelma et à Esther.

Nous marchons sur un trottoir éclairé par des lampadaires dont les ampoules rondes rappellent la lune. Zig allume les lumières au crépuscule et les éteint à minuit, l'heure du couvre-feu. Après, on distingue mieux le ciel étoilé. Sur le toit du dortoir, il m'arrive souvent de l'examiner.

– Une trompe de quoi ? demande Thelma.

– Une illusion d'optique, dis-je.

Esther et elle ne comprennent pas.

– Peut-être Zig accroche-t-il une toile de fond sur le ciel pour nous rassurer, nous laisser croire que nous vivons dans un environnement semblable à celui que nous avons connu aux États-Unis.

– C'est vrai qu'on est forts en illusions, ici, dit Thelma.

Nous nous arrêtons tous pour interroger le ciel. Je crois apercevoir une étoile filante (autrement dit, un météoroïde), mais la petite anomalie disparaît en moins d'une seconde.

Esther dit que nous avons l'illusion que rien ne change autour de nous, que les immeubles qui nous entourent ne vieillissent pas. Pourtant, ils changent lentement avec le temps. Dans vingt-cinq ans, ils se seront transformés petit à petit en fonction des normes architecturales du jour.

– Nous changeons, nous aussi, dit-elle. Les villageois arrivés il y a vingt-cinq ans ne sont pas comme ceux qui ont débarqué la semaine dernière, comme Johnny et toi.

– En quoi sont-ils différents ? demandé-je.

– Vous savez plus de choses, dit Esther.

– Comme quoi, par exemple ?

C'est Thelma qui répond.

– Eh bien, vous connaissez des vedettes comme Farrah Fawcett Majors et son homme bionique. Vous savez ce que sont les sabres laser et les lampes à lave. Les paroles de *How Deep Is Your Love ?* et de *Stayin' Alive*. Le nom des frères et sœurs de la famille Brady, dans la série.

– Je ne sais rien de tout ça, dis-je.

– Boo est l'exception à la règle, dit Esther.

– Johnny doit savoir, lui, dis-je.

Je le cherche des yeux. Il marche loin devant, tout seul, mon drap de fantôme noué autour du cou.

Pendant un instant, il me fait penser à moi, à l'époque où je vivais aux États-Unis, à l'époque où j'étais si solitaire. La solitude ne me pèse pas, mais je crois que c'est différent pour Johnny. Sa solitude présente, par conséquent, est beaucoup plus triste que mon ancienne solitude.

– Il va bien, ton ami ? demande Esther.

J'avoue l'ignorer. Au moins, en raison de son statut de nouveau-né, il ne sera pas puni pour s'être battu. Pendant les six premiers mois, on tolère les bêtises des nouveau-nés. En revanche, le clown qui m'a sauté dessus comparaîtra devant le Conseil des bienfaiseurs et sera confiné dans sa chambre pendant un jour ou deux.

– C'est l'anniversaire américain de Johnny, explique Thelma. Pour les nouveaux, les anniversaires sont pénibles : ils les auront jamais, leurs quatorze ans. De toute façon, les premiers mois sont toujours difficiles. Moi, je faisais pitié à voir… Donnons à Johnny le temps de s'habituer.

– Et toi, Esther, demandé-je. Tu faisais pitié à voir, à ton arrivée ?

Esther repousse les cheveux bouffants qui lui tombent sur les yeux.

– Moi ? J'étais éperdue de reconnaissance.

Elle serre les mains contre sa poitrine et adopte un ton plus aigu.

– Merci, ô Zig, de m'avoir donné la vie dans l'au-delà.

Elle place ses paumes l'une contre l'autre, comme en prière.

– Mais, dis-moi, ô toi, déité toute-puissante et omnisciente, cette fixation au stade prépubère signifie-t-elle que je n'aurai jamais de nichons dignes de ce nom ?

Thelma pousse un hurlement de rire.

Comme vous le savez, je ne m'esclaffe pas, je ne glousse pas et je ne ricane pas, mais il m'arrive de me fendre d'un petit sourire. En l'occurrence, donc, je me fends d'un petit sourire.

« Hé ! Hé ! »

« Pas si vite ! »

« Reviens ! »

Notre liesse est interrompue par des cris qui résonnent dans la nuit. C'est Johnny. Il court vers nous, exécute un des sprints endiablés qui faisaient sa renommée à l'époque où il était membre de l'équipe d'athlétisme du collège Helen-Keller. Il poursuit un garçon sur un dix-vitesses. Le cycliste passe en coup de vent et je me retourne pour le voir s'éloigner. Dans la lueur des lampadaires, je constate qu'il a des cheveux bruns. Et de grandes oreilles.

Johnny passe à côté de nous. Avec son masque noir et sa cape blanche qui bat au vent, il a l'air d'un superhéros. Il essaie de rattraper le vélo, mais vainement. Il s'arrête brusquement sous un lampadaire. Les filles et moi accourons. Avant que nous l'ayons rejoint, il revient vers nous au petit trot, haletant. Ses cinq semaines de coma ont affecté sa condition physique.

Il m'agrippe par le tee-shirt et sautille sur le bout des pieds. Derrière son masque de Zorro, ses yeux sont affolés.

– M**de, Boo, c'était lui !

14 28,09

Si

Silicium

En CM2, Johnny Henzel a dessiné mon portrait pendant que nos camarades de classe et nous deux, cachés sous nos pupitres de l'école primaire Lakeview, attendions que le toit du bâtiment soit arraché. Ce jour-là, une tornade faisait rage dans Cook County. Le ciel était d'un vert nauséeux et le vent hurlait.

Cette année-là, Johnny Henzel était assis avec moi au premier rang. Pour la première fois, nous étions dans la même classe. Nous ne nous parlions pas beaucoup. De toute façon, j'accordais à peine plus d'attention à mes camarades qu'aux objets banals de la salle, comme la brosse du tableau noir ou la corbeille à papier. À son sujet, le seul détail intéressant que j'avais remarqué était le double tourbillon de cheveux au sommet de son crâne. Pour grand-mère, le double tourbillon attestait la présence de deux esprits distincts dans le corps d'une personne. De la bouillie pour les chats, évidemment. (Grand-mère croit-elle encore que son bébé teckel est la réincarnation d'oncle Seymour du fait de leur passion commune pour la crème glacée au rhum et aux raisins ?)

Sous son pupitre, Johnny tenait un carnet à croquis et un crayon. Tandis que le vent mugissait, qu'Andrea, Patsy et quelques autres filles poussaient des cris stridents et reniflaient et que M. Proman déambulait dans les allées en grognant « Silence ! », Johnny Henzel m'a chuchoté à l'oreille :

– Je peux te dessiner ?

J'y ai consenti. Si une tornade démolissait effectivement l'école et me tuait, le croquis me survivrait peut-être et rendrait compte de mes derniers instants, vous fournissant ainsi un précieux souvenir, chère mère et cher père. Prendre la pose et rester immobile pendant qu'on me dessinait m'a toutefois fait un drôle d'effet. Aucun de mes camarades de classe ne m'avait jamais regardé avec un intérêt aussi sincère que celui dont Johnny a fait preuve à cette occasion. Pendant que son crayon grattait le papier, j'ai éprouvé un malaise comparable, quoique moins violent, à celui que je ressens lorsqu'on me touche. Au bout d'un moment, je lui ai donc demandé si je pouvais fermer les yeux.

– J'ai fini les yeux, a-t-il répliqué.

Je me suis demandé s'il produirait une caricature peu flatteuse. Peut-être me représenterait-il sous les traits de l'apparition spectrale qui traverse le pont dans *Le Cri* d'Edvard Munch (ce type hystérique et moi avons en commun un menton pointu). Au bout de quarante minutes, cependant, la voix du directeur a retenti dans les haut-parleurs : la tempête avait quitté le comté. Johnny m'a alors fait voir son dessin, qui n'avait rien d'une caricature. C'était plutôt ressemblant : un garçon accroupi sous un pupitre, attendant patiemment que sa vie prenne fin ou se poursuive. J'ai examiné mon portrait, mes cheveux fins et clairsemés, mon visage triangulaire et les cernes foncés sous mes yeux.

– Tu as du talent, Johnny Henzel, lui ai-je dit.

Il a haussé les épaules et refermé son carnet. J'ai cru qu'il allait m'offrir le dessin, mais il ne l'a pas fait et je ne l'ai jamais revu.

Deux ans plus tard, Johnny Henzel est de nouveau assis par terre avec un carnet à croquis et un crayon, articles que je suis passé prendre, à sa demande, dans un entrepôt où nous, villageois, achetons ce dont nous avons besoin au moyen des coupons qu'on nous distribue. Cette fois-ci, cependant, nous sommes sur le toit du dortoir. Le ciel, au lieu d'être vert tornade, arbore son gris coutumier, recouvert d'une couche de nuages. Johnny, artiste au tempérament bouillant, l'a déjà comparé à une mer de mousse d'extincteur.

Pendant qu'il dessine, il évoque les tunnels secrets qui conduisent aux États-Unis, les portails qui, théoriquement, nous permettraient de rentrer à la maison. C'est Harry O'Grady, le chercheur de portails qui vit de l'autre côté du couloir, qui lui en a parlé.

– Tu devrais chercher des portails, toi aussi, Boo. Ça, c'est une expérience scientifique qui vaut le coup.

– Je ne suis pas sûr que ce soit de la science, Johnny. Je pense que c'est plutôt une façon de prendre ses rêves pour des réalités.

J'examine la fenêtre de la remise située sur le toit de l'immeuble. La vitre a complètement repoussé. La période totale de gestation a été de trente et un jours, soit plus ou moins la durée d'un mois sur Terre. Je veux faire de nouveaux tests pour voir si j'obtiendrai deux fois le même résultat. À l'aide de mon marteau, je tape donc sur la vitre jusqu'à ce qu'elle se fracasse. En entendant le bruit, Johnny lève brièvement les yeux. J'entre dans la remise et je ramasse les éclats avec un petit balai et une pelle à poussière.

En sortant, je rappelle à Johnny le croquis qu'il a fait de moi pendant le passage de la tornade et je lui demande où il est passé.

Il hausse les épaules.

Je lui dis que, pour le hall de l'école, M. Plumb, le directeur de Helen-Keller, aurait dû utiliser son croquis plutôt que ma photo d'école. J'étais plus moi-même sur son croquis que sur ma photo. C'est un compliment, mais Johnny ne répond rien. Il a les yeux rivés sur la page. Il fronce les sourcils. Il lèche le bout de son crayon.

Mon camarade de chambre ne s'est pas lavé depuis des jours et il sent les oignons frits. Lorsque je lui en fais la remarque, il répond :

– Tiens-toi loin de moi, alors.

– N'as-tu pas compris, lui dis-je, qu'« Oliver » est un prénom gaélique qui signifie « celui qui reste en retrait » ?

Concentré sur son dessin, il ignore mon badinage bon enfant. Cette fois, naturellement, ce n'est pas moi qu'il dessine. Dans quelques jours, nous avons rendez-vous avec le Conseil des bienfaiseurs du Onze, où il compte apporter ce qu'il appelle une affiche « Recherché, mort ou vif ».

La nuit dernière, Johnny a fait un autre cauchemar à propos de notre tueur. Il s'est réveillé à 3 heures en hurlant, son cri si perçant qu'il a semblé traverser de part en part les murs, les briques et les parquets du dortoir. Je suis descendu du lit en titubant, j'ai allumé la lumière et j'ai secoué Johnny. Mon cœur battait si violemment que je m'attendais à tout moment à ce qu'il émette un sifflement par le trou. Johnny me fixait, les yeux exorbités, des cris jaillissant toujours de sa bouche grande ouverte. Je n'avais encore jamais giflé quelqu'un, mais je l'ai giflé si fort que l'empreinte de ma main est restée sur son visage.

Après son cauchemar, il n'a pas voulu parler. Même chose ce matin. Je reviens à la charge.

– Que s'est-il passé dans ton rêve, Johnny ? demandé-je avec nonchalance en examinant les éclats de verre, tous de la même taille, soit un peu plus d'un centimètre de diamètre.

Johnny arrête de dessiner. Il pose ses yeux sur moi.

– Tu tiens vraiment à le savoir ?

Je fais signe que oui.

– Gunboy me pourchassait dans Woodfield Mall. Il me tirait dessus au jugé, mais il arrivait pas à me toucher. J'ai dû trouver refuge dans la boutique qui vend des fauteuils poires, à côté de l'aire de restauration. Puis il m'a lancé un ultimatum. Il me laisserait partir si je pouvais lui expliquer pourquoi j'aimais la vie.

– Comment as-tu fait ?

– Je lui ai parlé de Rover, de ce que j'aime à propos de mon chien. Ses yeux injectés de sang et son haleine de poisson, ses gros soupirs et ses pattes charnues. Je lui ai dit qu'il était fier de livrer le *Tribune*. Qu'il lisait les bandes dessinées et voulait sa propre série, comme Marmaduke.

– Il t'a laissé partir ?

– S'il m'avait laissé partir, tu crois que j'aurais crié à m'en faire p*ter la tête ?

– Non, je suppose.

– Non, il a dit que mon histoire était de la foutaise et qu'il me rendrait service en me faisant sauter la cervelle.

Curieux, je l'interroge sur son affiche « Recherché, mort ou vif ».

Il me tend le croquis.

– Ça te dit quelque chose ?

Je ne reconnais pas ce garçon, mais il faut dire que je n'ai passé que quatre jours en quatrième. Si Gunboy a commencé au collège Helen-Keller le mardi de la première semaine, je ne l'ai sans doute pas remarqué. Il n'était peut-être pas en quatrième. Le plus probable, c'est que le garçon que Johnny voit dans ses cauchemars n'est pas celui qui nous a abattus. Le Gunboy qu'il voit n'est peut-être que le fruit de son imagination.

Sur le croquis de Johnny, Gunboy a des traits mal alignés, comme si sa tête avait été coupée en deux dans l'axe vertical, au centre, et recollée de travers. Il a un œil plus haut que l'autre. Un nez crochu. De grandes oreilles de guingois. Des cheveux ébouriffés, en désordre.

– Il a les yeux vides comme David Berkowitz.

– Qui ? demandé-je.

– Le Son of Sam, Boo. T'as entendu parler de lui, quand même ?

– Le fou qui a tué des gens à New York ?

– *Treize* victimes.

Vous éteigniez les nouvelles, chère mère et cher père, chaque fois qu'il était question de violence. « Nos oreilles sont trop sensibles », avais-tu l'habitude de répéter, chère mère. Je ne savais donc pas grand-chose de Sam et de son fils. De toute façon, seules les actualités à caractère scientifique m'intéressaient. De nouvelles observations concernant l'atmosphère de Titan, l'une des lunes de Saturne, par exemple.

Johnny, cependant, lisait dans les journaux des articles sur David Berkowitz.

– Ce type était fou à lier. Il a prétendu que le chien d'un voisin était possédé par un dieu et que c'était lui qui lui avait ordonné de tuer des gens. Un p*tain de cinglé, mon pote. On aurait dû lui imposer la peine de mort.

Johnny étudie son croquis.

– Gunboy est comme le petit-fils de Sam.

– Si Gunboy est ici, dis-je, c'est que Zig a souvent la tête ailleurs.

Johnny se lève.

– *Foutu Zig de m**de !* crie-t-il à l'intention des nuages.

Il saute sur ses orteils et brandit les poings.

– Sais-tu au moins ce que tu fais, espèce d'en**lé ?

Je tente de détendre l'atmosphère.

– Peut-être notre Zig était-il le dieu à l'intérieur du chien du voisin de Berkowitz.

– Hein ?

J'adopte la voix d'un chien de dessins animés qui zozote.

– E*s*cuse-moi, fils de Sam, *z*e m'appelle Zig et *z*e t'ordonne de *s*arcuter les *z*abitants de la ville de New York.

Je ne suis normalement pas d'humeur si badine. Peut-être Zig a-t-il modifié ma personnalité pour qu'elle s'accorde mieux à mon nouvel environnement.

Johnny cesse de brandir ses poings vers le ciel. Il pose sur moi un regard ébahi. Puis il éclate de rire.

– *Z*e ne trouve pas ça drôle, mon *s*ou, dis-je.

Il rit tellement que ses yeux se gonflent de larmes. Il les essuie avec ses doigts. C'est la première fois qu'il rit depuis son passage. Je suis encore plus fier que le jour où j'ai réussi à faire augmenter le pH de mon urine en consommant plus d'agrumes.

En conséquence, je me fends d'un sourire.

15 30,97

P

Phosphore

Esther Haglund décide d'appeler notre tueur *Gum*boy. Pendant notre rencontre avec le Conseil des bienfaiseurs du Onze, elle exécute dans son cahier un portrait rapide, genre « Recherché, mort ou vif », dans lequel Gumboy ressemble à une version plus petite et plus jeune de Gumby, la figurine en argile du dessin animé. *Son of Gumby,* je suppose.

Elle essaie d'alléger un peu l'ambiance.

Esther ne siège pas au conseil, mais elle a tenu à nous offrir son soutien, tandis que Johnny raconte aux bienfaiseurs comment Gunboy nous a assassinés tous les deux, et elle est aussi là à titre de témoin oculaire de l'incident récent, celui où Johnny a aperçu un garçon qui ressemble à notre tueur.

Le conseil se réunit à l'école Sophie-Wender dans ce qui est sans doute le bureau du directeur. Nous sommes assis autour d'une table branlante avec, devant nous, de l'eau dans des verres en plastique embués. Johnny, Esther et moi sommes d'un côté. En face de nous ont pris place les membres du conseil : le président Reginald Washington, la vice-présidente Elizabeth « Liz » McDougall, la secrétaire Thelma Rudd, le trésorier Arthur « Arty » Hollingshead et le greffier Simon Pivot. On voit, collées aux murs, des affiches créées pour les dernières élections au conseil. WASHINGTON = JUSTICE POUR TOUS, proclame celle du président.

Par pur hasard, Reginald, en ce moment même, parle de justice, mais il n'a pas de porte-voix pour lui permettre d'amplifier certains mots.

– À mon humble avis, notre paradis se fonde sur la justice, dit-il, celle qui consiste à assurer une vie d'une durée normale à un jeune qui a vécu seulement treize ans.

Reginald parle avec ses mains, comme s'il projetait des ombres chinoises sur un mur. Ses mains sont pie, c'est-à-dire brunes avec des taches blanches. J'aimerais lui poser des questions sur son vitiligo – s'agit-il, à son avis, d'une affection auto-immune ? –, mais Thelma m'a interdit d'en parler. Il est susceptible, m'a-t-elle dit. On le surnomme parfois « le dalmatien ».

– Le paradis n'a encore jamais abrité de véritable meurtrier, poursuit Reginald. Personnellement, je ne pense pas que le garçon que vous avez vu, monsieur Henzel, soit votre assassin. Nos yeux nous jouent parfois des tours. Mais, si vous êtes en mesure de confirmer que votre Gunboy vit bel et bien ici, nous devrons prendre des mesures pour éviter qu'il cause du tort à d'autres villageois. Notre Zig n'est pas infaillible. Si, par inadvertance, il a laissé entrer quelqu'un qui aurait dû, en principe, être laissé aux portes du paradis, eh bien, nous devrons nous charger nous-mêmes de vous assurer, à M. Dalrymple et à vous, la justice à laquelle vous avez droit.

– Vous avez des prisons, ici ? demandé-je.

– Nous avons l'établissement Gene-Forrester, répond

Thelma, qui s'occupe de rédiger le procès-verbal de la réunion sur du papier ministre de couleur jaune.

Elle arrête d'écrire et glisse son crayon derrière son oreille.

– Mais peu d'entre nous y sont enfermés. On doit commettre un crime grave pour se retrouver là-bas, par exemple poignarder un villageois ou lui casser les jambes. Ceux qui se font prendre à voler des vélos sont condamnés à des travaux communautaires.

– Quel genre de travaux ? demandé-je.

– Laver les planchers, récurer les toilettes, éplucher des pommes de terre au réfectoire.

– C'est pas assez pour Gunboy ! s'écrie Johnny.

Il brandit son affiche à la vue de tous.

– C'est le mal en personne ! Vous pouvez pas juste lui faire nettoyer les chi**tes !

– Je comprends votre colère, dit la vice-présidente Liz McDougall.

Zig prévient la carie dentaire. Malheureusement pour Liz, il ne corrige pas les dents de lapin.

– Mais, en général, notre conseil traite des infractions mineures, comme des bagarres, de l'intimidation et des vols.

Le trésorier Arty Hollingshead prend la parole et je m'interroge sur le rôle d'un trésorier dans un paradis où les coupons et le troc remplacent l'argent. Si on découvre Gunboy, déclare Arty, le conseil devra peut-être envisager une très sévère peine d'emprisonnement.

– À part Zig, dit-il, personne ne veille sur nous, ici. Nous devons donc nous protéger mutuellement et définir nous-mêmes le bien et le mal.

Pour mettre un terme à la conversation, Reginald lève la main à la façon d'un agent de police dirigeant la circulation. Il nous invite, Johnny et moi, à entreprendre une tournée à bicyclette des hôpitaux des autres secteurs du Village. Même si Johnny affirme avoir aperçu le présumé Gunboy dans notre secteur, souligne Reginald, rien ne prouve qu'il habite à proximité.

– Il vit peut-être dans le Trois, voire dans le Six.

À titre de président du conseil, Reginald va nous fournir un document officiel nous autorisant à consulter les dossiers des hôpitaux afin de déterminer qui est rené plus ou moins le même jour que moi. Nous allons peut-être tomber sur Gunboy ; sinon, nous avons des chances d'identifier d'autres victimes parmi les élèves de quatrième. Avec l'aide des conseils locaux, nous pourrons interroger tous les jeunes concernés. À défaut de retrouver d'autres élèves du collège Helen-Keller, nous sommes susceptibles de croiser des nouveaux issus de l'Illinois, lesquels seront peut-être en mesure de fournir des renseignements décisifs sur notre tueur. Un nom, ou peut-être un motif. Après tout, nos meurtres ont dû faire les unes des journaux.

– Je vais peut-être vous accompagner, les garçons, dit Thelma. Pour faciliter les choses avec les conseils locaux et les hôpitaux. Je pourrais vous être utile. Après tout, je suis une essellème, moi aussi.

– Mieux vaut que je vienne également, dans ce cas, dit Esther. Parce que si vous trouvez Gumboy, vous, les essellèmes, vous aurez besoin de quelqu'un qui a la tête froide pour vous retenir de lui arracher la sienne.

De l'autre côté de la table, Reginald nous dévisage, Johnny

et moi. Il veut savoir ce que nous pensons de son idée de promenade à vélo. Pour ma part, je suis d'accord, non pas parce que j'ai particulièrement envie d'affronter le mystérieux Gunboy, mais bien parce que j'ai envie de visiter d'autres coins du paradis, de constater *de visu* la situation des autres secteurs.

En répondant à Reginald, je regarde Johnny.

– J'aime les voyages, dis-je.

À cause de sa nervosité, Johnny a le front poisseux de sueur. Comme j'ai réussi à le persuader de prendre une douche ce matin, il ne sent pas les oignons frits, au moins.

Il m'adresse un signe de tête.

– Si nous attrapons Gunboy, dit-il au conseil, c'est moi et Boo qui déterminerons la punition que mérite cet en**lé. Promis ?

Les membres du conseil se consultent du regard.

– Nous vous promettons, déclare Reginald, que le châtiment sera proportionnel aux crimes commis.

16 32,06

S

Soufre

Zig ne donne pas de directives. Il ne fait pas d'annonces officielles. Il ne crie pas dans un mégaphone : « *Tu ne dois pas piquer le vélo d'un autre villageois !* » ou « *Interdit de lancer des aliments au réfectoire !* » Mais si nous, villageois, étudions plus à fond la question des directives, nous nous rendrons compte que Zig nous oriente au moyen d'inclusions et d'omissions, au moyen des objets, en d'autres termes, qu'il nous envoie ou omet de nous envoyer.

Si, par exemple, nous nous arrêtons dans un entrepôt, un jour de livraison, nous trouverons des bouteilles de shampoing et des pains de savon fraîchement arrivés. À sa façon, Zig nous enjoint de laver notre corps et nos cheveux. En revanche, on n'y trouvera ni déodorant, ni rince-bouche, ni parfum, articles qu'il juge sans doute superflus. Nous trouverons des jeans et des sweat-shirts, mais pas de pantalons habillés ni de vestons en tweed. Nous trouverons des machines à écrire, mais pas de presses ni de photocopieurs.

Nous trouverons des articles de sport, des instruments de musique, des romans de poche et des disques vinyle. Ces objets ont beau être d'occasion – certaines battes de base-ball sont ébréchées, certains livres cornés et certains albums de musique rayés –, ils nous disent néanmoins quelque chose. Ils nous parlent de ce que Zig juge précieux. En un sens, ils nous servent de guides.

Le premier matin de notre équipée, Johnny, Thelma, Esther et moi songeons à Zig parce que nous nous arrêtons au musée installé dans la bibliothèque Guy-Montag. Il a pour nom Curios (mot qui rime avec « Cheerios »).

– On y présente des articles que Zig a laissé passer par erreur, nous explique Thelma, tandis que chacun noue un ruban au guidon de son vélo. (Esther fait partie des rares villageois à posséder sa propre bicyclette. Un mécanicien a dû concevoir un modèle tout petit pour elle. Peint en rose, il est même équipé de serpentins et d'un panier de la même couleur.)

Nous gravissons l'escalier de la bibliothèque qui conduit au musée. Thelma ouvre la marche. À titre de doyenne de notre petit groupe (en années du paradis), elle aime bien jouer les chaperons. Parvenue au deuxième étage, elle est à bout de souffle.

– C'est haut !

Haletante, elle s'éponge le front avec un mouchoir en papier.

Le Curios se compose d'une série de petites salles où des objets sont exposés dans des vitrines constituées, dirait-on, d'aquariums à l'envers. Le premier objet est une boîte de corned-beef. La boîte est de forme ovale. Une clé toute simple, qui sert à l'ouvrir, y est attachée. Le corned-beef est une curiosité dans la mesure où Zig ne nous envoie que des aliments d'origine végétale.

– Wow ! s'écrie Esther. Sans blague ! L'émotion est si forte que je me sens défaillir ! Retenez-moi, quelqu'un. (Autre exemple d'authentique ironie.)

– Tais-toi donc, fait Thelma en examinant la vitrine de si près qu'elle laisse sur le verre l'empreinte luisante de son nez. Moi, ça me donne le mal du pays. Vous avez pas idée de la quantité de sandwichs au corned-beef que j'ai mangés, dans le temps.

– Je te crois, dit Esther.

Thelma ne relève pas.

– C'est tellement loin de la vraie viande que ça pourrait tout aussi bien être végétarien, dit Johnny. Un mélange de gelée rosâtre et de charogne.

Thelma lit la fiche dactylographiée qu'on a collée sur le côté de l'aquarium. Selon celle-ci, nul ne sait d'où vient l'élément « corned ». « En effet, ce produit, prisé pour les sandwichs du midi, ne contient pas de maïs. »

– Le mot « *corn* » désignait autrefois toute grosse particule granuleuse, dis-je. Dans ce cas particulier, il s'agissait du gros sel utilisé pour traiter le bœuf.

– Comment tu sais des niaiseries pareilles, toi ? demande Johnny, peu impressionné.

Mais je sais que Thelma est ravie, elle : j'aperçois l'espace entre ses incisives.

Elle commence à décoller la fiche de la vitre.

– Je devrais présenter Oliver à Peter Peter, le conservateur, dit-elle.

– Peter Peter ? s'étonne Johnny.

– Peter *Peterman,* en réalité, mais tout le monde l'appelle Peter Peter.

– Il est nul, mais Thelma le trouve beau comme un dieu, dit Esther. Si nous sommes là, c'est pour lui, n'est-ce pas, Thelma ?

– *Is he is or is he ain't my baby?* chantonne Thelma.

Elle m'ordonne de la suivre et nous nous mettons en route, elle et moi, laissant Johnny et Esther derrière.

Nous trouvons le conservateur à côté d'un petit aquarium renfermant des « singes de mer ». Il s'apprête à apposer une notice expliquant que ces créatures sont en réalité des crevettes des salines, qui ressemblent un peu à des hippocampes.

– Salut, mon vieux, dit Thelma.

(« Mon vieux » est une appellation affectueuse que les villageois réservent aux garçons qui vivent ici depuis quarante-cinq ans et plus, aussi appelés « vieux de la vieille ».)

Peter Peter a l'air plus âgé en raison des poils fins et clairsemés qui surmontent sa lèvre supérieure et de sa musculature plus développée que la mienne, ce qui n'a rien d'un exploit. Je suppose qu'il avait ce duvet et ces muscles avant son arrivée ici. Certains affirment que les anciens du paradis sont plus sages que les autres en raison du nombre d'années qu'ils affichent au compteur.

– Je te présente Oliver Dalrymple, dit Thelma à Peter Peter. C'est un nouveau.

Nous nous saluons d'un geste de la tête.

– Je ne savais pas que le Village abritait des crevettes des salines, dis-je.

– Il nous arrive à l'occasion de recevoir des formes de vie non humaines, explique Peter Peter. Un chaton, une perruche. Mon favori, c'était Lars, une gerbille arrivée au paradis dans un cageot rempli de balles de tennis.

– Il était tellement mignon ! s'écrie Thelma. Il trépignait sur ses pattes arrière quand il était excité, tu te souviens ?

– Oui, c'était une sorte de danse nuptiale. Sauf que le pauvre garçon n'avait pas de gente dame à qui faire la cour.

Peter Peter scrute Thelma.

– Une tragédie, dit-elle.

Ils flirtent peut-être, mais je ne suis pas très compétent en la matière. Je les interromps en revenant à la charge à propos de l'étymologie de « corned-beef ».

– Évidemment, fait Peter Peter en se tapant le front du plat de la main. Le mot « *corn* » renvoyait à tous les types de produits agricoles ou de grains, pas seulement au maïs des Amérindiens. Il est donc raisonnable de penser que le mot désigne tout ce qui est granuleux, le sel, par exemple.

– Je suis presque sûr de l'étymologie, lui dis-je. Dommage que Zig ne nous envoie pas de dictionnaires ou d'encyclopédies pour effectuer ce genre de vérifications. À moins que les ouvrages de référence comptent au nombre des articles de ta collection...

Peter Peter secoue la tête.

– Pas de dictionnaires ni d'encyclopédies. Du moins pas encore. Mais nous recevons régulièrement des objets inusités. Alors une édition complète du *Webster* nous parviendra peut-être un jour. Espérons-le.

Thelma informe Peter Peter de mon intérêt marqué pour la science.

– Que dirais-tu d'un adjoint ? risque-t-elle.

– La science ? répète Peter Peter. Eh bien, le moins qu'on puisse dire, c'est que je te réserve une agréable surprise !

Il nous demande de l'attendre un moment pendant qu'il va chercher quelque chose dans son bureau, de l'autre côté du couloir. Dès qu'il s'éloigne au trot, Thelma et moi remarquons que des visiteurs qui riaient sottement autour d'une vitrine se sont dispersés. L'objet qu'elle renferme est ainsi révélé à nos yeux.

Thelma s'approche.

– C'est bien ce que je pense ? demande-t-elle.

Il s'agit d'une enveloppe en plastique carrée de la taille d'un biscuit.

– Un préservatif, lui dis-je. Un fourreau glissé sur le pénis pendant le coït. C'est une méthode de contraception qui empêche le sperme de…

– Voyons, Oliver, m'interrompt Thelma. J'ai pas besoin que tu me fasses l'étrimologie de cette affaire-là, merci quand même.

– Je ne connais pas « l'étymologie » du mot « préservatif ». Je ne connais que la fonction de l'objet.

Peter Peter sort de son bureau. Il a enfilé des gants de coton blanc. Il pose un magazine sur la vitrine.

Mon cœur papillonne et hoquette, mais pas au sens propre. Pardonnez-moi ces fioritures artistiques, chère mère et cher père. Si je suis tout excité, c'est parce que le conservateur a déployé devant moi le magazine *Science*. Bonté ziguine ! Mais c'est un numéro tout récent, celui d'octobre 1979 !

– Puis-je y toucher ?

Peter Peter retire ses gants de coton et me les tend.

– Pour éviter de laisser des marques graisseuses sur le papier, explique-t-il.

J'enfile les gants. Mes mains tremblent légèrement. Je me demande si vous avez trouvé un moyen de me faire suivre mon magazine préféré. C'est une idée absurde, je sais bien.

– Il est arrivé quand ? demande Thelma.

– La semaine dernière, en provenance du Quatre, répond Peter Peter.

– Y a-t-il d'autres numéros? demandé-je en examinant le magazine, dont la *covergirl* est une chauve-souris brune à la gueule magnifiquement hideuse.

L'article de fond porte sur l'écholocation.

– De *Science,* non. Mais nous recevons parfois d'autres magazines, dit Peter Peter. J'ai un numéro de *Life* qui date de 1956, quelques exemplaires du *National Geographic* et même un magazine de cinéma des années 1930 sur lequel on voit l'Homme de fer-blanc, l'Épouvantail et le Lion.

Le bibliothécaire de Guy-Montag m'avait dit que, en général, les seuls magazines livrés au Village étaient des bandes dessinées. Ces trouvailles sont donc d'authentiques objets de curiosité.

– Je me demande si Zig essaie de nous dire quelque chose en laissant passer ces trucs-là, réfléchit Thelma à haute voix.

– Peut-être bien, concède Peter Peter. Ou alors ce sont de simples omissions de sa part.

Je feuillette le magazine.

– Regardez! Un article sur la cryogénie, dis-je.

– La cyro quoi? demande Thelma.

– La cryogénie. Tu sais bien: la popsiclisation de la mort! (Ha! ha!)

– Oh, Oliver. T'es toi-même un drôle de phénomène, dit Thelma.

Je continue de parcourir le magazine. Mon état euphorique, cependant, est rapidement interrompu par Esther, qui se hâte vers nous. Elle a la mine sombre.

– Venez vite, dit-elle.

– Johnny ? demande Thelma.

Esther hoche la tête. Nous la suivons dans les couloirs bordés de vitrines où sont exposés un globe lunaire, des lunettes de vue et une bouteille de vin (CHÂTEAU BEL-AIR, proclame l'écriteau posé à côté). J'ai si peur que Johnny se soit de nouveau battu à coups de poing que je ne m'arrête même pas pour examiner le globe.

Je vois mon camarade de chambre devant une vitrine qui se trouve dans un coin de la salle. Elle ne contient rien d'extraordinaire, à première vue. Du moins jusqu'à ce que nous nous rapprochions et que je voie les yeux de Johnny. Ils sont rouges et bouffis, comme s'il faisait une réaction allergique. Sa respiration est sifflante.

– Qu'est-ce qui ne va pas, Johnny ? lui demandé-je.

– Regarde dans la vitrine, dit Esther.

Le curieux objet, posé sur un coussin blanc, est un petit revolver. On dirait un jouet ; s'il n'était pas mortel, il aurait même l'air mignon. Si vous vous rappelez bien, chère mère et cher père, oncle Seymour en a acheté un comme celui-là pour se défendre après le hold-up survenu à sa boulangerie.

– Bonté ziguine, marmonne Thelma en posant une main sur l'épaule de Johnny. Viens, on s'en va.

Mais Johnny se dégage.

– Quand cette arme est-elle arrivée ici ? demandé-je à Peter Peter.

– Il y a une semaine, en provenance du Six. Elle est inoffensive. Il n'y a pas de balles.

– Ce n'est sûrement pas le même revolver, Johnny, dis-je.

– Qu'est-ce que t'en sais ? demande-t-il d'une voix aussi

rauque que le jour de son arrivée au Village. On dirait que c'est le même, Boo. Je le jure devant Zig. C'est exactement l'arme que je vois dans mes cauchemars.

– Les armes à feu se ressemblent toutes, dit Thelma. Elles sont affreuses. Fichons le camp d'ici, Johnny.

Elle essaie de glisser sa main dans la sienne pour l'entraîner, mais il aboie :

– Non !

Nous le laissons seul. À la suggestion de Thelma, nous allons l'attendre près de la porte de l'exposition, et Thelma parle à Peter Peter de Gunboy et de notre mission. Nous sommes interrompus par l'arrivée d'autres visiteurs, à qui le conservateur demande d'éviter la vitrine du coin gauche.

– Ce garçon, là-bas, est en train de la réparer, et il a besoin d'espace.

Pendant que nous attendons, Peter Peter me demande si j'aimerais travailler au musée Curios.

– Du sang neuf nous ferait le plus grand bien, dit-il.

Malgré mon enthousiasme, je lui demande si nous pourrions parler de sa proposition une autre fois.

– En ce moment, je dois m'occuper de mon ami.

Je retire les gants blancs et les lui rends.

– Certainement, répond Peter Peter.

Il invite Thelma à repasser bientôt manger un morceau, un midi, et nous dit au revoir en nous serrant la main, puis il repart s'occuper de ses singes de mer.

De la porte, les filles et moi continuons d'épier Johnny. Nous le voyons seulement de dos. Il ne bouge pas. Il ne fait pas un bruit.

– On dirait qu'il prie devant un autel, dit Esther. Comme autrefois, dans l'Utah, lorsque j'étais mormone et que je me souciais de l'opinion de Joseph Smith.

– Qui ? demandé-je.

Elle m'explique que Joseph Smith est le fondateur du mormonisme. Dans sa cour, M. Smith a déterré des plaques d'or sur lesquelles figuraient des écritures invisibles d'origine divine que lui seul est parvenu à déchiffrer.

– De la m**de, j'en suis certaine, poursuit-elle, mais à bien y penser, pas plus invraisemblable que l'endroit où on a abouti.

En écoutant Esther, je garde les yeux rivés sur Johnny, sur le double tourbillon derrière sa tête. Lorsqu'un visiteur s'approche trop près de lui, je crie :

– Laisse-le travailler.

Johnny finit par se retourner et venir vers nous. Ses yeux ne sont plus rouges. Son visage semble curieusement serein.

– T'es prêt, mon chou ? demande Thelma.

– Ouais, je suis prêt, répond Johnny. J'ai fini d'avoir peur. Je suis prêt à l'attraper, cette ordure.

17 35,45

Cl

Chlore

– Du nerf, dit Johnny. Gunboy t'a pas piqué ton vélo, Boo. Il t'a piqué ta vie.

Plus tard, ce jour-là, tandis que nous finissons notre pique-nique dans le parc Jerry-Renault du Dix, Johnny décide que je dois suivre des leçons de boxe en prévision de notre affrontement avec Gunboy. Celui-ci, suppose-t-il, a réuni une bande de malfrats que nous devrons terrasser. Mon camarade de chambre et moi sommes torse nu. J'ai l'air du gringalet de quarante kilos que je suis, et Johnny, après sa diète liquide à l'hôpital, n'a rien d'un Atlas non plus. Il se tient devant moi, la mâchoire serrée, et me regarde dans les yeux d'un air méchant.

– Essaie d'avoir une expression féroce, dit-il.

Je plisse le front.

– Tu as l'air aussi féroce qu'un lapin albinos, Boo, commente Esther.

Elle mange un sandwich au concombre sur un carré de pelouse envahi par les mauvaises herbes, omniprésentes au Village. Le pissenlit est sûrement la fleur officielle du paradis. En plus, le gazon est généralement très haut, ici, car il n'y a pas de tondeuses.

Johnny brandit les poings, prêt à en découdre, et je songe

à l'expression « poids coq » en m'interrogeant une fois de plus sur son origine : comment ce gallinacé en est-il venu à donner son nom à une catégorie de boxeurs ?

Johnny me frappe sur l'épaule et je recule. Il avance et me frappe de nouveau. Je cherche du regard Thelma, qui devrait être de retour du réfectoire voisin, où elle est allée chercher quelques fruits pour la route.

– Thelma ne voudrait pas que nous nous battions, dis-je.

– Oublie ta maman, ordonne Johnny, et frappe-moi.

– Mais je n'ai aucune raison de te frapper.

– Je suis pas Johnny ! crie-t-il. Je suis Gunboy et j'essaie de t'assommer, andouille.

Je brandis les poings pour lui faire plaisir.

Il sautille autour de moi en me traitant de « face de c*l » et d'« en**lé ». Je juge l'exercice futile. Lorsque je m'apprête à lui répondre « C'est celui qui le dit qui l'est » pour qu'il prenne conscience de sa puérilité, il m'atteint à la mâchoire. Légèrement, mais j'ai mal quand même. Je raisonne que la seule façon de mettre un terme à ces bêtises consiste à lui coller une bonne torgnole.

Je serre le poing et vise sa mâchoire. *Bam !* Le coup me fait mal à la main. Johnny recule d'un pas titubant. Il se penche, les mains sur les cuisses, grimaçant de douleur.

– M**de, balbutie-t-il avant de cracher par terre.

Je vois une tache rouge dans l'herbe.

– C'est du sang ?

– J'ai mordu ma p*tain de langue.

– Ça t'apprendra, Rocky, dit Esther.

Les yeux de Johnny se mouillent. Il crache de nouveau.

Encore du sang. Je lui demande d'ouvrir grand la bouche pour pouvoir examiner la blessure. Il s'exécute.

– Tes incisives sont aussi tranchantes que celles d'un chien. Pas étonnant que tu te sois coupé la langue.

Il agite celle-ci. L'entaille est sur le bout, d'un côté. Je devrai vérifier la blessure régulièrement pour noter le temps de guérison dans mon grand livre.

Thelma arrive avec un sac d'oranges et de bananes.

– Pour l'amour de Zig, qu'est-ce qui se passe encore ? crie-t-elle en agitant le sac de fruits devant nous. Où ils sont, vos tee-shirts ? Pourquoi il crache du sang, Johnny ?

Esther lui explique les leçons de boxe et Thelma fait *tss-tss*.

– Pour l'amour du ciel, faut que je vous aie continuellement à l'œil.

– Pourquoi essaies-tu de faire de Boo quelqu'un qu'il n'est pas ? demande Esther à Johnny. Ta tentative est vouée à l'échec. On ne change pas, ici. On est bloqués. Bloqués à treize ans pendant cinquante ans.

Thelma n'est pas d'accord.

– On grandit d'autres façons, Esther.

– Je ne me sens pas plus mûre que du temps où je vivais dans l'Utah, répond cette dernière. À l'époque, je ne croyais pas en leur stupide Jésus, mais je n'avais pas le courage de le dire.

– C'est ça, la maturité, ma puce, dit Thelma. Avoir le courage de dire le fond de sa pensée.

– Et vous, les garçons ? demande Esther. Vous sentez-vous comme quand vous étiez aux États-Unis ?

– Je me sens plus sociable, dis-je, mais j'ai peur que la rançon de ce changement soit un quotient intellectuel réduit.

– Qu'est-ce qui vaut mieux ? demande Esther. Être moins futé avec des amis ou plus intelligent tout seul ?

– Et toi, Johnny ? lance Thelma.

Johnny hausse les épaules. Il contemple le ciel gris, cherche peut-être la beauté dans les cirrus.

– On devrait se mettre en route, dit-il. Il se fait tard.

Il enfile son tee-shirt et je l'imite. Nous regagnons nos vélos, posés près des barres de singe, les garçons devant, les filles derrière.

– À l'école, les autres te prenaient pour un faible, Boo, dit Johnny, mais rien t'atteignait. Ils te taquinaient, te donnaient des coups de poing, te volaient ton dîner, te traitaient de geek ou d'homo.

À l'origine, un geek était un artiste de cirque qui arrachait la tête de poules vivantes avec ses dents et avalait des grenouilles. Puisque je suis végétarien, je n'ai rien d'un geek. Quant à homo, je n'ai aucune tendance, ni homosexuelle ni hétérosexuelle ; comme j'aurai treize ans jusqu'à la fin des temps et que je n'aime toucher personne, je risque de ne jamais m'intéresser à la sexualité, ce qui, d'après ce que j'en sais, vaut mieux, de toute façon.

Johnny poursuit :

– Ils te faisaient trébucher et tu restais par terre à fixer quelque chose que personne d'autre voyait, genre une fourmilière qui sortait d'une fissure dans le trottoir.

Comme elles me manquent, les fourmis ! Quelles créatures fascinantes ! Leurs phéromones, leurs métamorphoses, leur système de castes, leur force incroyable.

– T'étais fort, mon pote. Plus fort que moi. Plus fort que nous tous.

– Merci, Johnny, dis-je. Je m'efforce d'empêcher le monde extérieur d'empiéter sur mon monde intérieur.

Johnny s'immobilise au milieu du terrain de jeu.

– Tu peux me faire une faveur, Boo ?

– Une faveur ?

– Quand on va attraper Gunboy, tu peux être fort ?

Il se met en position de combat, brandit ses poings poids coq.

Je lui fais signe que oui.

– Parce que je suis pas sûr de l'être, moi, dit-il.

18 39,95

Ar

Argon

Cette nuit-là, nous dormons dans le dortoir Jim-Hawkins. Les dortoirs du Village ont toujours quelques chambres à l'intention des visiteurs. Nous sommes dans le Dix, secteur en tous points semblable au Onze. On y voit les mêmes immeubles, qui rappellent les écoles secondaires des petites et des grandes villes des États-Unis.

Plus tôt dans l'après-midi, notre troupe s'est rendue dans les hôpitaux des deux secteurs, mais leurs dossiers ne font état d'aucune renaissance le 7 septembre 1979, date de mon passage, ou juste après.

À l'hôpital Mary-Lennox, on nous a autorisés à explorer la salle de renaissance pendant quelques minutes. J'ai une fois de plus été frappé par l'aspect banal – et, franchement, dénué de magie – des lits de renaissance. Johnny et moi avons eu beau tirer les couvertures, jeter un coup d'œil sous les matelas et même nous glisser sous les lits, nous n'avons rien trouvé d'extraordinaire.

À 21 h 30, nous sommes tous les quatre épuisés par cette journée passée à marcher et à pédaler. Nous sommes réunis dans la chambre d'invités occupée par Esther et Thelma, vêtus des pyjamas que nous avons apportés dans nos sacs à dos.

Thelma applique un pansement sur le pied d'Esther, qui a une ampoule. Elle nous fait part de son intention d'envoyer une lettre aux essellèmes pour les informer que nous assisterons à leur réunion, qui se tiendra d'ici quelques jours, dans le Six. Pendant ce temps, je note nos aventures dans mon grand livre, assis devant le pupitre, et Johnny consulte la carte du paradis que nous a remise le Conseil des bienfaiseurs. Parce que le paradis est dépourvu de presses, toutes les cartes sont tracées à la main. Ces documents sont conservés dans des classeurs à anneaux, une page par secteur. Les cartes sont approximatives : en effet, il n'y a pas, au paradis, d'hélicoptères qui permettent de survoler le territoire et d'en faire un relevé fidèle.

Thelma dit à Johnny que son amour du dessin ferait de lui un cartographe hors pair. Elle passe son temps à nous chercher une occupation, à Johnny et à moi. Pendant leurs six premiers mois au paradis, les nouveau-nés ne sont pas tenus de travailler. Ensuite, cependant, Johnny et moi devrons nous trouver un travail à temps partiel. Cuistot, bibliothécaire, instituteur, infirmier, tailleur, blanchisseur, messager, mécanicien de vélos et laveur de vitres ne sont que quelques-uns des postes offerts. Normalement, les villageois observent une rotation et occupent divers emplois.

– Moi, je veux être chercheur de portails, déclare Johnny. Je veux trouver un tunnel vers les États-Unis et hanter des gens là-bas.

Selon les chercheurs de portails, un villageois a la possibilité de retourner dans sa ville d'origine et de « hanter » ses êtres chers.

– Ne sois pas si crédule, Johnny, dit Esther. Les portails n'existent pas.

– T'en sais rien, rétorque Thelma. C'est pas parce qu'on les trouve pas qu'ils existent pas.

– Il paraît que certains d'entre nous en ont trouvé, mais qu'ils refusent de dire où, continue Johnny. Ils gardent le secret pour être les seuls à hanter.

Esther affirme qu'un chercheur de portails complètement idiot s'est glissé dans le vide-ordures de son dortoir. Il était persuadé que les déchets prenaient le chemin des États-Unis.

– Les vide-ordures sont trop étroits pour qu'on s'y introduise, dis-je. Ce sont des histoires de bonnes femmes.

Thelma me corrige.

– Ici, on dit plutôt des histoires de bonnes *filles*.

– La semaine dernière, dit Esther, j'ai vu un villageois grimper dans un sèche-linge et inspecter le filtre à la recherche d'un portail. J'ai eu envie de fermer la porte et de mettre la machine en marche, mais je m'en suis abstenue parce que je suis une bienfaiseuse en formation.

– Oui, mon chou, dit Thelma en tapotant le pied dûment pansé d'Esther. T'es la bonté en personne.

– Si je trouvais un portail, dit Johnny, je rendrais visite à Rover et je l'emmènerais faire de longues promenades. C'est sûrement ma sœur qui s'occupe de lui. Elle adore les animaux. On devait ouvrir une animalerie ensemble. On allait l'appeler Le Zoo. Quand j'étais dans le coma, Brenda répétait : « Meurs pas, Johnny. Faut qu'on ouvre Le Zoo. »

Si elle pouvait sortir, Thelma dit qu'elle irait rendre visite à ses frères et à sa sœur, Antoine, Ralph et Shawna.

– Ils ont la vingtaine et la trentaine, à présent. Ils ont peut-être des enfants. Je pourrais les garder. Se faire raconter des histoires de fantômes par un fantôme… Imaginez. Les enfants m'adoreraient.

– Moi, j'irais hanter mon ancienne église, dit Esther. Je volerais jusqu'à la chaire et je dirais à tous ces pieux pigeons que les albums de musique de la famille Osmond sont l'œuvre du diable.

Johnny décide de dessiner Thelma et Esther en fantômes. Il les recouvre d'un drap d'où dépasse leur visage. Parce que les draps ont une bordure bleue, les filles ressemblent moins à des fantômes qu'à Mère Teresa. Elles s'asseyent côte à côte sur un lit. Installé sur l'autre, Johnny les dessine dans le carnet qu'il a mis dans son sac à dos.

Pendant qu'il travaille, Thelma nous chante des chansons de Cole Porter. Elle entame *Miss Otis Regrets* et s'arrête après la première strophe, dit qu'elle a oublié les paroles. Elle enchaîne avec *Too Darn Hot*. C'est un pieux mensonge. Comme vous le savez, chère mère et cher père, Miss Otis, à la deuxième strophe de *Miss Otis Regrets,* dégaine son arme et descend son amant. Thelma veut éviter cette macabre histoire de meurtre à Johnny parce que c'est une authentique bienfaiseuse et une bonne amie pour lui. Et pour moi aussi, je suppose.

Lorsque Johnny termine son croquis, nous bâillons tous les quatre. Nous nous dirigeons vers les salles de bains du couloir pour nous préparer à nous mettre au lit.

Après ma douche, je sors ma serviette de mon sac à dos et je l'enroule autour de ma taille. Ne voyant pas Johnny, je me dis qu'il est retourné dans la chambre, mais non. Je le trouve à quatre pattes sous la rangée de lavabos. Il examine la tuyauterie en se demandant peut-être d'où vient notre eau (je me suis souvent posé la même question).

– Je cherche des portails, explique-t-il en essayant de dégager les carreaux mal fixés au mur à l'aide d'un coupe-ongles.

– S'il y avait un portail ici, quelqu'un l'aurait déjà découvert.

– Tu crois pas aux portails, hein ?

– Croire aux portails, c'est comme croire à la télékinésie. Tant que tu ne réussiras pas à plier une cuillère grâce à la seule force de ton esprit, je n'y croirai pas.

Pendant que je mets mon pyjama, Johnny dit :

– T'as pas dit ce que tu ferais si tu pouvais retourner là-bas. Tu rendrais visite à tes parents ?

Je passe la serviette dans mes cheveux. Je sens la protubérance à la base de mon crâne, celle que, chère mère, tu appelles ma bosse des mathématiques. Tu affirmes que c'est grâce à elle que j'ai appris mes tables de multiplication à cinq ans.

Si je pouvais rentrer, dis-je à Johnny, je vous apporterais, chère mère et cher père, le livre que je suis en train d'écrire sur ma vie dans l'au-delà. Cependant, je ne m'attarderais pas, car ce serait cruel, non ? Vous finiriez peut-être par vous imaginer que je suis de retour pour de bon. Or je serais seulement un fantôme, et non un vrai garçon. Je ne grandirais pas. Je n'irais pas au MIT, comme père le souhaitait ; je ne travaillerais jamais pour la NASA, comme mère le voulait.

J'explique tout cela à Johnny, qui ne répond pas. Sous les lavabos, il triture les carreaux. Je rentre dans notre chambre, où je suspends mes vêtements dans notre placard grinçant et je grimpe sur le lit. À travers le mur, j'entends Thelma éclater de rire.

Il m'arrive souvent d'avoir du mal à m'endormir quand je suis trop fatigué, mais pas ce soir. Je m'assoupis en un clin d'œil (d'yeux, en réalité) avec la lampe de chevet encore allumée. Un petit miracle.

Un autre miracle se produit quelques instants plus tard.

En coup de vent, Johnny entre dans notre chambre et hurle :

– Boo ! Boo !

Il m'arrache ma couverture et me tire du lit en m'agrippant par le haut de mon pyjama. Un bouton en tombe.

– Suis-moi ! crie-t-il.

– Tu as trouvé un portail ? balbutié-je.

– Non, mais j'ai trouvé quelque chose de presque aussi super.

Je le suis dans la salle de bains. Il fonce vers le dernier lavabo et le désigne du doigt.

– Regarde, murmure-t-il. Un objet de curiosité.

– Zig tout-puissant !

À côté du drain se trouve un insecte qui fait au moins cinq centimètres de longueur. Ses ailes ambre foncé sont repliées sur son corps et il a une tache noire sur son pronotum (la plaque qui recouvre sa tête et le haut de son thorax).

– C'est une sorte de cafard ? demande Johnny en se penchant sur le lavabo.

Je hoche la tête.

– Zig a sûrement le sens de l'humour. Tu sais comment on appelle ce genre de blatte ?

Johnny hausse les épaules.

– Tête-de-mort, expliqué-je en montrant son pronotum. On dit de cette tache noire qu'elle ressemble à un masque mortuaire ou à la mine renfrognée d'un vampire.

Le visage de Johnny s'illumine comme jamais encore dans

l'au-delà. Il tend la main, la paume vers le haut, et la tête-de-mort (*Blaberus craniifer*) grimpe sur ses doigts et s'installe sur sa ligne de vie.

19 39,10

K

Potassium

Johnny nomme le cafard Rover en l'honneur de son basset bien-aimé. Comment Rover le cafard a-t-il abouti au paradis ? Johnny en vient à la conclusion que la tête-de-mort n'est pas *passée,* au sens de mourir, mais qu'elle est passée par un portail reliant les États-Unis à l'au-delà. Le lavabo de la salle de bains en est peut-être un, dit-il en hochant la tête d'un air confiant. Je suis plus sceptique. J'aurai besoin de plus de preuves pour en arriver à la même conclusion.

Nous sommes dans la chambre de Thelma et Esther, où Johnny a déposé Rover au fond d'une grande barquette ayant contenu de la margarine, dénichée dans la kitchenette du dortoir. Afin de sustenter l'insecte, il y a aussi mis un trognon de pomme, des écorces d'orange et des pelures de pomme de terre.

Thelma nous dit qu'une gerbille, une perruche et un chaton ont abouti au paradis, mais que, à sa connaissance, il s'agit du premier insecte.

– Peter Peter en reviendra pas ! s'écrie-t-elle.

Johnny approche son oreille du récipient.

– Je l'entends, dit-il. On dirait qu'il me chuchote quelque chose.

– Il frotte sûrement ses ailes l'une contre l'autre, dis-je, bien que, pour ma part, je n'entende rien.

– Rover nous portera chance, décrète Johnny. Il va nous aider à traquer Gunboy.

Esther n'aime pas les insectes. Elle a poussé un cri strident quand nous lui avons montré la tête-de-mort.

– Si vous voulez mon avis, cette dégoûtante mouche à m**de va plutôt nous porter malheur.

Malgré la mise en garde d'Esther, la chance nous sourit dans les jours qui suivent l'entrée en scène de Rover. Le soleil brille de tous ses feux. La peau de mes compagnons brunit, tandis que la mienne, carencée en mélanine, demeure d'une pâleur spectrale (soit dit en passant, on n'attrape pas de coups de soleil au paradis).

Ces jours-là, nous réalisons des progrès notables et visitons quatre secteurs de plus (Neuf, Deux, Huit et Sept). Le troisième jour, dans le registre des renaissances de l'hôpital Paul-Atréides du Sept, nous tombons sur le nom d'une nouvelle passée une journée après moi, à Chicago. Nina Mitchell. Nous allons la voir dans son dortoir. Tout ce qu'elle a retenu des bulletins de nouvelles, c'est que « quelques jeunes s'étaient fait tuer à leur école ». Quand Johnny la supplie de faire un effort, elle soulève un argument de poids : « J'aurais plus de souvenirs si, le lendemain, un autobus à impériale ne m'était pas passé dessus. »

– Te décourage pas, petit, dit Thelma à Johnny à la sortie du dortoir de Nina. On progresse.

Elle mentionne la réunion des essellèmes à laquelle nous assisterons ce soir.

– On aurait dû demander l'aide des essellèmes dès le début, dit Thelma. Si des gens peuvent nous aider à attraper un meurtrier, c'est bien ceux qui ont survécu à un meurtre.

Nous pédalons tout l'après-midi en direction du Six, mais sans nous presser, parce que les jambes d'Esther sont trop courtes pour lui permettre d'aller vite sur son vélo, que Johnny surnomme la « rosemobile ». En fait, Johnny préfère rouler doucement. Ainsi, il peut dévisager les cyclistes qui arrivent en sens inverse. Trois fois déjà, il a cru apercevoir Gunboy, mais, après avoir poursuivi un garçon aux grandes oreilles, il a dû conclure à un simple sosie.

Nous arrivons à l'hôpital du Six, qui porte le nom de Deborah Blau. Devant l'immeuble se dressent des colonnes blanches fissurées qui, dit Johnny, ressemblent à des fémurs fracturés. Normal, puisque c'est là que se rendrait un villageois à la jambe cassée. En descendant de sa monture, Thelma contredit toutefois Johnny.

– Le Deborah est différent. On vient pas ici pour les os brisés. Ici, on traite les âmes brisées.

– « Les âmes brisées » ? répété-je en nouant mon ruban autour du guidon.

– Les malades mentaux, précise Esther. Le Deborah-Blau se spécialise dans les jeunes qui ont des problèmes de santé mentale.

– Un asile ? demandé-je.

– Pas exactement, répond Thelma. Les jeunes traités ici ont pas de multiples personnalités, se prennent pas pour des superhéros. Ils sont juste un peu tristes et perdus. Même qu'on les surnomme les « tristedus ».

– Je suis un peu triste et perdue moi-même, dit Esther.

Vous me voyez me faire admettre dans cet établissement pour profiter d'une période de repos et de loisirs ?

– T'es pas triste et perdue, dit Thelma.

– Parfois, si, insiste Esther. Mais je ne passe pas mes journées en pyjama à traîner mes savates comme une tristedue.

– Que fais-tu quand tu te sens triste et perdue, toi, Esther ? demandé-je.

– Moi ? Je pars faire une balade avec des malades mentaux comme vous.

Johnny sort la barquette de margarine de son sac à dos pour permettre à Rover de visiter le Deborah-Blau. Sans nous regarder, il dit :

– Je voyais un psy, moi.

Après un moment d'hésitation au cours duquel nous échangeons des regards étonnés, Esther, Thelma et moi, cette dernière demande :

– Quel genre de psy, mon chou ?

Johnny gratte son double tourbillon.

– Je m'en souviens pas très bien. Il s'appelait Harold. Il avait du poil dans les narines et dans les oreilles. Dégueu. Mais c'était quand même quelqu'un de bien.

– De quoi lui parlais-tu ? demande Esther.

– Je me souviens pas de grand-chose. Mais je lui montrais mes œuvres d'art. Ça l'intéressait beaucoup. Surtout les trucs abstraits.

– Mais pourquoi tes parents t'envoyaient-ils le voir ?

Johnny hausse brusquement les épaules.

– Parce que j'étais un tristedu, je suppose.

Il gravit les marches inégales de l'hôpital en tenant la

barquette de margarine devant lui, comme un plat mijoté qu'il apporterait à un patient. Il a fait des trous sur le dessus et les côtés du récipient pour permettre à la tête-de-mort de regarder dehors.

Vous ne m'avez jamais emmené chez un psychologue, chère mère et cher père, mais on m'a souvent demandé d'aller voir M. Buckley, un conseiller en orientation qui se faisait du souci pour mon intégration. À son instigation, j'ai répété devant le miroir des discours amicaux (« Bonjour, Jermaine Tucker. Tu as regardé le match des Cubs, hier ? Qui affrontaient-ils, déjà ? »). M. Buckley a dit que j'étais une cheville ronde dans une école où tous les trous étaient carrés. Lorsque je lui ai expliqué comment couper une cheville ronde en deux parties égales pour en tirer une forme carrée, il s'est énervé. « Trêve de géométrie ! » a-t-il hurlé. Je me suis tu parce que je n'aime pas qu'on me crie dessus. Je vous suis reconnaissant de ne jamais l'avoir fait, chère mère et cher père.

Johnny, quand je le voyais dans les environs des Bluebell ou à l'école, ne me semblait ni triste ni perdu. À mes yeux, il était comme tous les autres garçons de notre établissement : sûr de lui, enjoué, les yeux rêveurs. Mais il faut dire que j'évitais de regarder mes camarades de classe de trop près.

Nous entrons dans l'hôpital et nous nous dirigeons vers la réception. Pendant que Thelma explique notre situation au préposé, je jette des coups d'œil furtifs dans la salle commune, où des tristedus en pyjama (ainsi qu'Esther l'avait prévu) bavardent entre eux ou lisent des bandes dessinées. L'un des garçons porte un chapeau fait de ballons de baudruche sculptés. Ces tristedus ressemblent en tous points aux villageois qui se réunissent dans la salle commune, au rez-de-chaussée du dortoir Frank-et-Joe. Bon nombre d'entre eux arborent aussi un couvre-chef maison.

Nous empruntons le couloir pour aller consulter le registre des renaissances dans le bureau principal.

– Il n'y a que des jeunes de treize ans tristes et perdus qui naissent dans cet hôpital ? demandé-je à Thelma.

– Non, n'importe qui peut naître ici, me répond-elle. Mais les villageois qui viennent ici avaient parfois de gros problèmes de santé mentale, chez eux, aux États-Unis. La schizophrénie, dans certains cas.

– Le mot « schizophrénie » signifie « esprit divisé », dis-je.

– Certains d'entre eux prétendent qu'ils étaient déjà schizos, aux États-Unis, ajoute Esther, mais je parie qu'ils exagèrent pour se faire exempter de travail.

– Gunboy était fou, dit Johnny. Il est peut-être venu ici, lui.

Nous nous taisons brusquement.

– Excellente observation, reprend Esther.

Thelma nous autorise à arpenter les couloirs tandis qu'elle consulte le registre des renaissances.

– Mais promettez-moi que vous perdrez pas la tête si vous croisez Gunboy.

– Je vais être d'un calme olympien, déclare Johnny avec un sourire rusé.

Je ne le crois pas.

– Il va plutôt être d'un énervement olympique, dit Esther.

Elle fait alors une promesse à Thelma :

– On va l'avoir à l'œil.

Thelma me rappelle que nous devons nous adresser au Conseil des bienfaiseurs si nous croisons notre tueur.

– C'est pas à vous de le punir.

– Je vais être gentil, dit Johnny. Croix de bois, croix de fer, si je mens, je reste ici, la belle affaire.

En déambulant dans les couloirs de l'hôpital, nous jetons un coup d'œil dans les chambres où des tristedus lisent au lit, regardent par la fenêtre ou dorment avec des bouchons enfoncés dans leurs oreilles.

En cours de route, Johnny sort son affiche « Recherché, mort ou vif » et la montre à tous ceux qu'il croise.

– Vous avez vu ce garçon ?

Personne ne l'a vu.

Une tristedue, accroupie dans une cage d'escalier, répond :

– Il me ressemble.

Foutaise. Elle a les cheveux roux et des taches de rousseur.

Johnny aborde aussi les bienfaiseurs en service, sans plus de succès.

Nous parcourons en vain les couloirs du rez-de-chaussée et du premier étage. Après qu'on nous eut interdit l'accès au deuxième (où sont soignés les cas les plus graves), Johnny décide d'emmener Rover sur le toit pour lui faire faire de l'exercice. Je le suis, tandis qu'Esther part à la recherche de Thelma.

Du haut du toit de l'hôpital, on a une vue panoramique sur le Six, les écoles, les parcs, les entrepôts. Nous déposons nos sacs à dos et nous nous asseyons sur le muret bas en béton qui borde le toit. Johnny retire le couvercle de la barquette de margarine (qu'il a pris l'habitude d'appeler la « blattemobile »). La tête-de-mort sort et file le long du muret.

– On brûle, dit Johnny.

– Selon mes estimations, la température oscille entre vingt-six et vingt-sept degrés, dis-je en plissant les yeux pour me garder de l'éclat jaune diffus du soleil, caché derrière un nuage.

Mais bon, il fait toujours cette température-là, l'après-midi, au Village. Les saisons me manquent. À Hoffman Estates, les feuilles tombent sans doute des arbres, en ce moment.

– Je parlais pas du temps qu'il fait, Boo. Je parlais de Gunboy.

Je scrute mon camarade de chambre. Ses iris ont la couleur des vieilles pièces de un cent à l'effigie de Lincoln.

– Qu'est-ce qui te fait croire que nous touchons au but ?

– Je le sens dans mes os, répond-il en frottant ses genoux maigres. Je suis peut-être une sorte de bâton de sourcier capable de détecter des signaux qui échappent aux autres. Je suis peut-être différent.

Parce qu'il semble sérieux, je lui demande s'il bénéficiait déjà de ce sixième sens, chez nous, aux États-Unis.

– Possible. C'est peut-être pour ça que j'étais triste et perdu.

Après un moment de silence, il ajoute :

– Tu te souviens de tous les détails de ton ancienne vie, toi, Boo ?

– Je suppose que oui. À moins que Zig ait effacé des choses sans que je m'en sois aperçu, dis-je. En gros, j'ai une mémoire photographique. Je me souviens mot pour mot des pages de notre manuel de mathématiques. À la page soixante-douze, on expliquait le théorème de Pythagore et comment déterminer la longueur de l'hypoténuse.

– Ma mémoire à moi est pleine de trous, dit Johnny d'un air angoissé. Comme j'ai reçu une balle dans la tête, certaines parties de mon cerveau ont peut-être disjoncté. Pareil pour des bouts de mon passé. L'été d'avant mon arrivée ici, par exemple. Je me rappelle pas grand-chose. Seulement des petits épisodes, ici et là.

Nous avons entrepris ce périple sur la foi des souvenirs de Johnny. Si sa mémoire est vacillante, peut-être n'était-ce pas l'idée du siècle.

Rover rentre de sa promenade et se perche sur l'épaule de Johnny.

– Jacquot veut un biscuit ? demande Johnny comme si la blatte était un perroquet.

Puis il se fend d'un large sourire.

– Rover chuchote encore, dit-il.

Je fixe la blatte sur l'épaule de Johnny pour voir si elle frotte ses ailes ou ses membres l'un contre l'autre. Il me semble que non.

– Tu veux dire que la tête-de-mort parle ?

– J'entends sa petite voix.

– Rover ne parle pas, Johnny.

– J'entends quelque chose.

– Dans ce cas, tu as l'ouïe aussi fine que Rover le chien.

– Mais c'est un insecte, ma parole ! dit une voix.

Johnny et moi, en nous retournant, découvrons une fille en pyjama qui vient vers nous. C'est la tristedue aux taches de rousseur de la cage d'escalier, celle qui croit être le sosie de Gunboy. Johnny prend le cafard sur son épaule et, dans ses mains en coupe, l'approche de la fille. Je lui explique que l'insecte appartient à une espèce de blattes connue sous le nom de tête-de-mort.

– Tête de mort ! s'écrie la fille en observant Rover, les yeux ronds. Eh bien, c'est le signe le plus important jamais envoyé par Zig.

La fille s'assied entre nous sur le muret qui entoure le toit. Elle a des iris noisette – vert et jaune, avec des taches brunes –, et ses yeux profonds et animés me font penser aux planètes gazeuses d'une lointaine galaxie.

– Zig t'envoie des signes ? s'étonne Johnny.

– Il envoie des signes à *tout le monde,* mais certains savent pas les décoder.

– Et mon cafard est signe de quoi, au juste ?

La fille gratifie Johnny d'un demi-sourire rusé.

– D'un portail, répond-elle.

– Rover est sorti d'un portail ! s'exclame Johnny, dont les yeux pétillent. Le drain d'un lavabo qui mène tout droit aux États-Unis.

– Un portail dans un lavabo ? s'écrie-t-elle. Ça va pas, la tête ?

– Il est où, ce portail, alors ? demande Johnny, qui tient toujours la blatte entre ses mains.

La fille l'ignore. Elle caresse l'insecte du bout du doigt.

– Tu as des ailes, dit la fille à Rover. Preuve que tu es un *vrai* ange. T'es pas un imposteur comme nous autres, pauvres pigeons.

– Malgré ses ailes, la tête-de-mort, contrairement à la blatte américaine, *Periplaneta americana,* ne peut ni voler ni même planer, dis-je.

La fille me dévisage en clignant des yeux. Elle a des taches orange sur le devant de son pyjama, vestiges, peut-être, de la sauce des rigatonis servis à midi. Les bords de son bas de pyjama sont noirs de crasse.

– Es-tu triste et perdue ? lui demandé-je.

Johnny secoue la tête pour me décourager de poursuivre.

– Hein ?

– Triste et perdue.

Elle lève les yeux au ciel.

– Zig qui es aux cieux, donne-moi des ailes. Laisse-moi m'élever vers le firmament ! implore-t-elle en fronçant les sourcils.

– Je me demande pourquoi les gens croient que leurs dieux décrivent des cercles au-dessus des nuages, dis-je. Qu'est-ce qui les empêcherait de se cacher parmi les molécules d'un rocher, d'un arbre ou même d'une blatte, par exemple ?

Je remarque que la fille a peint ses ongles d'orteils d'une couleur violette avec, me semble-t-il, un crayon pastel. La tête-de-mort descend des mains de Johnny et grimpe sur les genoux de la fille.

– Quel beau bébé, dit-elle en se penchant pour mieux voir la tache en forme de tête de mort sur le pronotum de la blatte.

La tristedue a une plaque chauve près du tourbillon de ses cheveux. Soit on les lui a coupés n'importe comment, soit elle les a arrachés, un à un.

Soudain, elle lève les yeux, stupéfiée.

– Elle parle, ta blatte, dit-elle.

– Ah ! Tu l'entends, toi aussi, fait Johnny.

– Je ne comprends pas ce qu'elle raconte, mais elle dit quelque chose.

– Certaines espèces de blattes produisent une sorte de sifflement, dis-je. C'est peut-être ce que tu entends.

Un vrai sifflement retentit alors, le trille caractéristique d'Esther, semblable au cri d'un carouge à épaulettes. Baissant les yeux, j'aperçois Esther et Thelma qui attendent sur le parking, à côté des vélos. Thelma agite la main.

– Il faut y aller, Johnny, dis-je en désignant les filles d'un geste de la tête.

Avec délicatesse, Johnny prend Rover sur la cuisse de la fille et le dépose dans sa blattemobile. Puis il remet le couvercle en place.

– À la revoyure, dit Johnny à la fille.

– À ta place, j'y compterais pas trop, bredouille-t-elle.

Johnny et moi nous dirigeons vers les escaliers. Lorsque nous ouvrons la porte, la tristedue crie :

– Que Zig soit avec vous !

Pendant que nous descendons, Johnny dit :

– Cette poulette ressemble pas à Gunboy pour deux sous.

Au rez-de-chaussée, il se tourne vers moi.

– P*tain de m**de ! s'écrie-t-il.

Son visage se décompose sous mes yeux. Il remonte en courant.

Devrais-je le suivre ? Il se dépêche, ses chaussures de sport claquant sur les marches. Je me dis qu'il a oublié quelque chose là-haut, son carnet à croquis ou ses crayons, peut-être, mais comment expliquer une telle panique ?

Je traverse le hall (sur une affiche réalisée au pochoir, je lis : TRISTEDU ET FIER DE L'ÊTRE) et je sors de l'immeuble par une porte latérale. Puis je m'engage sur le carré de pelouse qui me sépare du parking. Thelma et Esther ont déjà enfourché leurs vélos. J'agite la main, mais elles ne me voient pas. Elles regardent vers le ciel. Thelma pousse un cri et laisse son dix-vitesses tomber par terre. Elle court vers l'immeuble.

À l'instant où je lève les yeux, je vois la fille aux cheveux roux tomber tête la première du haut du toit. Elle chute en silence. Elle ne bat ni des bras ni des jambes. Son corps ne cherche pas à se redresser. Elle tombe comme si elle était déjà morte. Haletant, je grimace en prévision d'un horrible bruit mat et de l'explosion de son crâne sur le sol. Pas de bruit sourd ni d'explosion, pourtant. Son corps fend la terre solide comme les eaux d'un lac tranquille.

Thelma se précipite vers l'endroit où la fille a disparu. Elle tombe à genoux. Je sprinte vers elle. Le souffle court, Thelma répète d'une voix perçante :

– Seigneur ! Seigneur ! Seigneur !

Un pyjama avec une tache orange est roulé en boule au milieu d'un parterre de rudbeckies fanées. Thelma creuse la terre comme pour déterrer la fille, la ramener auprès de nous. Esther s'approche de son pas maladroit. Levant les yeux, j'aperçois Johnny, penché au bord du toit. J'ai peur que, à son tour, il fasse le grand saut. Dans ma vie, je n'ai presque jamais crié. Je crie maintenant :

– *Non !*

20 40,08

Ca

Calcium

Dans notre paradis, « repose en paix » est une expression que les jeunes de treize ans connaissent bien. On l'utilise à toutes les sauces : elle veut dire « porte-toi bien », « au revoir » et « mes meilleurs vœux ». Une villageoise prend son repas au réfectoire et, avant de partir à la bibliothèque pour la soirée, elle dit aux autres : « Reposez en paix. » J'ignore depuis combien de temps cette pratique a cours, mais, pour ma part, je n'ai jamais employé cette formule. Après tout, nous ne nous reposons pas, au paradis, et la plupart d'entre nous ne sommes pas plus en paix que nous l'étions chez nous, aux États-Unis. (Notez que j'évite de dire que le paradis est « en haut » et les États-Unis « en bas », comme tant de villageois. Comment, en effet, distinguer le haut du bas ?)

Les villageois utilisent aussi les mots « repose en paix » quand l'un de nous repasse (mais pas avec un fer à repasser, ha ! ha !).

– Repose en paix, Willa Blake, disent à l'unisson les bienfaiseurs du Deborah-Blau et les tristedus réunis autour du parterre de fleurs où a disparu la fille du toit.

Ils viennent tout juste d'enterrer son pyjama dans la terre et d'y planter un jouet coloré en forme de moulin à vent. De temps à autre, le moulin tourne. Bien qu'une faible brise souffle aujourd'hui, un patient affirme que c'est Willa elle-même qui l'actionne.

Mes compagnons et moi nous tenons un peu à l'écart, à côté de nos vélos. Thelma tient à ce que nous restions un moment en signe de respect. Johnny nous explique qu'il a eu l'intuition qu'elle risquait de se faire du mal.

– J'ai couru, explique-t-il, mais je suis arrivé trop tard.

Le directeur du Deborah-Blau, un garçon de petite taille nommé Albert Schmidt, si joufflu qu'on lui donnerait plutôt dix ans, tient à savoir ce qu'a dit Willa Blake sur le toit.

– Ça ne changera pas grand-chose, remarquez, admet-il.

Il nous apprend que Willa songeait au suicide depuis des mois.

– Elle a parlé d'avoir des ailes d'ange, dis-je. Et d'un portail qu'elle aurait trouvé.

Le directeur de l'asile secoue la tête.

– Willa était une chercheuse de portails. Elle considérait le suicide comme le portail qui la ramènerait aux États-Unis. Les anges qui se tuent au paradis, disait-elle, se servent de leurs ailes pour rentrer aux États-Unis en tant que fantômes.

– Puisque c'est comme ça, pourquoi vous l'avez laissée monter sur le toit ? demande Johnny. Pourquoi vous l'avez pas attachée à son lit, cette poulette complètement cinglée ?

Albert répond que Willa n'était pas autorisée à monter sur le toit, mais que les membres du personnel ne peuvent pas exercer une surveillance de tous les instants.

– À ta place, mon chou, dit Thelma à Albert, je garderais pour moi la théorie du portail de Willa. Si le mot se répand, on risque de voir d'autres chercheurs de portails faire le grand saut.

Après le départ du directeur de l'asile, Esther m'explique que les suicides sont rares au paradis.

– OK, on a des idiots, des trous du c*l et des freaks, ici, mais les cinglés qui se jettent du haut des immeubles sont encore plus rares que les tubes de dentifrice.

Il est difficile de se suicider au paradis. En général, la personne qui se lance dans le vide ne meurt pas. Malgré de graves blessures – des fractures des jambes et des côtes, des commotions cérébrales et le reste –, elle survit et se remet peu à peu à l'hôpital. Mais il arrive que ni les sujets du roi ni ses chevaux ne puissent recoller les morceaux (pardonnez-moi de faire preuve de fantaisie). La pauvre Willa Blake est sans doute morte sur le coup parce qu'elle est tombée en plein sur la tête. Ici, au paradis, un mort disparaît en un clin d'œil. *Pouf!*

Je me demande où est la fille aux taches de rousseur, à présent. Est-elle enfin morte pour de bon? Ou existe-t-il un autre niveau de paradis, où la plomberie est en plus mauvais état, les immeubles plus laids et le gruau plus grumeleux, et où elle maudit le sort cruel qui fait qu'elle n'est pas rentrée aux États-Unis, après tout?

– Je suis désolée, mais Zig est censé guérir les tristedus les plus atteints avant leur arrivée ici, explique Thelma d'un air hébété.

J'ai remarqué que Thelma s'excuse chaque fois que Zig fait quelque chose de gênant ou se montre insouciant, comme si elle était personnellement responsable de ses gaffes.

– Pour un Monsieur Bricolo, dit Johnny, on peut dire qu'il fait n'importe quoi, ce Zig.

Il regarde vers le ciel comme si Zig, en vol stationnaire au-dessus de nos têtes, contemplait son beau gâchis.

– Et si Zig avait guéri Gunboy ? dis-je. Et si Gunboy n'était plus un psychopathe ? Il est peut-être désormais un garçon normal qui fait du bénévolat au réfectoire, joue au softball pour l'équipe de son secteur et aspire à devenir un bienfaiseur.

Johnny me fusille des yeux. Je soutiens son regard et, me voyant enfin ciller, il dit :

– Tu veux qu'on lui foute la paix ? C'est ça ? Si tu te dégonfles, t'as qu'à rentrer au Frank-et-Joe, d'accord ?

Il observe Thelma et Esther, s'aperçoit qu'elles se sont sans doute posé la même question que moi. Elles en ont probablement parlé entre elles.

– Allez donc ch*er ! crache Johnny. Je vais trouver Gunboy moi-même. Et tant pis s'il est devenu un ange qui donne des leçons de harpe aux bienfaiseurs. Je vais lui fracasser la tête avec une brique.

Il crie, à présent.

– *Vous m'entendez ?*

Autour de la tombe, des amis de la défunte Willa Blake nous lancent des regards mauvais à cause de notre manque de respect. Dans les bras l'une de l'autre, deux filles en robe de chambre à carreaux cessent de pleurnicher et nous dévisagent d'un air consterné.

Les joues cramoisies, Johnny passe son sac à dos sur ses épaules et enfourche sa bicyclette. Thelma dit :

– On va demander conseil à la réunion de ce soir, OK, mon chou ? On verra ce que les essellèmes en pensent.

Johnny ne répond pas. Il pédale avec fureur sans jeter un coup d'œil derrière lui. Il évite de justesse la collision avec d'autres tristedus du Deborah-Blau venus présenter leurs respects.

Je vois Johnny prendre de la vitesse dans la rue, passer devant une école et se mêler au flot des autres cyclistes qui vaquent à leurs occupations, des villageois ordinaires qui ne se sont pas donné pour mission de régler des comptes.

Thelma me serre le bras et dit :

– T'en fais pas, Oliver. Tout va être au poil.

Esther grommelle :

– À ta place, je ne parierais pas ma vie dans l'au-delà là-dessus.

21 44,96

Sc

Scandium

RIEN NE T'OBLIGE À PARDONNER, proclame une affiche accrochée dans la salle de l'école Ponyboy-Curtis où se réunissent les essellèmes. On a formé les lettres en saupoudrant des paillettes rouges sur de la colle. Une seconde affiche, tout aussi scintillante, est posée plus bas. MAIS SI TU VEUX, TU PEUX.

Assis sur un canapé miteux dont les accoudoirs laissent sortir la bourre, j'écoute d'une oreille distraite Thelma qui raconte l'histoire de Gunboy. Esther est assise à côté de moi. Autour de nous sont réunis vingt-deux essellèmes : certains ont sûrement pardonné à leur meurtrier, d'autres pas.

Ai-je pardonné à Gunboy ? Je n'en suis pas sûr. À mes yeux, il est aussi mystérieux que Zig. Ils sont invisibles, l'un et l'autre. Zig travaille en coulisse. Gunboy a également agi en coulisse (ou du moins derrière mon dos). J'ai donc de la difficulté à haïr celui qui a mis fin à ma vie et à lui vouloir du mal. Si c'était vous que Gunboy avait abattus, chère mère et cher père, je serais impitoyable. Je pourrais m'emparer d'une brique, comme Johnny l'a proposé, et marteler la tête de Gunboy jusqu'à ce que son esprit dérangé jaillisse de son crâne. En ce qui concerne mon propre passage, j'ai du mal à mobiliser des sentiments de haine parce que je me trouve dans un monde nouveau et fascinant.

Et si, comme je l'ai laissé entendre plus tôt, Zig avait effectivement réussi à réformer Gunboy ? Ma main sur la brique serait alors beaucoup moins ferme.

Je regrette que Johnny ne soit pas là pour raconter notre histoire. Il n'est pas venu au dortoir Jack-Merridew du Six, où nous devons passer la nuit, même si c'est lui qui a notre itinéraire. Au cas où il viendrait plus tard, je lui ai laissé un mot dans la chambre que nous devions partager. « Cher Johnny, ai-je écrit, je te promets de brandir bien haut mes poings poids coq le jour où nous trouverons Gunboy. S'il te plaît, viens à la réunion des essellèmes (je t'ai dessiné un plan au verso). Ton ami, Oliver (alias Boo). P.-S. Au cas où tu aurais faim, je t'ai laissé une orange. »

Mon camarade de chambre n'aime pas les écoles. Il ne viendra donc sans doute pas. Le forcer à fréquenter les écoles du paradis, c'est comme s'il était mort dans un crash d'avion et que, dans l'au-delà, on l'obligeait à tout bout de champ à monter dans un gros porteur.

Comme toujours, Thelma arbore ce soir le brassard violet qui atteste son statut de bienfaiseuse. Elle gesticule beaucoup en parlant, fait des mouvements de mains ondulants semblables à ceux des pom-pom girls des Trojans.

– Alors, Oliver et Johnny sont dans de sacrés beaux draps, explique-t-elle. Leur tueur est peut-être au Village. Et c'est à nous, villageois, de décider ce qu'il faut faire. À titre d'essellèmes, je pense que vos conseils pourraient nous être utiles.

Pendant le récit de Thelma, les essellèmes, assis dans des

fauteuils, sur des canapés ou des coussins posés à même le sol, ont à peine bronché ou cligné des yeux. Ils semblent ensorcelés. Certains ont la bouche grande ouverte. Dans leur excitation patiente, ils me font penser à Rover le basset qui attendait son maître pendant qu'il livrait le *Tribune* dans les Bluebell Apartments.

Une maigrichonne aux cheveux très fins prend la parole en premier.

– Pourchassez Gunboy, énonce-t-elle d'un ton neutre, et noyez-le dans un lac.

Pendant un moment, personne ne dit rien. Puis un garçon s'écrie :

– Plantez-lui un poignard dans le ventre !

Quelques autres fins possibles sont proposées pour Gunboy, notamment « Lancez-le du haut d'un pont », « Empoisonnez-le à l'arsenic » et « Poussez-le devant une rame de métro ».

Étant donné l'absence de lacs, de ponts, d'arsenic et de rames de métro au Village, j'en déduis que les essellèmes suggèrent des peines de remort inspirées par la fin qu'ils ont eux-mêmes connue. Je jette un coup d'œil à Thelma, assise à côté de moi, certain de la voir se récrier, mais elle se contente de frotter ses mains sur ses cuisses, comme pour essuyer la sueur de ses paumes.

Je fixe les affiches scintillantes pardonnera/pardonnera pas et je m'apprête à formuler un commentaire ironique, du genre « Si vous voulez pardonner, vous pouvez », mais Esther me prend de vitesse.

– Et si Johnny se trompait sur l'identité du garçon ?

La chef du groupe des essellèmes, la fille qu'on a vraisemblablement poussée devant une rame de métro, demande :

– Pourquoi incriminerait-il un innocent ?

Esther triture un coussin sur ses genoux et j'ai peur qu'elle s'en serve pour taper sur un essellème.

– Il n'a jamais vu son assassin ! crie-t-elle. Il le voit seulement dans ses foutus cauchemars !

Le garçon qu'on a sans doute poignardé soutient que les cauchemars d'un essellème sont très souvent révélateurs.

– En ce qui me concerne, ils constituent une preuve suffisante.

– Bravo ! s'exclame le garçon du pont.

D'autres voix reprennent l'acclamation en chœur.

Esther les ignore et se tourne vers moi.

– Il est possible que Johnny soit un peu cinglé, Boo, et qu'il ne sache plus très bien ce qu'il fait.

La fille du métro intervient :

– À leur arrivée ici, toutes les victimes de meurtre sont un peu cinglées. Tu ne peux pas comprendre. Tu n'es pas des nôtres.

– Revenez-en, à la fin, dit Esther en poussant un soupir exagéré.

À présent, tous les essellèmes la regardent d'un air furieux. Leurs visages ont l'air sinistres et presque diaboliques, comme s'ils prenaient les traits de leur assassin.

– Ne sois pas impolie, Esther, ordonne Thelma.

Esther souffle et annonce :

– Je vais faire pipi.

Elle se lève du canapé et me demande :

– Tu as envie de faire pipi, toi aussi, Boo ?

Thelma nous incite toujours à utiliser les cabinets avant

de nous mettre en route. Je fais signe que oui, bien que je ne ressente pas le besoin d'uriner. Esther et moi contournons les essellèmes, qui continuent de la fixer d'un air de défi. Dans le couloir, elle m'intime l'ordre de la suivre. Elle se dirige vers les toilettes des garçons (en tant que féministe, elle soutient que des toilettes séparées pour les filles et les garçons constituent une forme de ségrégation), puis elle entre dans une cabine et ferme la porte. Pendant qu'elle urine, je l'attends près des lavabos et j'en profite pour me laver les mains avec un pain de savon à la glycérine.

– Quand je dis que Johnny est un peu cinglé, je suis sérieuse, affirme-t-elle. Il a toujours été aussi bizarre que maintenant ?

Bizarre ? Qu'il est bizarre que ce soit Johnny qu'Esther considère comme bizarre ! Si on demandait aux élèves du collège Helen-Keller de dire qui, de Johnny Henzel ou d'Oliver Dalrymple, était le plus bizarre, je l'emporterais haut la main. Les élèves qui désigneraient Johnny seraient forcément eux-mêmes bizarres. Je songe par exemple à Jenny Vasquez, qui ne se déplace jamais sans une ménagerie d'animaux de ferme en plastique dans son sac et converse fréquemment avec eux.

Je dis à Esther ne garder aucun souvenir de signes de flagrante bizarrerie chez Johnny. Je lui rappelle que nous avions des contacts très limités, lui et moi. Je suis en mesure de confirmer que, à l'école, il n'était pas porté à se battre à coups de poing, à se comporter grossièrement ni à souffler des boulettes de papier.

Esther sort de la cabine et se lave les mains. Elle est juste assez grande pour se voir dans le miroir accroché au-dessus du lavabo.

– Nous avons intérêt à trouver Johnny avant qu'il fasse des ravages, dit-elle.

– Il ne fera pas de ravages.

Elle prend une serviette en papier sur la pile posée près du lavabo et s'essuie les mains, puis elle la froisse et me la lance.

– Comment veux-tu que je me fie à ton instinct ? demande-t-elle. Tu as un préjugé favorable parce que c'est ton ami.

Je ramasse par terre la serviette chiffonnée et je la jette dans la poubelle.

– En ma qualité d'apprenti scientifique et chercheur, je te garantis que je suis toujours impartial.

Elle hausse les sourcils.

– Neutre et objectif.

– Il est assoiffé de sang, ton copain.

– Il est seulement un peu nerveux.

– Il n'y a jamais eu de meurtre ici, Boo. Si Johnny ou les essellèmes éliminent Gunboy, qui sait ce qui risque d'arriver ? Qui sait comment Zig va réagir ?

– Tu penses qu'il va nous punir ?

Je n'avais pas envisagé cette possibilité.

– Je ne dis pas que la terre va se dérober sous nos pieds et nous avaler tout rond, mais je suis certaine qu'il y aura un règlement de comptes.

Je m'interroge. Si Zig supervise aussi les États-Unis, il ne semble pas y organiser de journées de règlements de comptes, malgré l'injustice, la violence et la peine de mort.

– C'est à nous d'arrêter Johnny, Boo, dit Esther. Sinon, nous aurons du sang sur les mains.

22 47,87

Ti

Titane

Après la réunion des essellèmes, je suis seul sur les marches de l'école Ponyboy-Curtis quand le garçon qui a reçu un coup de poignard dans le ventre s'assied à côté de moi. Il tient une planche à roulettes en mauvais état.

– Salut, dit-il avec l'accent traînant du Sud.

On pourrait penser que, dans le creuset du paradis, les villageois finiraient par perdre leur accent, mais il n'en est rien. L'accent que nous avons à notre arrivée est celui avec lequel nous repartons cinquante ans plus tard.

L'essellème se présente. Benny Baggarly. Bien que blond, il n'est pas pâlot comme moi. En fait, il est bronzé, comme s'il avait importé le soleil du sud des États-Unis.

Il se penche et dit :

– J'ai identifié mon assassin et je hante ce sal**d à mort.

– Pardon ?

– Je le hante. T'as entendu parler de ça, quand même ?

– Tu es un chercheur de portails ?

– Un chercheur de portails ? Disons plutôt que je suis un trouveur de portails.

Il sort un bout de papier de sa poche.

– Montre ça à personne. C'est pour toi et pour toi seulement.

Benny regarde autour de lui, mais personne n'est à portée de voix. Sur leurs vélos, les autres essellèmes se sont dispersés dans la nuit.

Thelma et Esther discutent sur le terrain de basket vivement éclairé, à côté de l'école. J'éprouve un élan de tristesse à la pensée que notre petite troupe se disloque.

Je déplie le bout de papier que m'a tendu Benny. Dessus figure un plan du Six. Il a tracé un *X* au milieu du parc Buttercup, à la limite septentrionale du secteur, là où le Six jouxte le Cinq.

– Nous avons rendez-vous dans ce parc à 3 heures, dans la nuit de demain.

– Qui ça, « nous », Benny ?

– Les hanteurs, mon gars. Hante un peu et tu pourras faire des recherches, comme un détective, tu vois. Apprendre si ton assassin est aux États-Unis ou ici au paradis. Avec un peu de chance, tu vas même découvrir le nom du garçon. Parce qu'il s'appelle sûrement pas « Gunboy ».

Devant mon expression dubitative, Benny me tend un appât supplémentaire :

– T'en profiteras pour rendre visite à tes parents. Serrer ton père dans tes bras, faire un petit bisou sur la joue à ta mère. Ça leur fera le plus grand bien.

Je glisse le plan de Benny dans ma poche et je le remercie de l'invitation. Je me demande si la hantise est aussi inoffensive qu'il le laisse entendre. Je pense à cette pauvre folle de Willa Blake et à son sinistre plongeon dans le vide.

Benny se lève et époussette son fond de culotte.

– Si tu veux en savoir plus, viens demain soir. Surtout, pas de retard. Et assure-toi d'être seul. C'est un club très sélect. Pas question d'inviter Pierre, Paul, Jacques.

Pendant que Benny traverse la cour d'école sur sa planche, je me dis : *Plutôt Pierre, Johnny, Jacques.*

23 50,94

V

Vanadium

Quand les filles et moi rentrons au dortoir Jack-Merridew, ce soir-là, je me précipite dans ma chambre pour voir si Johnny est de retour. L'orange intacte, sur la commode, m'apprend qu'il n'est pas passé. Déçu, je m'assieds sur le couvre-lit en chenille au moment où Thelma entre dans la pièce. Je me demande à haute voix si Johnny est retourné au dortoir Frank-et-Joe.

Thelma est d'avis qu'il montre son affiche « Recherché, mort ou vif » dans l'espoir de retrouver Gunboy tout seul.

– Attends un jour ou deux, mon chou, et il va se pointer, dit-elle en s'asseyant sur le lit opposé.

– Si Johnny trouve Gunboy, risque-t-il vraiment de lui défoncer le crâne à coups de brique ?

– Oh, Oliver, il faisait juste son fanfaron. Il a peur, notre Johnny. Il a peur, comme tous les essellèmes qui viennent d'arriver. On se remet pas d'un assassinat du jour au lendemain.

Son commentaire me vise aussi. À son avis, je ne suis pas assez affecté par le meurtre dont j'ai été victime. Je ne devrais pas m'en être remis si vite.

– Tu penses que Gunboy mérite une bonne raclée ? lui demandé-je.

Thelma examine les paumes de ses mains, comme si ses lignes de vie étaient susceptibles de lui fournir une réponse.

– Aucune idée, mon cœur en sucre. Je le jure devant Zig.

Elle se campe entre les deux lits au moment où je pose ma tête sur l'oreiller. Ce soir, elle chante *Lullaby of Birdland*. Sa voix balaie la pièce et s'échappe par la fenêtre. Je m'attends à ce que d'autres villageois viennent frapper à ma porte pour mieux entendre la magnifique voix de Thelma. Quand, dans la chanson, il est question d'un vieux saule qui sait pleurer, elle ferme les yeux et je ferme les miens. Puis, ayant terminé, Thelma se penche et m'embrasse sur le front. Même si, en général, ce genre de baiser m'inspire un mouvement de recul, je ne bronche pas, cette fois-ci, signe peut-être que je change, au moins un peu.

– Dors bien et laisse pas la tête-de-mort te mordre, plaisante-t-elle avant de gagner la chambre qu'elle partage avec Esther.

J'espère que Johnny et Rover veillent bien l'un sur l'autre.

Une fois Thelma sortie, je regarde autour de moi. Les murs semblent tristes et nus sans les dessins au crayon que Johnny a l'habitude d'y coller avec du ruban gommé pour donner à nos quartiers temporaires un aspect plus accueillant. Sur le croquis que je préfère jusqu'ici, on voit Esther filer en trombe sur sa rosemobile, les cheveux et les serpentins du guidon à l'horizontale. Johnny lui a fait un costume de Wonder Woman. Il m'a dit que nous étions des superhéros lancés à la poursuite de notre ennemi juré, Gunboy. Quand je lui ai demandé quel superhéros j'étais, il a répondu : « Brainboy. »

Dernièrement, je ne me sens pourtant pas particulièrement génial. L'intelligence que je possède – qui concerne les amibes, les nébuleuses et les formules scientifiques – ne m'est d'aucune utilité ici. J'aurais plutôt besoin d'une autre forme d'intelligence, une intelligence qui m'aiderait à comprendre ce qui peut bien pousser un garçon à ouvrir le feu dans une école, ou pourquoi une victime est encline à pardonner, tandis qu'une autre s'y refusera à jamais.

À 4 h 30, je me réveille en sursaut, le cœur battant : j'ai entendu Johnny crier en rêvant. Quand j'allume, pourtant, tout est paisible et le lit d'à côté est toujours inoccupé. C'est dans mon rêve à moi que les cris ont dû retentir. Je traîne la chaise du pupitre jusqu'à la fenêtre et je m'assieds là pour observer la pleine lune et le fouillis des étoiles.

Quand je souffrais d'insomnie, chez nous, aux États-Unis, je lisais mes manuels scolaires jusqu'à ce que la lumière soit suffisante pour me permettre de sortir faire une petite promenade de santé. Je donnerais cher pour être de retour au collège Helen-Keller, mémoriser la carte de l'Afrique, étudier la formation des glaciers et conjuguer des verbes espagnols (*muero, mueres, muere, morimos*...).

Lorsque disparaissent les étoiles grosses comme des têtes d'épingle et qu'entrent en scène les nuages, je retire mon pyjama et j'enfile ma tenue de gymnastique. Je remonte mes chaussettes blanches ornées de bandes rouges et bleues (autres vestiges, peut-être, du bicentenaire) et je lace mes chaussures de sport.

Dehors, tout est calme. Pas de cycliste en vue. Je me demande comment ce serait si, ici, la ségrégation ne s'arrêtait pas à l'âge et à la nationalité, si le paradis était compartimenté au point où j'en serais le seul habitant. Si, en d'autres termes, j'étais entièrement seul dans l'au-delà. Je frémis à cette idée. Je peux me passer de ce dont le paradis est dépourvu (animaux, voitures, téléphones, livres de science et le reste), mais l'absence des autres serait insupportable, même pour un solitaire tel que moi.

Je me rappelle une conversation que j'ai eue avec Johnny pendant l'une de mes courses matinales, il y a presque un an. Bien que je sois en général un joggeur au trot modéré, je piquais des sprints, ce jour-là, sur une pelouse qui s'étend entre les immeubles des Bluebell. Dans un premier temps, je n'ai pas remarqué la présence de Johnny et de Rover, son complice. Ensemble, ils lisaient le *Tribune,* assis dans l'herbe. (Bon, d'accord, le chien ne lisait pas vraiment, mais il regardait le journal avec intérêt.)

– Tu as songé à l'équipe d'athlétisme, Boo ? a lancé Johnny. On a besoin de gars comme toi.

J'ai ralenti et je suis revenu sur mes pas en remontant mes lunettes sur mon nez. J'ai expliqué à Johnny que je n'aimerais pas courir avec d'autres personnes. Je n'avais aucune envie d'entendre le bruit de leurs pas et de leur respiration. Mes halètements et le martèlement de mes pieds avaient un effet calmant ; ceux des autres m'agaceraient en plus de me distraire.

Johnny a dit qu'il comprenait.

– J'aime bien être tout seul, de temps en temps, moi aussi, m'a-t-il avoué. C'est pour cette raison que je distribue le journal à 5 h 30 du matin.

Puis il a ajouté une chose que je n'ai pas comprise.

– D'ailleurs, je déteste les gens, moi aussi.

J'ai été décontenancé.

– Mais je ne déteste pas les gens, ai-je répliqué. Je les trouve parfois un peu encombrants, c'est tout, surtout quand ils nuisent à mes expériences et m'empêchent de lire. Mais je ne les hais pas, non.

– Tu les hais, Boo. T'as le droit de le dire, tu sais.

Je n'avais pas envie de discuter, alors je n'ai rien ajouté. Johnny a changé de sujet.

– Les autres, à l'école, ils savent que tu fais de la course ?

J'ai secoué la tête et Rover a bâillé devant les pages sportives.

– Tes parents sont au courant ?

J'ai secoué de nouveau la tête. Vous étiez convaincus, chère mère et cher père, que j'allais faire de longues promenades matinales. Je ne voulais pas que vous sachiez que je m'adonnais au jogging parce que vous vous seriez fait du souci pour mon cœur fragile. Déjà, vous aviez écrit un mot à mon prof de gymnastique pour lui recommander de ne pas me pousser indûment.

Johnny semblait intrigué.

– Personne est au courant ?

– Tu es le seul.

Johnny a souri en tendant sa main tachée d'encre.

– C'est notre secret, alors.

Je l'ai serrée rapidement en espérant que l'encre ne marquerait pas ma peau.

Et maintenant, en courant dans les rues du Six, j'ouvre grands les yeux dans l'espoir d'apercevoir Johnny, cette âme en peine. Il est peut-être sorti de bonne heure, lui aussi. Qui sait si, ayant mal dormi, il n'est pas déjà debout.

Je cours jusqu'au square Buttercup. Malgré le portail qu'il

recèle peut-être, le parc a l'air aussi banal que les lits de renaissance. Une pelouse destinée aux activités sportives, quelques arbres, des tables de pique-nique et une cage à singes légèrement rouillée.

J'inspecte le parc sans rien remarquer, hormis un disque en vinyle bleu d'Elvis Presley tout fêlé, sans doute utilisé comme Frisbee. J'ignore ce que je m'attendais à trouver. À quoi ressemble un portail ? À la porte d'une machine à laver ? À la grille ou au couvercle d'une bouche d'égout ?

Si je découvrais un portail, aurais-je le cran d'y entrer ? Je songe à Frank et Joe Hardy, ces intrépides frères détectives s'enfonçant, une lampe de poche à la main, dans un passage sombre et mystérieux, comme sur la jaquette de *The Secret of the Lost Tunnel.* Si Johnny était là, j'accepterais de m'engager dans un portail. J'accepterais d'aller au fond du *Mystère du Gunboy perdu.*

24 52,00

Cr

Chrome

L'établissement que les filles et moi visitons ensuite, le Sal-Paradise du Cinq, n'est pas un hôpital psychiatrique. J'en suis soulagé : en effet, il est plus facile, pour un chercheur, d'étudier les os fracturés et les commotions cérébrales que la sensation d'être triste et perdu. Avec Esther, mon assistante de recherche, je vérifie les temps de guérison auprès des bienfaiseurs qui prodiguent des soins infirmiers. Sur un lit repose une fille dans le coma ; elle est tombée du haut d'un toit à la suite d'un accident de planche à roulettes. Contrairement à Willa Blake, elle n'a pas disparu au milieu d'un parterre de rudbeckies.

– Il faudrait révoquer les droits de fréquentation des toits, propose Esther. Nous, les anges, sommes trop empotés pour fréquenter les hauteurs.

Après, nous nous rendons dans le bureau principal, où nous trouvons Thelma qui feuillette un registre de renaissances relié en similicuir rouge.

– Eurêka ! s'écrie Thelma.

Elle est tombée sur le nom d'une fille qui est passée dans l'Illinois peu après Johnny.

– Schaumburg, c'est proche de Hoffman Estates ? demande-t-elle.

– Pratiquement à côté, dis-je.

Par-dessus l'épaule de Thelma, je jette un coup d'œil au registre. Sur une page sont tapés les noms des nouveaux, suivis de leur lieu de naissance, de la date de leur passage, de la cause de celui-ci et du code postal de la personne au Village. Thelma montre du doigt le nom de Sandy Goldberg. Dans la colonne « Cause du passage » figure le mot « arachide ».

Sandy Goldberg | Schaumburg, IL | 28 oct. 79 | arachide | ARC

– Elle était allergique aux arachides et toi aux balles de revolver, laisse tomber Esther. Ça vous fait quelque chose en commun.

– On ne plaisante pas avec les arachides, dis-je à Esther. Pour une personne allergique, la moindre trace de beurre d'arachide risque de déclencher un choc anaphylactique. La gorge du sujet enfle, il suffoque.

Je me tiens la gorge à deux mains.

– Repose en paix, pauvre petit ange, dit Thelma en notant sur un bout de papier les renseignements concernant Sandy.

– Comment sais-tu qu'elle est un ange ? demande Esther. Elle peut tout aussi bien être une ga*ce. Elle a peut-être mangé une arachide exprès, pour attirer l'attention.

Thelma soupire et dit :

– Pourquoi tu penses toujours que les gens sont épouvantables ?

– Parce qu'ils sont épouvantables, répond Esther.

Thelma lève les yeux au ciel.

– Donne-moi la force, ô Zig, fait-elle, comme s'il tournoyait sur l'hélice du ventilateur pendu au plafond.

– Tu penses que Zig t'écoute ? demandé-je.

– J'espère que oui, répond Thelma. Mais il a probablement d'autres chats à fouetter.

– Ce n'est pas comme s'il était notre papa et que nous pouvions nous tourner vers lui en cas de difficulté, explique Esther. Il veut que nous nous débrouillions tout seuls.

Sur le bureau, elle prend une boule à neige servant de presse-papiers et la secoue. À l'intérieur, on voit une fille et un garçon minuscules assis côte à côte sur un traîneau et arborant des cache-oreilles assortis.

– Nous attendons un certain nombre de choses de lui, poursuit Esther. Un endroit où dormir, de la nourriture, des vêtements. Et, en contrepartie, il attend un certain nombre de choses de nous.

– Comme quoi, par exemple ? demandé-je.

– Que nous nous satisfassions de ce que nous avons. Que nous nous respections mutuellement. Que nous réprimions nos plus bas instincts.

Pendant que Thelma range le registre des renaissances dans une armoire, Esther me fait un clin d'œil et glisse la boule à neige dans le sac à dos de Thelma.

À la sortie de l'hôpital, je suggère un pique-nique dans le parc Buttercup, situé tout près. Nous prenons des plats à emporter au réfectoire du coin, puis nous nous dirigeons lentement vers le parc. Thelma et Esther s'asseyent de part et d'autre d'une balançoire à bascule. Étant donné l'écart de poids,

Thelma reste clouée au sol, tandis qu'Esther est juchée dans les airs. Nous mangeons des sandwichs au beurre d'arachide en l'honneur de Sandy Goldberg.

Malgré leur dispute récente, elles semblent redevenues bonnes amies. Elles plaisantent et rient ensemble, et Thelma est même touchée en découvrant la boule à neige.

– Il neigeait pas souvent, en Caroline du Nord, et il neige jamais au Village. Alors cette neige, c'est la seule que je vais connaître.

Pourtant, elle se sent obligée de rapporter la boule à neige volée à l'hôpital. Esther soutient pour sa part que personne ne va regretter cet objet.

Je suis peu familier avec l'art de l'amitié : les taquineries, les disputes, les réconciliations… Combien de temps faut-il rester fâché, par exemple, après une remarque désobligeante ou une preuve de déloyauté ? Je devrais noter ce genre de données dans mon grand livre.

Combien de jours Johnny restera-t-il fâché contre moi ?

Après avoir avalé mon sandwich, mes abricots secs et mes craquelins au blé, je ramasse ostensiblement les déchets qui jonchent le parc pour les jeter. En réalité, je suis en quête d'un portail. Je déplace même la poubelle pour voir si une porte ne se cacherait pas dessous. Je ne vois rien.

Tout l'après-midi, nous cherchons Sandy Goldberg. À l'aide de son code postal, nous trouvons le dortoir qui lui a été assigné, mais sa camarade de chambre nous apprend qu'elle suit un cours de dessin d'après nature à l'école Charlie-Gordon. Là, le professeur indique qu'elle l'a abandonné pour faire du badminton au gymnase Marcy-Lewis. À cet endroit, un professeur de gymnastique nous dit que Sandy, qui a un don pour le smash en extension, est partie en tournée avec l'équipe locale de badminton. Elle rentrera plus tard dans la semaine.

Pendant tous ces déplacements, mon vélo déraille par deux fois. À ces moments, je regrette vraiment Johnny, car c'est lui le spécialiste des bicyclettes. Moi, je finis avec de la graisse partout sur mes mains et mon tee-shirt.

Cette nuit-là, dans ma chambre du dortoir, j'essaie de dessiner mon ami, de réaliser une sorte d'affiche « Recherché *vivant* » afin de la montrer aux chercheurs de portails qui assisteront au rassemblement nocturne. Je n'ai rien d'un portraitiste : les croquis que j'exécute dans mon cahier sont très peu professionnels. Mes personnages pourraient être n'importe quel garçon aux cheveux bruns. On pourrait même penser qu'ils ressemblent à Gunboy.

À ma grande frustration, je suis incapable de reproduire sur le papier l'image que je vois dans ma tête. Je chiffonne une succession de dessins, puis je sors dans le couloir les jeter dans le vide-ordures.

Il est minuit quinze. Dans deux heures, je pars pour une expédition de hantise et je passerai une nuit blanche. Aucune importance. Je ne compte plus les fois où je me suis privé de sommeil, dans ma vie, et je m'en priverai cette fois-ci encore. Pourtant, allongé sur mon lit à regarder le ventilateur tourbillonner, j'éprouve une sourde angoisse au creux de l'estomac. Bien que je ne croie pas que Zig veille sur moi, je me surprends à répéter les paroles de Thelma :

– Que Zig me donne la force…

25 54,94

Mn

Manganèse

Au paradis, c'est dans les petites choses que se cache la magie. Prenez les lampes de poche, par exemple. Les villageois ne sont pas forcément éblouis quand ils appuient sur le bouton d'une lampe de poche et qu'un faisceau lumineux apparaît, mais, s'ils dévissaient le bout du tube de métal magique et constataient l'absence de piles, ils risqueraient de l'être.

Croyez-le ou non, nos lampes de poche fonctionnent sans source d'énergie apparente. Il faut pourtant que la lumière vienne de quelque part, non ? Quelle est donc la source de cette énergie ? Peut-être des particules invisibles en suspension dans l'air alimentent-elles nos lampes de poche, nos lampes de bureau et nos lampadaires. Un jour, je me pencherai sur de telles énigmes.

En attendant, j'ai une confession à faire : de la même façon qu'Esther a piqué une boule à neige, j'ai subtilisé la lampe de poche que je tiens à la main. Elle vient de la maison des bienfaiseurs, au dortoir. J'espère que vous ne serez pas trop déçus de votre fils, chère mère et cher père, mais en ces temps difficiles il faut être prêt à tout.

Je m'aventure à l'extérieur après le couvre-feu, au moment où les lampadaires sont éteints et où, dans les ombres de la nuit, le Village semble lugubre et sinistre. Non pas que la nuit soit en soi lugubre et sinistre. Je ne risque pas de croiser des fantômes (ou encore je risque de croiser seulement des fantômes, si on voit les villageois ainsi, ha ! ha !). Je n'ai jamais eu peur du noir. Petit, comme vous le savez, je n'ai jamais eu besoin d'une veilleuse dans ma chambre. Je ne me suis jamais recroquevillé dans mon lit, terrorisé à l'idée qu'un tigre à dents de sabre jaillisse de mon placard. Je ne me suis jamais réveillé au milieu de la nuit en hurlant à tue-tête.

Tandis que je marche dans les rues, armé de ma lampe de poche, je me demande si Johnny viendra au rendez-vous des chercheurs de portails. J'ai une bonne nouvelle à lui annoncer : nous avons retrouvé Sandy Goldberg de Schaumburg (qu'Esther a surnommée « la cacachouette »). Elle sera peut-être en mesure de nous fournir de précieux indices sur Gunboy et sa véritable identité.

Si j'aperçois au loin le faisceau d'une autre lampe de poche, j'éteindrai la mienne : il peut s'agir d'un surveillant de nuit qui vérifie les laissez-passer dont doivent être munis les villageois sortis après le couvre-feu. Je ne vois toutefois pas d'autres lumières. Ici, la nuit est noire d'encre, en particulier quand d'épais nuages recouvrent la lune. Il règne aussi chez nous un silence de mort (ha ! ha !). Pas d'ambulances qui hurlent, pas de trains qui vrombissent, pas de voitures qui klaxonnent. Hélas, pas de grillons qui stridulent non plus. Seules les feuilles bruissent au moindre souffle de vent.

En arrivant près du parc Buttercup, je consulte ma montre luminescente à l'effigie de Casper le gentil fantôme (cadeau d'Esther). Il est 2 h 50. Dans le terrain de jeu, une lumière clignote. J'éteins ma lampe de poche et je fonce vers ce signal. En traversant le terrain de football, je constate qu'il provient du sommet de la cage à singes en forme de cube. Juchée dessus, une personne fait office de phare. On dirait un garçon, mais ce n'est pas Benny. Benny est petit, et ce garçon-là semble plutôt grand. Il brandit le bras qui tient la lampe de poche au-dessus de sa tête, comme s'il imitait la statue de la Liberté.

Je m'arrête à quelques mètres.

– Bien le bonsoir, dis-je.

– Ta gueule ! aboie le garçon.

Je baisse la voix.

– Benny Baggarly est là ? Il m'a convié à une expédition de hantise.

– Entre dans cette p*tain de cage, crétin.

Une deuxième silhouette émerge de la cage et s'avance vers moi. Lorsque le phare s'allume, je reconnais Benny.

– Viens avec moi, chuchote-t-il en me tapotant l'épaule. Mais pas un mot.

Il porte son index à ses lèvres.

En rampant, je suis Benny au milieu des barreaux de la cage à singes. Dans la lumière clignotante, ce n'est d'ailleurs pas une mince affaire. À l'intérieur de la structure, je regarde autour de moi. Il y a d'autres personnes. Je les entends respirer et, quand la lumière du phare brille, je les entrevois fugitivement. Elles se sont agglutinées autour des barreaux les plus bas. Cette promiscuité est inconfortable. Je voudrais demander aux autres s'ils ont vu Johnny, mais il est interdit de parler. Plusieurs minutes s'écoulent dans un silence total. Pour tuer le temps, je balaie le parc des yeux, mais aucune autre lampe de poche ne s'avance vers nous.

Le garçon juché au-dessus de nos têtes, sans doute le chef de la bande, le grand patron de la hantise, descend enfin de son perchoir et se campe en plein centre du cube.

– Je vais faire l'appel. N'oubliez pas qu'on utilise des surnoms, ici. Pas de vrais noms.

Sa lampe de poche passe de main en main. Chaque hanteur énonce son nom d'emprunt et, en la tenant sous son menton, l'allume pendant une fraction de seconde pour éclairer son visage.

– Ace.

– Doug.

– Shelly.

– La Trouille.

– Jack Sprat.

– Cristal.

– Face de rat, dit Benny.

Quelques-uns rient.

– Silence ! siffle le chef de la bande.

Ainsi illuminés par en dessous, nous avons tous une mine spectrale. Quand mon tour vient, je donne donc mon vrai surnom :

– Boo.

Je tends la lampe de poche au chef.

– Tsar, dit-il avant d'allumer la lampe de poche à son tour.

Dans la fraction de seconde qui précède l'extinction de la lumière, j'entrevois un garçon à la mine revêche, aux traits asymétriques, aux grandes oreilles et aux cheveux bruns en broussaille.

Celui de l'affiche « Recherché, mort ou vif » en personne.

Gunboy ! Gunboy en chair et en os ! Une douleur aiguë me transperce la poitrine. Gunboy, si proche que je pourrais le toucher.

Je me souviens d'avoir promis à Johnny d'être fort, mais je suis aussi pétrifié qu'un enfant qui entend grogner un tigre à dents de sabre dans son placard.

Dans les ténèbres, Benny Baggarly murmure :

– Je peux y aller en premier, Tsar ?

– Bande de trous du c*l ! Je vous ai pourtant dit de fermer vos p*tains de gueules ! Vous l'ouvrez seulement si je vous pose une question. Compris ?

Personne ne dit rien.

– *Compris ?*

– Oui, Tsar, répondent cette fois une demi-dizaine de voix.

Je ne réponds pas. Je suis bouche bée. Mon cœur bat de façon irrégulière. La douleur cuisante s'apaise enfin. Dans ma tête, je scande : *hydrogène, hélium, lithium, béryllium, bore, carbone, azote, oxygène, fluor.*

Gunboy m'a-t-il reconnu quand j'ai braqué la lumière sur mon visage ? Il n'en a peut-être pas eu le temps. Peut-être aussi n'a-t-il pas eu le temps de bien me regarder chez nous, au collège Helen-Keller.

– Vous savez comment ça marche, dit Gunboy.

Il a la voix râpeuse, comme si, à l'instar de Johnny, il criait dans son sommeil.

– Je vous emmène au terrain de base-ball, un à la fois, et vous prenez le portail jusque chez vous. Pendant que vous attendez votre tour, je veux rien entendre. Un son et j'annule tout, bande d'en**lés. *Capisce ?*

– Oui, Tsar.

Néon, sodium, magnésium, aluminium, silicium.

Notre petit cercle se disloque presque sans bruit pour permettre à Tsar de se faufiler parmi les hanteurs et de grimper aux barreaux de la cage à singes. Il est dehors, à présent, tandis que nous restons dans la cage.

– Jack Sprat, t'es le premier, dit-il.

Il allume sa lampe de poche et l'oriente vers le sol, tandis que, à côté de moi, un garçon sort en se tortillant. Gunboy et Jack Sprat se dirigent vers le terrain de base-ball ; je suis la lumière des yeux en m'attendant à tout moment à entendre Jack Sprat pousser un cri à vous glacer les sangs.

– Qu'est-ce qui se passe ? demandé-je à Benny. Que va-t-il faire à Jack Sprat ?

Benny plaque sa main sur ma bouche.

– Chut ! Tsar va piquer une crise.

Je repousse sa main.

– Il faut que je sache. C'est une question de vie ou de mort !

Un autre m'assène une claque sur la tête.

– La ferme, triso, murmure la fille surnommée Cristal.

Je me glisse entre les barreaux au moment où quelqu'un m'agrippe par le tee-shirt, mais je me débats et l'autre me lâche. Il faut que je me sauve. Je ne connais pas le vrai nom de Gunboy, mais, avec le peu d'informations que j'ai réussi à glaner, Thelma parviendra peut-être à le retrouver. Je m'apprête à détaler vers le dortoir pour réveiller les filles lorsque je vois un rayon de lumière voleter sur le terrain de base-ball. Gunboy revient ! Misère ! Pendant un moment, je suis paralysé, mais bientôt je chasse la peur et je brandis mes poings poids coq. S'il braque la lampe de poche sur moi et m'attaque, je me défendrai. Le rayon de lumière se rapproche.

Mes nerfs se cuirassent. Mon cœur bat à se rompre. Mon sang s'affole.

Juste avant que la lumière m'atteigne, une voix demande :

– C'est bien ici, le rassemblement des chercheurs de portails ? Je suis un peu en retard.

Je reconnais aussitôt cette voix.

– Johnny Henzel ?

Le cône de lumière m'éclaire. Je baisse les poings.

– Qu'est-ce que tu fous ici, Boo ?

Derrière moi, les chercheurs de portails font :

– Chut !

Je n'ai pas vu mon camarade de chambre depuis un jour et demi, mais le temps m'a paru beaucoup plus long.

– Je te cherchais, Johnny, dis-je. Je suis sorti te chercher.

– Vos gueules ! s'écrie Cristal.

– C'est quoi, son problème, à celle-là ? demande Johnny.

Du terrain s'élève un rugissement de frustration, suivi des mots suivants :

– Vous êtes même pas capables de suivre un ordre simple, bande d'attardés de p*tain de m**de !

Sur le terrain de base-ball, le cercle de lumière grandit, de plus en plus menaçant. Notre assassin court vers nous.

– Et cr*tte de m**de ! s'exclame Benny Baggarly.

– J'irai jamais à Tampa ! gémit Cristal.

Notre assassin hurle :

– Crétins ! Imbéciles !

– C'est quoi, ce b*rdel ? demande Johnny.

– Gunboy ! balbutié-je.

– Hein ? fait Johnny en dardant sa lampe de poche dans mes yeux.

Une collision entre deux galaxies. Voilà ce que je redoute au moment où Johnny braque sa lampe sur le garçon qui fonce vers nous.

Pendant un moment, personne ne dit rien. Les chercheurs de portails tremblent sans doute dans leur cage. Dans la faible lueur, Johnny semble ahuri. Sa bouche s'ouvre toute grande. Il recule d'un pas.

Gunboy s'immobilise tout près de lui. Le garçon semble féroce, fou furieux. Ses yeux sont rouge vif. Ses cheveux se dressent sur sa tête.

– Je vais vous faire la peau, espèces de trous du c*l ! gronde-t-il.

– Aie pitié de moi, Tsar, lance Cristal de Tampa. Je ne suis qu'une innocente spectatrice !

– Qui t'a sonnée, toi ? demande Gunboy.

Notre assassin se tourne vers Cristal. Il n'en faut pas plus pour que Johnny s'avance en brandissant bien haut sa lampe de poche magique. Il l'abat sur le crâne du garçon.

On entend un craquement sonore, écœurant.

Gunboy s'écroule en tas par terre. Sa lampe de poche roule sur le sable et s'arrête à mes pieds, éclairant en partie la scène où Johnny exerce sa vengeance. En criant comme un fou, il roue le corps du garçon inconscient de coups de sa matraque improvisée.

Dans l'obscurité, le sang semble noir.

26 55,85

Fe

Fer

Nous courons dans la nuit, Johnny et moi, et les faisceaux de nos lampes de poche s'entrecroisent, nos souffles haletants se chevauchent, nos pas martèlent le sol à l'unisson.

Nous sommes des dingues de vitesse affolés et effrayés et nous nous efforçons de laisser loin derrière un geste terrible qui, je le crains, risque de nous coûter notre vie dans l'au-delà.

27 58,93

Co

Cobalt

28 58,69

Ni

Nickel

29 63,55

Cu

Cuivre

Tsar se nomme en réalité Charles Lindblom. Ce nom ne semble-t-il pas innocent ? On dirait celui d'un probe directeur de banque ou d'un vaillant héros de l'aviation exécutant un vol transatlantique. Quand j'ai fait part de ces réflexions à Johnny, il m'a répondu que, pour lui, le nom de Charles Lindblom n'était pas plus innocent que celui de Charles Manson.

Je rends visite à Tsar à l'hôpital Sal-Paradise. Je me suis déguisé, à condition qu'on puisse considérer une casquette de base-ball comme un déguisement. Johnny et moi l'avons trouvée dans notre cachette. Nous nous terrons dans le bureau inutilisé d'un concierge au sous-sol du gymnase Marcy-Lewis, non loin du mur de l'Ouest, dans le Cinq. À longueur de journée, nous entendons des ballons de basket rebondir au-dessus de nos têtes. Le son nous rendrait fous, a plaisanté Johnny, si nous ne l'étions pas déjà.

Dans notre cachette, nous avons déniché un roman mettant en scène les frères Hardy, *The Flickering Torch Mystery*. Pendant ma visite à l'hôpital, je feins d'être plongé dans ce livre. Le titre est bizarrement approprié. Après tout, c'est à cause d'une lampe de poche – d'une sorte de torche, donc – que Tsar séjourne au Sal-Paradise.

Dans cet hôpital, tous les patients se remettent de leurs

blessures dans la même pièce, une salle en longueur dans laquelle les lits sont séparés par des rideaux que l'on peut tirer quand on a besoin d'intimité. D'après les renseignements que j'ai pu glaner, sept patients ont été victimes d'accidents de vélo et un autre, préposé dans un réfectoire, a subi des brûlures quand une marmite de linguine s'est renversée.

Je vous dis que je rends visite à Tsar, chère mère et cher père, mais je suis en fait au chevet d'une fille appelée Nilaya Singh. Je fais semblant d'être son ami. Quand une de ses vraies amies est venue la voir, hier, et m'a demandé qui j'étais, j'ai menti en affirmant être l'un de ses copains skateurs. Nilaya est la fille qui a perdu le contrôle en faisant du skate sur un toit et est tombée en bas de l'immeuble. On ne s'attend pas à ce qu'elle reprenne connaissance avant une semaine.

C'est la troisième fois que je viens la voir. À chaque occasion, je suis resté une vingtaine de minutes. Aujourd'hui, je lui ai apporté un bouquet de fleurs sauvages, cueillies devant notre cachette au gymnase. Le visage de la fille est enflé et meurtri, et on a remonté ses cheveux foncés en chignon sur sa tête. Parce qu'elle a atterri dans des buissons, ses bras sont couverts d'égratignures. Je l'observe et je note la progression de sa guérison sur le signet de mon roman mettant en scène les frères Hardy. J'aimerais bien avoir fait du skate avec elle et ne pas avoir d'arrière-pensée. Mon arrière-pensée, dans ce cas particulier, gît dans le lit voisin : Charles Lindblom. Dans le coma, comme Johnny l'a été dans l'Illinois.

– Œil pour œil… a dit Johnny à ce sujet.

Des gardiens chargés de sa sécurité sont postés de part et d'autre de Tsar, au cas où l'auteur ou les auteurs du passage à tabac reviendraient terminer le boulot (l'étouffer avec un oreiller, par exemple).

Le garçon allongé ne ressemble plus du tout à celui qui figure sur l'affiche « Recherché, mort ou vif ». Son visage est si tuméfié qu'il semble plus mort que vif. Son crâne est fracturé, ses pommettes pulvérisées et ses yeux de raton laveur font penser au symbole de l'infini. Ses lèvres sont boursouflées au point de paraître grotesques.

Vous demandez-vous comment une simple lampe de poche – sans piles, de surcroît – a pu causer de tels dommages ? Des cailloux. Johnny a rempli de cailloux le cylindre creux de sa lampe. Il s'est dit qu'il aurait besoin d'une arme, la nuit de l'expédition de hantise.

Johnny insiste pour que j'aille chaque jour à l'hôpital voir si Tsar est passé. Malgré la gravité de ses blessures, il survivra. Le garçon se rétablit peu à peu. Je me garde toutefois de le dire à Johnny.

– Le plus probable, dis-je plutôt, c'est que Gunboy va mourir et disparaître.

Tel est le dénouement espéré par Johnny. Chaque jour, cependant, les ecchymoses s'effacent et l'enflure diminue. Chaque jour, le réveil de Tsar devient plus imminent.

Une infirmière appelée Mlle Heidi vient changer les pansements de Tsar. Elle propose aux gardiens de faire une pause et tire en partie les rideaux autour du lit, que j'entrevois malgré tout par une fente. L'infirmière nettoie les plaies de Tsar avec des boules de coton trempées dans une bassine dont l'eau prend lentement une teinte rosée. C'est une grosse fille, plus encore que Thelma, et un véritable moulin à paroles. Sans doute suppose-t-elle que les personnes dans le coma entendent et comprennent ce qu'on leur dit (de la même façon que Johnny entendait ses parents et sa sœur pendant le sien).

– Je sais ce que tu manigançais, Chucky, mon gars, dit-elle en promenant un gant de toilette sur ses membres. T'hypnotisais les villageois, tu leur mettais des idées dans la tête. Tu les as convaincus que le monticule du lanceur était un portail qui leur permettrait de rentrer aux États-Unis. À ta place, je laisserais tomber ces hantises. Il peut rien en sortir de bon, comme tu l'as appris à tes dépens.

Une rumeur veut que Tsar ait échoué à hypnotiser un villageois qui, fou de rage, l'aurait battu. Selon une autre rumeur, un tueur fou parcourrait le Village. Hier, j'ai entendu des infirmières évoquer les deux possibilités.

– Essaie jamais de te montrer aussi capable de magie que Zig, conseille Mlle Heidi. La magie de Zig est pas parfaite. Si tu te prends pour lui, tu risques de faire un paquet d'erreurs.

Mlle Heidi roule son gant de toilette en boule et lave les aisselles de Tsar.

– T'en fais pas, va, dit-elle. Tu vas être sur pied dans le temps de le dire, mon vieux.

« Mon vieux » ? Pourquoi appelle-t-elle Tsar ainsi ?

Dès que Mlle Heidi ressort avec sa bassine d'eau, je me glisse derrière les rideaux et me hâte vers le pied du lit de Tsar. Sur la planchette à pince qu'on y a accrochée se trouve une feuille de papier où figurent les renseignements sur le patient. Je m'en empare et la parcours en vitesse.

Nom d'une pipe ! Charles Lindblom est mort le 11 juillet 1933 !

30 65,38

Zn

Zinc

Avant de regagner notre cachette, je m'arrête au réfectoire de l'école du coin, où je commande des plats à emporter. Je demande à la serveuse de remplir des récipients en plastique de ragoût de patates douces, de salade de maïs et de haricots noirs.

– Pour deux, s'il vous plaît, dis-je.

Je porte ma casquette de base-ball et mes lunettes fumées.

– Super, tes lunettes, mon chou, dit la serveuse. Elles te vont comme un gant.

Nouvel exemple d'authentique ironie. Les lunettes sont roses, la monture sertie de faux diamants. Johnny, qui les a dénichées dans le bureau du concierge, insiste pour que je ne sorte pas de notre cachette sans elles. Histoire de ne pas être reconnu. Je ne les porte toutefois pas à l'hôpital par crainte de sembler louche.

Je m'apprête à repartir lorsqu'un bienfaiseur arborant le brassard violet monte sur l'estrade du réfectoire, un porte-voix dans une main, un communiqué dans l'autre.

– Un moment d'attention, je vous prie, lance-t-il. À la lumière des derniers événements, certains d'entre vous se sont dits inquiets à l'idée de sortir à la nuit tombée.

Les villageois attablés dans le réfectoire cessent de bavarder pour écouter le bienfaiseur. C'est tout un événement parce que les villageois (à l'instar des élèves du collège Helen-Keller, du reste) prêtent rarement attention à ce genre d'annonce.

– Le Conseil des bienfaiseurs tient à vous assurer que la lâche attaque dont l'un de nous a été victime n'était pas aveugle. Elle visait un garçon bien précis. Quelques-uns d'entre vous craignent la présence d'un tueur fou en liberté parmi nous. Nos informations nous laissent croire le contraire.

Un rouquin agite son couteau et sa fourchette.

– J'avoue tout ! C'est moi le meurtrier ! crie-t-il.

Il feint de poignarder la fille assise à côté de lui. De nombreux villageois éclatent de rire. En balayant les tables des yeux, je constate toutefois que l'un d'eux ne rit pas. C'est Benny Baggarly. Il a les yeux rivés sur son bol de ragoût.

– Ne vous abstenez donc pas de sortir dans le noir, poursuit le garçon au porte-voix. Mais n'oubliez pas que tout villageois surpris dehors passé minuit se verra infliger une peine de détention. Merci.

Je remonte mes lunettes sur l'arête de mon nez, saisis quelques serviettes de table et sors en vitesse du réfectoire pour regagner notre cachette en vélo.

Je dois informer Johnny de notre erreur. Charles Lindblom est un vieux de la vieille ; il n'est pas Gunboy.

J'accepte une part de responsabilité : c'est moi qui ai dit à Johnny que Gunboy s'approchait lorsque Tsar est sorti de l'ombre en fulminant. Si j'avais tenu ma langue, Johnny n'aurait pas pris Tsar pour Gunboy. Pourtant, Johnny est convaincu que Tsar est bel et bien Gunboy. Mon camarade soutient qu'il dort désormais « comme un foutu bébé souche », mais il ment : je l'entends gémir dans son sommeil. Nous dormons à tour de rôle sur un vieux canapé tout défoncé dans le bureau du concierge. Une nuit sur deux, l'un de nous dort sur des coussins posés à même le sol.

Mon insomnie est pire que jamais. La nuit dernière, je suis même sorti après le couvre-feu. Une lampe de poche à la main, je suis retourné sur le lieu du crime. Je suis remonté dans la cage à singes et j'ai passé plus d'une heure dans cette prison de fortune. Dans notre cachette, j'avais pris un couteau à lame rétractable, et je m'en suis servi pour faire des entailles le long de mes bras et de mes jambes. Pendant ce temps, j'ai songé à vous, chère mère et cher père. J'ai songé que je regrettais vos conversations toutes simples à propos des choses les plus banales, comme le meilleur shampoing antipelliculaire, par exemple. Je serais prêt à tout pour emprunter un portail et rentrer aux États-Unis afin de passer un moment auprès de vous, aussi court fût-il. Pourtant, j'ai senti dès le début que Tsar et les hanteurs étaient des imposteurs. J'ai compris que Tsar ne pourrait pas m'aider à regagner le 222, Hill Drive.

Je me suis senti très seul dans cette cage à singes. Je n'ai pas pleuré, mais j'ai poussé de profonds soupirs.

31 69,72

Ga

Gallium

– Pleure pas.

Ce sont les mots que Johnny m'avait chuchotés à l'oreille après que, en cinquième, Kevin Stein, Fred Winchester et Jermaine Tucker m'eurent pris à partie et battu à coups de poing dans un couloir. Tandis que je restais allongé par terre, le corps meurtri après l'agression, Johnny Henzel s'était agenouillé à côté de moi et m'avait dit de ne pas pleurer.

– Si tu pleures, ça va juste être pire.

Ces mots, je les ai répétés à Johnny lors de notre première nuit dans le bureau du concierge. Il était recroquevillé, tout nu, dans le gros évier rouillé du fond de la pièce. S'il pleurait, c'est parce que son visage et ses cheveux étaient couverts du sang de Tsar.

– Enlève-moi ça, Boo ! Enlève ça !

Nous n'avions pas de shampoing. Seulement un pain de savon. Je m'en suis servi pour lui laver les cheveux et nettoyer son visage. Je crois que nous étions tous deux en état de choc. J'ai donc pu toucher un autre être humain sans éprouver mon dégoût habituel. Pendant ce temps, il sanglotait en silence.

Tandis que je frottais son cuir chevelu avec mes ongles,

il frissonnait. Pourtant, l'eau était chaude. J'ai rempli un seau et je l'ai vidé sur sa tête pour rincer le savon.

– J'avais pas le choix. Il fallait que je le fasse, a-t-il dit.

Du savon a coulé dans ses yeux et il les a frottés avec fureur.

– Comme quand il faut achever un cheval à la jambe cassée.

– Un cheval ?

– Ce qu'il a, Gunboy, c'est pire qu'une jambe cassée, a dit Johnny en se tapotant la tempe du bout de l'index. Lui, il a le cerveau cassé.

Les vêtements ensanglantés de Johnny gisaient en tas sur le sol. J'ai songé à les laver, mais j'ai plutôt décidé de les mettre dans une poubelle. Quant à la lampe de poche remplie de cailloux, je l'ai vidée, puis j'ai essuyé le cylindre à l'aide de serviettes de papier.

Une serviette de bain ornée de homards de dessins animés était accrochée au mur. J'en ai drapé Johnny, puis je l'ai aidé à sortir de l'évier. Glissant sur une flaque d'eau, il a failli tomber, mais je l'ai rattrapé. Une fois redressé, il m'a jeté un regard qui signifiait : *T'es plus fort que t'en as l'air.*

Mais je ne me suis pas senti fort. J'ai plutôt senti que mon cerveau était brisé, lui aussi.

32 72,63

Ge

Germanium

L'ameublement spartiate du bureau du concierge se compose du canapé miteux et de cinq chaises branlantes auxquelles sont fixées des tables de travail de la taille d'une palette de peintre. Des boîtes en carton débordant d'un bric-à-brac oublié sont empilées dans un coin. C'est là que Johnny et moi avons trouvé la casquette de base-ball, les lunettes fumées, le couteau à lame rétractable et le roman mettant en scène les frères Hardy. J'y cherchais des vêtements de rechange, en fait, car je n'avais plus rien à me mettre, et Johnny non plus. Lors de ma deuxième nuit ici, j'ai attendu la fermeture du Marcy-Lewis et je suis monté au vestiaire des garçons dans l'espoir de dégotter quelques articles dans les casiers. Maigre récolte pour un garçon maigre (ha ! ha !). Je flotte dans la chemise et le short que j'ai dénichés. Aucune importance. Je trouverai le moyen de m'en accommoder.

Peu de gens viennent dans le sous-sol du gymnase. En général, les visiteurs se rendent à la salle de bains, au pied de l'escalier, et ne s'aventurent pas dans les autres pièces, plus loin dans le couloir. À quoi bon, puisqu'elles sont remplies d'objets inutiles ?

Le soir où il nous a abandonnés, Johnny a découvert le bureau du concierge en explorant le centre sportif, une fois ses portes fermées. Au prix de contorsions, il s'était introduit dans le Marcy-Lewis par une fenêtre non verrouillée du sous-sol. Son but, m'a-t-il dit, était de trouver un endroit où personne ne risquait de l'attaquer dans son sommeil. Par « personne », il voulait parler de Gunboy.

De retour avec notre repas, je me faufile par la même fenêtre, puis je me laisse tomber sur le sol. Je me dirige vers le bureau du concierge, où je trouve Johnny vêtu de la tenue de sport que je lui ai dénichée dans le vestiaire. Tel un militaire, il exécute des pompes sur le sol en béton en tapant des mains entre chaque. Son tee-shirt est mouillé de sueur et son odeur d'oignon empeste la pièce.

Je lui explique que ses efforts sont futiles.

– Nos corps ne changent pas. Les muscles et la graisse que nous avons aujourd'hui sont ceux que nous aurons pour l'éternité.

– C'est pas juste, dit-il, essoufflé.

– La vie dans l'au-delà est injuste, acquiescé-je.

C'est ce qu'Esther répète toujours.

Je dispose notre repas par terre en utilisant des serviettes en papier comme napperons. Je fais même une place pour Rover : en effet, Johnny aime déposer une cuillerée de nourriture sur un sous-verre pour permettre à sa blatte de grignoter.

– Sa voix est de plus en plus forte, me dit-il en s'occupant de Rover. Je saisis un mot, par-ci par-là. Aujourd'hui, par exemple, j'ai entendu « suicide ».

– « Suicide » ?

– C'était une voix de fille. Je parie que c'était Willa qui parlait de son intention de sauter du haut du Deborah-Blau.

Pour ma part, je n'ai jamais entendu cette créature produire un seul son.

Je me fais du souci pour la santé mentale de Johnny.

Il remarque les escarres sur mes jambes et mes bras.

– Tu t'es battu contre un canif?

– Un couteau à lame rétractable, dis-je. Je mène une expérience sur les temps de cicatrisation.

Il secoue la tête. À son tour de se faire du souci pour ma santé mentale. Ensuite, il me réclame une mise à jour sur Gunboy. Je lui dis que Tsar est dans un état stable et qu'il y a peu de changements par rapport à hier. Johnny suppose que Gunboy va survivre pendant un mois encore avant de succomber à ses blessures.

– Après tout, dit-il, je suis passé après cinq semaines de coma.

– Vous êtes engagés sur la même voie, lui et toi ?

Johnny caresse du bout du doigt les ailes de sa tête-de-mort, occupée à manger.

– On a beaucoup de choses en commun, Gunboy et moi, dit-il.

– Comme quoi, en particulier ?

– Un tempérament bouillant. Nous sommes des en**lés en colère.

Je me remémore le collège Helen-Keller et les Bluebell Apartments. Je ne me souviens pas de Johnny comme d'un garçon « au tempérament bouillant ». Je me souviens plutôt de l'avoir vu paisiblement assis dans un coin de la bibliothèque, occupé à dessiner dans son carnet à croquis. Je me souviens de l'avoir vu courir sereinement sur la piste, autour du terrain de football. Tout le monde aimait Johnny. Si mes souvenirs sont exacts, nos camarades de classe ne le taquinaient pas, ne l'intimidaient pas, n'essayaient pas de le massacrer durant les parties de balle au prisonnier, comme ils le faisaient avec moi.

Après notre repas, je rince les récipients et nos couverts en plastique dans l'évier et j'essuie notre vaisselle avec la serviette décorée de homards. Puis je me tourne vers Johnny, qui joue aux osselets avec un vieux jeu qu'il a déniché dans la boîte de rebuts.

Je ne lui dis pas: «J'ai quelque chose d'important à t'apprendre» (il s'en rendra compte par lui-même). Je ne lui dis pas: «Tu devrais t'asseoir» (il est déjà assis). Je ne lui dis pas: «Accroche-toi à ton chapeau» (il porte une casquette de baseball). Je lui dis simplement:

– Tsar a quarante-six ans.

Johnny fait tomber les cinq osselets qu'il essayait de ramasser en même temps.

– Comment ça, «quarante-six ans»?

– C'est un vieux de la vieille. Ici depuis des décennies.

Il fronce les sourcils.

– Je te conseille de pas te fo*tre de moi.

– Pourquoi est-ce que je voudrais me fo*tre de toi? J'ai toujours eu comme politique de ne jamais me fo*tre des autres, quelles que soient les circonstances.

Je m'assieds avec lui. Je lui parle des personnes venues rendre visite à Tsar, aujourd'hui, juste avant mon départ. Elles ont évoqué ses talents de magicien et les spectacles qu'il avait montés. Il sciait son assistante en deux, se dépêtrait de nœuds complexes et hypnotisait des spectateurs, qui se mettaient à chanter comme des coqs et à bondir comme des lapins. Les spectacles évoqués par ces personnes datent d'il y a longtemps.

Je sors de ma poche la fiche de renseignements que j'ai piquée à l'hôpital. Je la tends à Johnny, qui lit à haute voix la date du passage de Tsar : le 11 juillet 1933. Puis il lève les yeux sur moi.

– On dit ici qu'il a été piétiné à mort par un cheval, quelque part dans le Nevada.

Johnny ferme les yeux, dépose la fiche et se frotte les tempes, comme si son cerveau se cassait aussi.

Je n'ajoute rien. J'attends. Je songe aux chevaux blessés dont on abrège les souffrances au moyen d'une balle dans la tête. Les minutes s'égrènent. Du coin de l'œil, je vois Rover traverser le mur du fond en vitesse.

– Tout est au poil, Johnny ? demandé-je enfin.

Ses yeux s'ouvrent en clignant.

– Je pense savoir ce qui s'est passé, Boo, lance-t-il d'une voix plus grave qu'à l'accoutumée. En septembre, ce Tsar s'est rendu à Hoffman Estates en expédition de hantise. Il est entré chez quelqu'un, il a piqué un revolver et il est parti à la chasse aux jeunes de treize ans.

Que Zig nous vienne en aide !

– Tu ne crois pas ça en vrai ?

Il semble offensé.

– Ça se tient parfaitement ! insiste-t-il. Il a peut-être même profité de ses hantises pour tuer d'autres jeunes. On n'est peut-être pas les seuls ! On devrait entrer en contact avec les essellèmes, les inviter à prendre part à l'enquête. Tsar a peut-être fait d'autres victimes.

– La victime dans cette histoire, c'est Tsar, Johnny, dis-je en soupirant.

Il brandit une main et aboie :

– Arrête !

Puis il bondit sur ses pieds et ouvre toute grande la porte de notre cachette. En général, il avance dans le couloir à pas furtifs pour éviter de faire du bruit et d'attirer l'attention. Cette fois-ci, il court. Je me lance à ses trousses. Il passe devant les toilettes et gravit deux à deux les marches qui conduisent au hall. Lorsque j'y arrive à mon tour, il file déjà dans le couloir qui débouche sur le terrain de basket. Le Marcy-Lewis est encore ouvert et des villageois y traînent. Je fonce vers le terrain de basket. En y arrivant, je vois Johnny grimper l'escalier qui monte à la piste de course intérieure qui fait le tour du terrain. Là, il se met à courir, mais pas au petit trot. Au contraire, il sprinte de toutes ses forces. Il tourne et tourne. Il n'y a personne d'autre, là-haut. Sur le terrain, quelques garçons effectuent des paniers. Je décide de laisser Johnny tranquille. Je m'assieds sur un banc et j'attends que le dingue de vitesse redescende.

En l'observant, je songe à le planter là et à prendre mon vélo pour rentrer dans le Onze. Peut-être Thelma est-elle de retour au dortoir Frank-et-Joe ; elle saura ce qu'il faut faire. Désormais, je me moque bien de savoir qui m'a tué et pourquoi ; franchement, je ne suis même pas certain d'avoir jamais voulu le savoir. Je préfère examiner des questions moins macabres, par exemple le fonctionnement des lampes de poche sans piles. C'est le seul genre de mystères que je souhaite élucider.

Une demi-heure plus tard, un bienfaiseur s'avance au milieu du terrain de basket, un porte-voix à la main.

– Fermeture dans dix minutes, lance-t-il. On conclut, les gars.

Les joueurs de basket se dirigent vers le vestiaire pour prendre une douche et se changer. Ils se donnent des coups de poing sur l'épaule. Ils s'appellent réciproquement « Scrotum ». Ils rient avec affabilité. Ils font partie du monde auquel appartenait autrefois Johnny. Quand il arrête enfin de courir et qu'il descend de la piste en mezzanine, j'ai une suggestion à lui faire :

– Oublions Gunboy, Johnny, lui dis-je d'un ton presque suppliant. Demain matin, on rentre au dortoir et on recommence à zéro. On trouvera du travail. Moi, au musée Curios ; toi, tu donneras des cours de dessin d'après nature. Faisons comme si nous étions morts de causes différentes, moi en raison d'un cœur défectueux et toi, je ne sais pas, d'une allergie aux noix, par exemple.

Je suis moi-même surpris par ma suggestion. Il m'arrive rarement de faire semblant. Vous vous rappellerez peut-être, chère mère et cher père, que, petit, je me suis brièvement imaginé dans la peau du biologiste évolutionniste Richard Dawkins, mais que j'ai ensuite décidé qu'il était malhonnête de jouer la comédie.

Johnny a les traits tirés. Il porte autour de la tête un bandeau en tissu-éponge qu'il a dû trouver quelque part sur la piste.

– Une allergie aux noix, dit-il, haletant.

Il me regarde comme si j'avais une noix (ha ! ha !) à la place du cerveau.

– Choc anaphylactique, précisé-je.

Il me dévisage pendant un moment.

– Oh, OK, bredouille-t-il enfin.

Puis il sort du terrain de basket et se dirige vers une fontaine à eau du hall.

Je n'en reviens pas. J'étais certain qu'il allait me reprocher d'avoir abandonné.

– Bon, c'est bien, alors, lancé-je. Très bien.

Je le rattrape. Je brandis mes poings poids coq et, quand il se redresse après avoir bu, je lui assène un petit coup sur l'épaule.

Au lieu de regagner le sous-sol, il sort par la porte principale du gymnase. Je le suis. Sur le côté de l'immeuble, il s'allonge dans l'herbe et contemple le ciel qui s'assombrit.

Je lui rappelle le jour où, après son accident de *skitching,* à Hoffman Estates, il a contemplé les nuages, frappé de stupeur. Il plisse le front.

– Ouais, ça me dit vaguement quelque chose.

– Tu as dit que tu avais vu quelque chose de magnifique, Johnny. Qu'est-ce que c'était ?

– Aucune idée.

Je m'allonge à côté de lui, les yeux tournés vers le ciel. Des étoiles grosses comme des têtes d'épingle le ponctuent. Je dois commencer à les cartographier.

– Je parlais peut-être du paradis, dit Johnny. De la beauté qui nous attendait ici.

Dans l'herbe, je me tourne vers lui.

– C'est vrai ?

Il me fait face. Une larme unique s'échappe de son œil et glisse sur l'arête de son nez.

– Non, dit-il.

Puis il éclate de rire et je laisse moi-même entendre une série de « ha ! ha ! ».

Zig seul sait de quoi nous rions.

33 74,92

As

Arsenic

Après la fermeture du gymnase, nous rentrons dans le bureau du concierge. Pour notre dernière soirée en ce lieu, Johnny a envie de jouer à des jeux de société.

– Comme des jeunes normaux, dit-il.

L'autre jour, il a déniché une boîte remplie de jeux comme Mille Bornes, Monopoly, Docteur Maboul et Trouble. Cluedo fait aussi partie du lot, mais vous pensez bien, chère mère et cher père, que nous n'y jouerons pas ; en effet, nous ne sommes pas d'humeur à découvrir que c'est Professeur Violet qui a fait le coup dans la salle de billard avec le chandelier.

Johnny lit les règlements du Docteur Maboul. Avec l'aide de pincettes, les joueurs, qui incarnent des chirurgiens, doivent retirer du corps d'un patient des parties de son anatomie au nom comique : pomme d'Adam, os du coude, crampe d'écrivain, côtelettes, cœur brisé. Dans le cerveau du patient, on voit un cornet de crème glacée, allusion au « gel du cerveau », la douleur qu'on éprouve quand on mange trop vite sa crème glacée.

– Au paradis, les lésions cérébrales n'existent pas. Tsar va donc se remettre complètement, dis-je. Tu savais que certains villageois ont perdu des doigts et des orteils et qu'ils ont repoussé ? Comme les membres des salamandres.

Johnny lève les yeux des règles du jeu.

– Va surtout pas te couper un petit orteil pour voir combien de temps il met à repousser, me prévient-il.

Je dois avouer que cette idée m'a effleuré l'esprit.

– Tsar va se rétablir et nous allons accepter notre punition, continué-je. Thelma veillera à ce que nous soyons traités équitablement. Nous risquons de nettoyer des toilettes pendant des mois, mais on n'y peut rien.

Ce châtiment me permettra peut-être de percer à jour le mystère de la plomberie du paradis.

– Nous devrions présenter nos excuses à Tsar, dis-je. Il y a eu erreur sur la personne, comme dans l'aventure des frères Hardy intitulée *The Missing Chums* (autre livre déniché dans notre cachette).

– S'il te plaît, Boo, ne parlons plus de ce type ce soir, déclare Johnny sans lever les yeux des instructions. Quel jeu stupide, ajoute-t-il ensuite avant de jeter la feuille.

Nous jouons au Monopoly plutôt qu'à Docteur Maboul. Rover parcourt le plateau de jeu à la manière d'un troisième pion. Pendant la partie, Johnny pioche une carte « Sortez de prison ». Dessus, on voit un type vêtu de l'habit rayé du prisonnier.

– Celle-là, j'ai peut-être intérêt à la garder, dit-il avec un petit sourire narquois.

Il parle très peu. Il semble triste et perdu, même quand il achète la Promenade. Nous sommes tous deux fatigués, trop épuisés pour nous concentrer sur l'achat de chemins de fer, d'hôtels et de services publics. Nous ne finissons donc pas la partie et décidons de nous mettre au lit.

Johnny dépose Rover dans sa blattemobile, mais il ne met

pas le couvercle dessus : ainsi, le cafard pourra passer la nuit à se promener à droite à gauche, si tel est son bon désir.

Avant de me coucher, je prends un bain dans le gros évier : je me savonne les cheveux et je me verse un seau d'eau sur la tête. Je m'essuie avec la serviette aux motifs de homards. C'est à mon tour de dormir sur le canapé, mais je propose à Johnny de s'y installer en affirmant préférer les coussins posés à même le sol. J'ai peur que ses cauchemars le hantent, cette nuit. Il dormira peut-être plus paisiblement sur le canapé.

– Tu connais des berceuses, Boo ? me demande-t-il, une fois les lumières éteintes.

Je n'ai pas la voix de Thelma, mais je me risque à interpréter un standard de Cole Porter intitulé *Friendship,* chanson dans laquelle il est dit que, dans les amitiés les plus intimes, les gens combinent leurs qualités et leurs forces pour former un « *blendship* », c'est-à-dire une sorte d'amalgame. Je me rappelle qu'il vous arrivait de chanter cette chanson en duo, chère mère et cher père, pour divertir les clients. Ma version est plus lente, plus mélancolique que la vôtre. Dans le noir, ma voix semble plus juste et, j'ose le dire, plus angélique que celle d'avant mon passage, du moins si mes souvenirs sont bons. Pour compenser la diminution de mon quotient intellectuel, Zig a peut-être amélioré ma voix.

Quand j'ai terminé, Johnny demande :

– « *Blendship* » ?

– C'est un mot-valise.

– Tu as des bagages à faire, toi ?

– Non. C'est un mot qui résulte de la fusion de deux autres, dans ce cas-ci « *blend* » et « *friendship* ». Le nom me rappelle aussi…

– Boo ?

– Oui, Johnny ?

– Tais-toi, s'il te plaît.

34 78,97

Se

Sélénium

– C'est seulement un cauchemar ! lancé-je dans mon sommeil.

Parce que j'entends Johnny crier. Un bref cri de panique. J'ouvre les yeux dans le noir. Des cercles de lumière balaient les murs et le sol. Le plafonnier s'allume. Mes pupilles se contractent. Je plisse les yeux. Il y a des gens dans la pièce. Ils sont une demi-dizaine. Dans mon état d'ahurissement, je me dis absurdement que les concierges sont venus reprendre possession de leur bureau. Puis ils se jettent sur moi. Trois concierges. Ils arrachent ma couverture, saisissent mes bras et mes jambes et me tournent sur le côté. Ils ont une mine sinistre et exaltée. J'ai le visage aplati contre un coussin. Du coin de l'œil, je vois Rover avancer à tâtons sur une plinthe. À l'autre bout de la pièce, les concierges s'en prennent aussi à Johnny. Il crie au meurtre. Un concierge à califourchon sur lui sort un objet curieux : des menottes. Les bras repliés derrière le dos, je sens une pression sur mes poignets et j'entends un clic. Les concierges m'ont menotté. Tout mon corps se relâche, comme le jour où, à Halloween, les garçons se sont jetés sur moi. Moi qui avais dit que je serais fort… Johnny, lui, résiste. Il bat des jambes. De son pied nu, il atteint un des concierges en plein sur la tête. Du revers de la main, un autre le frappe violemment au visage. Johnny cesse de hurler quand l'un des garçons coupe un bout de ruban adhésif et le colle sur sa bouche.

Puis je m'aperçois que les concierges arborent tous un brassard violet.

35 79,90

Br

Brome

Cette nuit, Zig joue aux osselets dans les cieux avec des milliers d'étoiles scintillantes. Je distingue même la Voie lactée ou, à tout le moins, le blanc de chaux qu'il utilise pour peindre le ciel nocturne. Je me concentre sur la beauté là-haut pour me distraire de mon supplice ici-bas.

Des cordes à sauter me maintiennent sur un brancard d'hôpital que des bienfaiseurs tirent en ce moment même au milieu des hautes herbes, à la façon d'un traîneau. Avant de me ficeler, ils m'ont enveloppé dans une couverture. J'ai donc un peu l'impression d'être un nourrisson amérindien emmailloté dans un porte-bébé, sauf qu'un bébé n'aurait pas les mains liées et la bouche scellée par du ruban, aussi sévères ses parents soient-ils. Sans le ruban, je crierais en direction de l'autre brancard traîné à travers champs. Je crierais à Johnny de ne pas paniquer. Après tout, les bienfaiseurs sont des personnes aimables et charitables. À part quelques abrasions dues aux cordes, on s'en tirera sans bobo.

Deux bienfaiseurs tirent sur la corde fixée à mon brancard, comme s'il s'agissait d'une laisse. Munis de lampes de poche, ils ouvrent la voie. Un troisième ferme la marche pour s'assurer que je ne tombe pas en route. Si je n'étais pas bâillonné, je dirais à ces garçons que cette spectaculaire capture est tout à fait superflue puisque Johnny et moi avions l'intention de nous rendre aux autorités à l'aube.

Toutes les autres nuits, nous avions placé des pupitres contre la porte du bureau du concierge : en effet, aucune serrure n'empêchait les intrus d'entrer. Ce soir, cependant, nous ne nous sommes pas donné cette peine. J'imagine que Johnny s'adresse des reproches à ce sujet. Je tourne la tête pour jeter un coup d'œil au brancard de mon camarade et à sa triple escorte.

Je vois les lampes de poche de l'autre groupe miroiter à l'extrémité du champ. Dans une autre direction. Zig tout-puissant, les bienfaiseurs nous séparent !

Où l'emmènent-ils ? Peut-être Tsar s'est-il réveillé. Peut-être conduit-on Johnny à l'hôpital, où on demandera à sa victime de le désigner parmi d'autres jeunes, comme dans une séance d'identification organisée par la police. Peut-être l'emmène-t-on directement en prison (« sans passer par la case Départ »). Mais pourquoi pas moi ? Je suis coupable, moi aussi. J'ai joué un rôle dans ce fiasco.

À la sortie du champ, les membres de mon escorte tirent mon brancard le long d'une rue déserte. La nuit est silencieuse, hormis le grattement des planches sur l'asphalte, qui me fait penser aux chasse-neige à Hoffman Estates. Comme je suis à la hauteur du trottoir, les immeubles sombres que nous longeons me semblent plus imposants et plus menaçants que d'habitude. Ils se penchent sur moi, comme pour me voir passer en jugement. S'ils avaient des têtes, ils les secoueraient ; s'ils avaient des doigts, ils les agiteraient.

Mes trois gardiens n'ont pas encore dit un mot. Je suis donc surpris lorsque l'un d'eux s'écrie :

– Zut ! On a dû se tromper quelque part. On devrait être sur Phoebe Caulfield Road.

Ils font faire demi-tour à mon traîneau et nous rebroussons chemin avant de remonter une autre rue.

Je me réjouis de l'obscurité. S'il faisait jour et que des passants pouvaient me voir, j'aurais trop honte. Alors merci, chers bienfaiseurs, de votre prévenance.

Nous nous arrêtons devant ce qui a toutes les apparences d'un dortoir. Deux des garçons soulèvent le brancard à la hauteur de la taille et m'entraînent le long d'un sentier pavé longeant une haie d'épinettes vertigineuses. DORTOIR RHODA-PENMARK, proclame l'écriteau fixé au-dessus de la porte principale. La portière vient à notre rencontre. Elle jette un coup d'œil au porte-bébé amérindien géant que je suis et déclare :

– C'est pas bien.

– Contente-toi de nous tenir la porte, Inez.

Ladite Inez obéit et nous laisse passer. Nous traversons un hall désert et empruntons un couloir jusqu'à la porte 106, numéro de mon ancien casier au collège Helen-Keller. Inez triture un jeu de clés et finit par introduire la bonne dans la serrure.

– Il fallait vraiment le bâillonner ? demande-t-elle. C'est un nouveau. Vous auriez pu avoir pitié de lui.

– Tais-toi, Inez, ou c'est toi qu'on va bâillonner.

Inez renâcle et sort de la pièce.

Les deux bienfaiseurs posent le brancard sur le lit. Je lève les yeux sur le ventilateur qui tournoie. Pour une raison que j'ignore, je songe à Tsar qui hypnotisait les hanteurs.

Je l'imagine faisant tourner un moulin à vent miniature devant eux et disant :

– Tu as *sommeeeeeeil*, tellement *sommeeeeeeil*.

Pour ma part, je n'ai absolument pas sommeil. J'ai les yeux grands ouverts, même s'il doit être quelque chose comme 4 heures du matin.

Les bienfaiseurs me détachent. Ils me font rouler sur le côté et m'enlèvent les menottes. Mes poignets sont maigres comme tout. Ils n'ont pas été meurtris par les menottes qui, constaté-je, sont en plastique. Des jouets ! Johnny aura tellement honte !

Je m'assieds et l'un des bienfaiseurs, un garçon avec un gros nez, me dit qu'il va enlever le ruban de ma bouche. Il a un léger accent britannique.

– Ça va peut-être faire un peu mal, dit-il. Je vais y aller lentement.

Il tire sur le ruban, arrachant le fin duvet qui pousse au-dessus de ma lèvre supérieure. Je grimace et demande :

– Où est Johnny Henzel ?

– Nous ne sommes pas autorisés à divulguer cette information, répond le jeune Britannique.

– C'est un malheureux accident, dis-je. Nous avons pris Charles Lindblom pour quelqu'un d'autre. Pour celui qui nous a tués, en fait.

Les deux bienfaiseurs échangent un regard.

J'essaie d'en appeler à leurs bons sentiments.

– Nous sommes des essellèmes, mais nous ne nous sommes pas encore remis de notre passage.

Mon deuxième ravisseur, celui à l'accent américain, dit :

– Je dois rapporter le brancard.

Je me redresse donc, vêtu de mon seul boxer, la couverture drapée sur mes épaules, et je laisse le garçon tirer le brancard. Il l'emporte sans un mot.

– Tu vas dormir ici cette nuit, dit le Britannique. Demain matin, le président des bienfaiseurs de ton secteur viendra te voir.

Reginald Washington à la rescousse.

– Je vais m'asseoir devant ta porte, mon pote, au cas où tu aurais besoin de quelque chose. Je m'appelle Ringo.

– Comme le batteur des Beatles.

– Ce n'est pas mon vrai nom, répond-il. C'est le surnom qu'on me donne. Je viens d'Angleterre, tu vois, mais ma famille a déménagé à Detroit un an avant mon passage.

– Es-tu mon geôlier, Ringo ?

– Oui. Je travaille au Gene-Forrester, dans le Neuf.

– C'est là que se trouve Johnny ?

– Je ne peux rien dire.

– Écoute, il faut que tu me conduises tout de suite auprès de Johnny Henzel. Il est très sensible.

Ringo secoue la tête.

– Il est un peu instable, dis-je.

Ringo pose sur moi un regard de marbre.

– C'est ce que je me suis laissé dire, en effet.

Puis il sort de la chambre en fermant la porte derrière lui.

Je me dirige vers la fenêtre et je tire les rideaux poussiéreux. Je pousse sur le châssis à guillotine, qui ne bouge pas. Même si je réussissais à m'enfuir, où irais-je, de toute façon ? Je ne peux pas chercher Johnny dans le noir, en sous-vêtements.

Il y a un bureau à côté de la fenêtre. Je m'y assieds. Impossible de fermer l'œil, maintenant. Je vais attendre que le soleil se lève et que Reginald arrive. J'essaie d'étudier les étoiles dans le ciel, mais ma concentration laisse à désirer. Je me sens moi-même instable. Que Zig me pardonne, mais si, en ce moment, j'avais un couteau, je m'amputerais peut-être d'un petit orteil.

36 83,80

Kr

Krypton

– Hé, Oliver, c'est l'heure de se lever. Debout, debout !

Une main me tapote la tête.

Pendant un moment, je pense que la main et la voix sont les tiennes, chère mère. Je peux presque sentir le parfum d'agrumes de la lotion tonique pour les cheveux qui imprègne tous tes vêtements à cause du temps que tu passes au salon de coiffure.

Je ne suis pas mort, me dis-je. *Je ne suis pas mort, en fin de compte.*

Mais, quand j'ouvre les yeux, le visage que je découvre n'est pas rose et lustré comme celui de mère. Il est plutôt brun et joufflu.

– Thelma, dis-je en levant la tête. Je suis content de te voir, même si tu ne sens pas la lotion pour les cheveux.

Elle semble déconcertée par ma remarque.

– Contente de te voir aussi, mon chou.

Son sourire révèle le trou entre ses dents.

Après avoir dormi assis devant le bureau, j'ai le torticolis.

Thelma examine le sous-main.

– Qu'est-ce que tu as dessiné ?

Je baisse les yeux sur mon œuvre.

– Un cheval.

Pour tuer le temps, la nuit dernière, j'ai cartographié les

étoiles et créé une nouvelle constellation, non pas un cheval ailé comme Pégase, mais plutôt un cheval ordinaire. Pourtant, mon cheval a seulement trois jambes : il n'y avait pas assez d'étoiles scintillantes pour lui en faire une quatrième. Aux yeux de ceux qui croient aux présages, un cheval à trois jambes annonce presque certainement une calamité. Par chance, je ne crois pas aux présages.

– Je t'ai apporté des vêtements propres, des chaussures et même une brosse à dents.

Thelma désigne les objets posés sur le lit.

– Où est Johnny ? Où l'ont-ils emmené ?

– Habille-toi, mon chou, d'accord ? dit-elle en détournant les yeux. Ensuite, on va parler, toi et moi. J'ai des choses à te dire.

Thelma a quelque chose de différent de d'habitude. Je mets un moment à comprendre de quoi il s'agit.

– Où est ton brassard ?

Elle examine le haut de son bras et donne l'impression de se demander où diantre a pu passer le fameux brassard violet. Elle s'assied sur le lit et me tend un jean dont les genoux sont légèrement tachés d'herbe.

– Je suis plus bienfaiseuse, Oliver.

– Tu as pris ta retraite ? demandé-je en enfilant le pantalon.

– Non. J'ai été virée.

– On t'a mise à la porte ?

– Les autres parlent de « congé ». Disons que le conseil a pas été enchanté par nos petites escapades.

Elle veut parler de nos escapades à Johnny et à moi. Notre agression contre Charles Lindblom lui a coûté son poste.

– Oh, Thelma, je suis terriblement désolé.

Quel horrible gâchis j'ai créé ! Vous devez avoir honte de moi, chère mère et cher père ! Des crânes fracturés, des personnes renvoyées, des amis tristes et perdus. Sans parler de Rover, la malheureuse blatte abandonnée au Marcy-Lewis. Johnny sera navré par la disparition de son animal de compagnie !

Par inadvertance, j'ai mis mon tee-shirt à l'envers, preuve que je suis devenu un imbécile.

– J'accepterai la punition que le conseil jugera bon de m'imposer, dis-je à Thelma.

Elle tapote le lit à côté d'elle.

Elle a les yeux angoissés et rougis

– Tu seras pas puni, mon chou. Le conseil a décidé que tu avais rien fait de mal.

– Mais tout est ma faute, Thelma. Je suis ce qu'on appelle un « instigateur ». C'est moi qui ai dit à Johnny que Charles Lindblom était Gunboy. Il ressemblait comme deux gouttes d'eau au garçon sur l'affiche « Recherché, mort ou vif ».

Thelma agite une main dans les airs, comme pour effacer des mots sur un tableau noir.

– J'ai quelqu'un à te présenter, Oliver.

Elle jette un coup d'œil à la porte. Puis elle se lève et va ouvrir. Elle fait signe à la personne qui se tient derrière.

Un garçon et une fille entrent. Je me lève. Le garçon, je le reconnais. C'est Reginald Washington, les bras, le visage et même les rotules couverts de taches (il porte un short qui laisse voir un genou rose et l'autre brun).

– Bonjour, jeune homme, lance-t-il en souriant.

Quant à la fille, je ne l'ai encore jamais vue.

Elle est très maigre, encore plus que moi. De part et d'autre de sa tête, des nattes se dressent à l'horizontale. Reginald la pousse vers moi. Elle semble stupéfiée, comme si elle venait d'apercevoir un fantôme.

Pour un peu, histoire de briser la glace, je lancerais : « Boo ! »

Elle avance encore de quelques pas en me regardant d'un drôle d'air, comme si elle détaillait chacun de mes traits... Mon nez, mes lèvres, mon front.

– C'est lui, dit-elle.

Thelma inspire bruyamment.

– Tu en es sûre ? demande Reginald.

La fille hoche la tête.

– Sur une échelle de un à dix, déclare Reginald, où dix veut dire que tu es absolument certaine et un que tu n'es pas du tout certaine, à combien évaluerais-tu ton degré de certitude ?

Un spectre de la certitude. Quelle idée bizarre.

– Neuf et demi, répond la fille.

– Est-ce que je pourrais savoir ce qui se passe ? demandé-je.

– Je te présente Sandy, mon chou.

– Bonjour, Sandy. Ravi de te rencontrer. Je m'appelle Oliver.

– Ouais, c'est ce que je me suis laissé dire.

Sandy me regarde toujours fixement.

Reginald adresse un signe de tête à Thelma.

– Bon, Sandy, dit-il ensuite, je pense qu'il vaut mieux que nous nous sauvions. Nous avons une longue journée devant nous.

Sandy détache enfin son regard de mon visage. Mais, juste avant de sortir de la chambre, elle se retourne et, en me regardant une dernière fois, dit :

– Pauvre petit.

Je ne réponds pas. Je me demande pourquoi elle a pitié de moi.

Après leur départ, Thelma s'essuie le front et les joues avec ses paumes.

Tout d'un coup, je comprends qui était la fille aux tresses. Ce que je peux être stupide !

– C'était la fille de Schaumburg dans l'Illinois, dis-je.

Thelma hoche la tête.

– Elle est morte après Johnny et moi. Elle connaît l'identité de notre tueur, n'est-ce pas ?

Elle sait qui est Gunboy.

Je ressens un élan d'excitation. Sans parler d'un petit pincement de douleur dans mon cœur troué.

Le blanc des yeux de Thelma est plus rose que d'habitude. Son visage se chiffonne.

– Y a pas de Gunboy, Oliver.

– Comment ? Tu veux dire que nous n'avons pas été abattus, en fin de compte ?

– Non, mon bébé. Y a bel et bien eu un garçon armé.

Je ne la suis plus.

– Il n'y a pas eu de Gunboy. Il y a eu un Gunboy. Comment les deux affirmations peuvent-elles être vraies ? Tu racontes n'importe quoi, Thelma.

Thelma me saisit par les épaules et me regarde droit dans les yeux.

– Écoute-moi bien, Oliver, dit-elle, sa voix réduite à un murmure rauque. C'est Johnny, le garçon qui t'a tué.

Elle me fait marcher. Je m'écarte en disant « ha ! ha ! »

pour montrer que j'apprécie sa petite plaisanterie, alors que, en réalité, je la trouve de fort mauvais goût.

Thelma Rudd pleure à présent, verse des larmes aussi grosses et grasses que les billes de bois dans ses cheveux.

– Y avait seulement deux garçons, sanglote-t-elle. Pas trois. Le tueur était un malade mental, Oliver ! Un tristedu, comme Johnny lui-même a dit qu'il l'était.

37 85,47

Rb

Rubidium

Hydrogène, hélium, lithium, béryllium, bore, carbone, azote, oxygène, fluor, néon, sodium, magnésium, aluminium, silicium, phosphore, soufre, chlore, argon, potassium, calcium, scandium, titane, vanadium, chrome, manganèse, fer, cobalt, nickel, cuivre, zinc, gallium, germanium, arsenic, sélénium, brome, krypton, rubidium, strontium, yttrium, zirconium, niobium, molybdène, technétium, ruthénium, rhodium, palladium, argent, cadmium, indium, étain, antimoine, tellure, iode, xénon, césium, baryum, lanthane, cérium, praséodyme, néodyme, prométhium, samarium, europium, gadolinium, terbium, dysprosium, holmium, erbium, thulium, ytterbium, lutécium, hafnium, tantale, tungstène, rhénium, osmium, iridium, platine, or, mercure, thallium, plomb, bismuth, polonium, astate, radon, francium, radium, actinium, thorium, protactinium, uranium, neptunium, plutonium, américium, curium, berkélium, californium, einsteinium, fermium, mendélévium, nobélium, lawrencium, rutherfordium, dubnium, seaborgium.

38 87,62

Sr

Strontium

Cher père, c’est toi qui as fait à Johnny sa dernière vraie coupe de cheveux, celle qu’il avait avant la boule rasée qu’on lui a sans doute faite au centre médical de Schaumburg. Il s’est fait couper les cheveux quelques jours avant le début de l’école. Comme d’habitude, Clippers, ton salon, était très occupé en cette période de l’année. Déjà, Jermaine Tucker, Kevin Stein, Fred Winchester et Henry Axworthy étaient passés ; tous avaient exigé une frange inégale, façon plumes. Toi, tu avais répété chaque fois la même mauvaise blague sur les plumes. Étaient-ils tous devenus indiens, tout d’un coup ? Iron Eyes Cody et Sitting Bull étaient-ils donc les coqueluches des garçons de treize ans ?

Tu as un faible pour les mauvaises blagues, cher père. D’où l’affiche collée au mur du salon sur laquelle on voit un homme chauve avec la légende suivante : UN COIFFEUR ? CHAUVE QUI PEUT ! Et l’écriteau qui proclame : NON, JE N’ARRACHE PAS LES DENTS, parce que, au Moyen Âge, les barbiers pratiquaient des interventions chirurgicales mineures, notamment les extractions de dents. Comme tu l’as déjà raconté à chaque client, la bande rouge de la spirale qui compose l’enseigne des barbiers symbolisait à l’origine le sang, et la blanche, les bandages.

L'été et les week-ends, j'aimais bien donner un coup de main au salon. Je passais le balai, j'époussetais les bouteilles de shampoing et de lotion pour les cheveux exposées dans la vitrine, j'apportais aux clients des verres de limonade que tu disais « maison », chère mère (en réalité, elle était faite de concentré congelé). Vous m'envoyiez chercher des repas dans les fast-foods. Vous vouliez du poulet frit, des pizzas ou des hamburgers, autant de plats que je réprouvais parce qu'ils ont pour effet d'abréger l'existence. Ayant généralement pour ma part choisi une salade et une pomme de terre au four, je vous expliquais à mon retour que le cholestérol s'accumule dans les artères jusqu'à ce que la plaque empêche le sang d'irriguer le cœur ou le cerveau.

Je décrivais les effets de l'artériosclérose lorsque, en ce samedi de la fin août, Johnny Henzel est entré, ses cheveux en bataille lui descendant jusqu'aux épaules. Je ne l'avais pas vu de tout l'été. Henry Axworthy, qui vivait dans le même immeuble que nous, avait repris sa tournée de journaux. Je voyais parfois la sœur de Johnny, Brenda, promener Rover, leur basset. Elle ressemblait beaucoup à Johnny : même double tourbillon, même fossette sur une joue. Un jour, je lui avais demandé où était son frère et Brenda avait froncé les sourcils. Pourquoi tant de gens fronçaient-ils les sourcils quand je m'efforçais d'engager une conversation anodine ? « Dans une colo », m'avait-elle répondu sèchement avant de passer son chemin.

Johnny n'a pas exigé la même frange inégale que les autres. Il a plutôt demandé qu'on raccourcisse sa tignasse de trois millimètres (je me suis dit que c'étaient ses parents qui l'avaient obligé à venir).

– Trois millimètres ? s'est étonné père. J'ai seulement fait des études primaires, moi. Je ne peux pas mesurer si précisément.

Johnny et père en sont arrivés à un compromis : treize millimètres. Pendant sa coupe de cheveux, Johnny n'a rien dit et il ne s'est même pas regardé dans la glace. Il a gardé les yeux baissés sur ses genoux. Il portait des bandeaux de tissu éponge à ses poignets, comme un joueur de tennis, et je me suis dit qu'il avait sans doute pratiqué ce sport à la colo.

Je lui ai proposé de la limonade et il a semblé avoir des difficultés à me reconnaître, comme si c'était moi, et non lui, qui avais changé durant l'été.

Tu as coupé les treize millimètres convenus, cher père, puis tu as retiré le tablier. (J'ai toujours admiré ta façon de le faire avec un grand geste, sans jamais laisser aucun cheveu tomber sur les vêtements de ton client.)

Après que Johnny eut remis ses cinq dollars à mère, devant la caisse, je me suis approché de lui dans l'intention de faire un brin de causette.

– Alors, Johnny, c'était bien, la colo ?

– « La colo » ? s'est-il étonné.

– Oui. Brenda m'a dit que tu passais l'été dans un camp de vacances.

Il a posé sur moi un regard d'acier. Après un moment, il a dit :

– Ouais, j'étais au camp Squeaky-Fromme.

– Tu y as fait un agréable séjour ?

Il a fini par sourire. En tout cas, les coins de sa bouche se sont retroussés.

– Une partie de plaisir, Boo. Une p*tain de partie de plaisir.

Puis il a poussé la porte du salon et la clochette a tinté derrière lui.

Tu m'as demandé ce que Johnny avait, chère mère. Je t'ai répondu que je ne savais pas qu'il avait quelque chose.

– Il a passé tout l'été au camp Squeaky-Fromme, ai-je dit.

– « Squeaky-Fromme » ? a répété mère.

– Drôle de nom pour un camp, ai-je admis. On dirait celui d'une souris de dessins animés.

– Squeaky Fromme, c'est la Californienne folle qui a tenté d'assassiner le président Ford, Oliver.

– Ce n'est pas logique. Pourquoi aurait-on donné son nom à un camp ?

Mère m'a gratifié d'un sourire narquois.

– Ce garçon s'est payé ta tête.

Pourquoi Johnny Henzel se paierait-il ma tête ? me suis-je demandé. Jermaine Tucker, Kevin Stein, Fred Winchester ou Henry Axworthy, peut-être. Mais pas Johnny Henzel. Il était différent. Il savait apprécier la beauté d'un ciel gris ardoise. Il savait apprécier la solitude de l'aube.

Et, contrairement à mes autres camarades de classe, il voyait en moi quelque chose de bon et de valable.

39 88,91

Y

Yttrium

Johnny est détenu à la prison Gene-Forrester, au pied du mur de l'Est, dans le Neuf. Reginald Washington et Sandy Goldberg s'y dirigent dans l'intention de l'identifier formellement. Celle-ci dit posséder des faits rapportés des États-Unis, mais le fait est que je me méfie des faits dans le territoire où j'habite désormais. Les faits tels qu'ils existent aux États-Unis ne s'appliquent pas ici. Le fait est qu'une lampe sans piles ne devrait pas s'allumer. Le fait est que des jeunes de treize ans ne devraient pas avoir treize ans pendant des décennies. Le fait est que les gens ne devraient pas se volatiliser quand ils meurent. J'aurai donc besoin de plus de preuves de la culpabilité de Johnny que les prétendus faits rapportés par une fille de Schaumburg passée depuis peu.

– Entends donc raison, dit Thelma quand je déclare que la mémoire de la fille aux arachides est peut-être défaillante.

– La raison ne vaut pas un clou, ici, rétorqué-je. La raison et le paradis sont inconciliables.

– Eh, Oliver, si tu réfléchis bien à ce qu'elle raconte, insiste Thelma, tu vas voir que c'est rempli de bon sens.

Je réfléchis toujours bien. Je réfléchis bien, en ce moment, et rien, dans cet endroit abandonné de Zig, n'a de sens.

Selon Thelma, Sandy Goldberg tient les faits d'autres jeunes qui fréquentaient la même école qu'elle à Schaumburg. Sandy jure que deux garçons, et non pas trois, ont été mêlés à la fusillade du collège Helen-Keller. Elle a oublié leurs noms, mais elle se souvient de leurs visages : elle a vu les nôtres dans le journal. L'un était un « freak » et l'autre un « malade mental », a dit Sandy. Le malade mental était suicidaire et avait passé l'été dans un « asile de fous ». Quant à la fusillade elle-même, elle ne se souvient ni du mobile ni d'autres détails, hormis qu'« un des garçons était bizarre et l'autre cinglé ».

Thelma me dit que, au paradis, un message à toutes les patrouilles circulait à propos de Johnny. Benny Baggarly, ami de l'hypnotiseur dans le coma, nous a aperçus dans le gymnase, Johnny et moi, et il nous a dénoncés. C'est Reginald Washington qui a eu l'idée de nous arrêter en plein milieu de la nuit.

– Reginald tenait à ce que vous soyez séparés, tous les deux, explique Thelma. Être l'ami de Johnny risquait de nuire à ta santé mentale, qu'il a dit.

– C'est de la m**de ! m'écrié-je

Thelma me dévisage d'un air étonné : en général, je n'élève pas la voix et je ne dis pas de gros mots.

– Ma santé mentale est au poil, dis-je.

C'est un mensonge.

– Mais, Oliver, ton ami Johnny, il…

Elle s'interrompt, cherche le mot juste, mais il n'y en a pas. Alors elle dit simplement :

– … il t'a tué.

– Sur ce point, le verdict n'a pas encore été rendu.

Nous sommes assis sur le lit de ma chambre temporaire, Thelma et moi. Elle serre un oreiller contre elle. L'oreiller est ma doublure.

– Reginald et les bienfaiseurs préparent un procès.

– Un procès ?

– Ils sont tout énervés parce qu'il n'y a jamais eu de meurtre, ici. Ils pensent que Zig a gaffé. Ils veulent corriger cette terrible erreur.

– Et toi, tu crois que Zig a commis une « terrible erreur », Thelma ?

Mon visage a sans doute pris une teinte encore plus blême, encore plus spectrale que d'habitude, car elle m'observe avec un mélange de pitié et d'inquiétude, exactement comme Sandy Goldberg l'a fait avant elle. Thelma me tend l'oreiller pour que je le serre à mon tour. Je me contente de le tenir mollement sur mes genoux.

– Tu sais que Zig change certains villageois, hein, Oliver ? Les attardés, par exemple, deviennent un peu plus futés. Et les aveugles peuvent voir. Zig pourrait avoir rendu Johnny un peu moins fou pour lui permettre de vivre en paix ici, au paradis. Est-ce une terrible erreur ? Peut-être que oui, peut-être que non.

Ce qu'elle laisse entendre, c'est que, de la même façon que Zig aurait réduit mon quotient intellectuel d'un cran ou deux, il aurait relevé le niveau de santé mentale de Johnny pour lui permettre de vivre ici.

– Zig a peut-être transformé les souvenirs que Johnny garde de l'événement, risque Thelma. À moins que Johnny les ait lui-même effacés en se tirant une balle dans la tête. Ou encore, sa sœur lui a menti pendant qu'il était à l'hôpital.

Thelma pose une main sur son cœur.

– Bon sang, je sais plus quoi croire, Oliver. Mais je suis pas du même avis que Reginald et certains autres bienfaiseurs. Ils pensent que Johnny fait juste semblant d'avoir perdu la mémoire et qu'il se souvient très bien de ses agissements.

Je repousse l'oreiller et je me lève. J'ai les jambes flageolantes, comme si j'avais pédalé toute la journée.

– Il faut que je voie Johnny, dis-je.

Thelma ne veut pas que je me rende au Gene-Forrester.

– T'es crevé et en état de choc, dit-elle. D'ailleurs, Reginald et les bienfaiseurs te permettront pas de le voir. Même moi, j'ai pas le droit d'y aller. Esther est partie là-bas, mais je parierais qu'ils vont lui barrer le chemin à elle aussi.

– Moi, je ne me laisserai pas faire.

Elle acquiesce, mais pas avant de m'avoir fait avaler un muffin au son, une banane et une poignée d'amandes. Elle me tend ensuite un plan des secteurs, me souhaite bonne chance et me donne rendez-vous le lendemain, au dortoir Frank-et-Joe.

Je sors en vitesse du dortoir Rhoda-Penmark, monte sur un dix-vitesses et pédale comme un fou en regrettant de ne pas disposer de trente vitesses pour pouvoir arriver à la prison avant Reginald et Sandy.

D'abord, je fais un crochet par le gymnase Marcy-Lewis dans l'espoir de trouver la *Blaberus craniifer*. Pendant quinze minutes, je passe le bureau du concierge au peigne fin. Je jette même un coup d'œil dans la boîte de Monopoly. En vain. Rover a disparu. J'espère que la blatte n'a pas été piétinée dans la mêlée de la nuit dernière.

Je ressors au triple galop et enfourche ma bicyclette. Le

trajet qui m'attend sera long, m'obligera à parcourir un dédale de rues et à franchir quatre secteurs (Cinq, Un, Deux, Neuf). Je me concentre sur la route. Je ne dois surtout pas me montrer imprudent et heurter un lampadaire ou un autre cycliste. Je ne tiens pas à me retrouver à l'hôpital avec une commotion cérébrale, affection qui, selon mes notes, met de quatre à six jours à guérir.

Pourtant, mon esprit divague. Je vois sans cesse dans ma tête le couloir du collège Helen-Keller dans les secondes qui ont suivi le coup de feu. Toutes les personnes présentes – sauf le garçon qui a pressé la détente et celui qui a reçu la balle – se sont tournées vers le *bang*. Qu'ont vu mes camarades de classe et mes enseignants ?

Dans mon esprit, la scène, y compris les objets et les figurants, est figée. Henry Axworthy est penché sur la fontaine, un jet d'eau arqué devant lui. Jermaine Tucker laisse échapper son manuel de mathématiques, mais celui-ci ne tombe pas par terre. Patsy Hyde crie et ses lèvres entrouvertes révèlent l'appareil orthodontique qu'elle a l'habitude de cacher. Cynthia Orwell drible un ballon de basket qui plane à environ trente centimètres de sa main. Le prof d'arts plastiques, M. Huston, tient une nature morte qu'il s'apprête à coller sur le mur du couloir. Sur son portrait accroché au mur en face du casier numéro 106, Helen Keller, coiffée d'un mortier, garde sa pose habituelle.

Tous les yeux sont tournés du même côté.

Il y a un angle mort dans mon imagination : je vois tout parfaitement, jusqu'à mon corps affalé au pied de mon casier, mais il y a, dans le couloir, un détail que je n'arrive pas à voir en pensée : le visage du garçon qui tient l'arme à feu.

40 91,22

Zr

Zirconium

La prison Gene-Forrester est l'immeuble le plus moche de tout le Village. Sa façade en béton est couverte de suie, comme si des flammes avaient un jour enveloppé l'édifice, mais il n'y a pas eu d'incendie puisque le feu est inconnu, ici. Nous n'avons même pas d'allumettes. Durant mon premier mois, j'ai souvent tenté d'allumer une feuille d'arbre à l'aide d'une loupe, mais ces tentatives, misant sur les rayons du soleil, ont échoué. Je n'ai jamais réussi qu'à produire une mince volute de fumée.

Encore heureux que le feu ne puisse pas prendre, ici, car les fenêtres du Gene-Forrester sont munies de barreaux. Autre détail curieux à propos de l'immeuble de trois étages : sa forme, un cube parfait. La plupart des bâtiments du Village sont rectangulaires. De plus, le Gene-Forrester est dépourvu d'ornements architecturaux. Pas d'auvents ni de corniches, par exemple.

Je me demande qui sont les détenus. Sans doute des villageois reconnus coupables d'infractions : graves actes de vandalisme, atteintes à l'ordre public ou violence ayant causé des lésions. De tels délits sont toutefois rares, ici. Pour éviter les bains de sang au paradis, peut-être Zig adoucit-il certains villageois ;

peut-être rend-il un peu plus gentils les plus méchants des Américains morts à treize ans.

Je descends de mon vélo et je noue un ruban rouge sur le guidon. Il fait soleil et le ciel est de la couleur azur que tu appellerais le « grand bleu », cher père. Par une journée comme celle-ci, chère mère, tu m'aurais recommandé de mettre un chapeau.

Comme je l'ai déjà indiqué, notre peau n'attrape pas de coup de soleil au paradis. Pourtant, après mes deux heures de bicyclette, j'ai l'impression d'en avoir attrapé un. Victime d'un coup de chaleur, peut-être, je devrais partir à la recherche d'une fontaine. D'un pas vacillant, je gravis les marches de l'immeuble. Dans le hall, je découvre une longue table en bois derrière laquelle sont assis des jumeaux en tout point identiques qui, à en croire leurs badges, s'appellent Tim Lu et Tom Lu. Ils portent tous deux un tee-shirt où figure le symbole du yin et du yang. Je suppose qu'ils sont morts des suites de l'incendie de leur maison ou d'un accident de voiture. Ils ont eu de la chance dans leur malchance : perdre un jumeau, après tout, c'est sûrement perdre une partie de soi.

Les jumeaux Lu lisent des exemplaires jumeaux du *Robinson suisse*.

– Salutations. Je m'appelle Oliver Dalrymple. Je viens rendre visite à un détenu, leur dis-je. Un garçon du nom de Johnny Henzel.

– Il a bien dit Johnny Henzel ? demande Tim à Tom.

– Oui, ô mon Zig, absolument, confirme Tom. Je dirais même plus, il a dit Johnny Henzel.

Je hoche la tête.

– Le garçon qui est arrivé la nuit dernière, dit Tim à Tom.

Les deux frères posent leurs livres.

– Le F.

– On ne donne *jamais* de F. À quand remonte le dernier, Tom ?

– C'était avant notre arrivée, sans doute. On n'en a pas vu depuis des décennies.

– Que signifie ce F ? demandé-je.

– Oliver Dalrymple ne sait pas ce que signifie le F.

– Évidemment. C'est un non-initié. Le F est un terme réservé aux initiés. Il veut dire que ce Johnny Henzel est un garçon très, très mauvais.

– Odieux.

– Odieux et, je dirais même plus, extrêmement odieux.

Les jumeaux ne me regardent pas en parlant. Ils se regardent l'un l'autre, s'adressent l'un à l'autre.

– Je me demande ce qu'il a bien pu faire, lance Tom.

– Il a peut-être enlevé quelqu'un, suppute Tim. Il y a belle lurette que nous n'avons pas accueilli un kidnappeur, n'est-ce pas, Tom ?

– En effet. Je ne me rappelle pas le dernier.

– Mais, en général, les kidnappeurs ont un D.

– Ce Johnny est peut-être l'auteur d'une série d'enlèvements.

– Oh, mon Zig. Un ravisseur en série, dit Tim. Quelle ignominie.

Je m'immisce dans leur conversation.

– Johnny Henzel n'est pas un ravisseur en série. Il a frappé un garçon à la tête avec une lampe de poche.

– Une lampe de poche ? dit Tim à Tom. Ça ne mérite pas un F. Un B ou un C, à la rigueur, selon la gravité des blessures.

– On le soupçonne aussi d'avoir abattu quelqu'un, aux États-Unis.

– *Un meurtre !!!* s'exclame Tom.

– Doucement, Tom ! Là, ton professionnalisme laisse à désirer.

– Un meurtre justifie un F. Aucun doute là-dessus.

– Je peux voir Johnny Henzel ?

– Oliver Dalrymple souhaite rendre visite à un F !

– Même les D ne sont pas autorisés à recevoir des visiteurs. Les D sont en confinement solitaire, au troisième étage. Alors un F… imagine un peu.

– Mais je suis la victime présumée de Johnny.

– Oliver Dalrymple est la victime ! Oh, mon Zig ! Bonté ziguine ! La victime d'une fusillade.

– En tout cas, c'est très inhabituel, n'est-ce pas, Tim ?

– Je dirais même plus, c'est sans précédent.

Tim et Tom Lu dialoguent ainsi pendant un moment et décident que l'un d'eux ira demander aux autorités compétentes si Johnny Henzel peut recevoir la visite du garçon qu'il a abattu.

– *Aurait* abattu, dis-je au moment où Tim repousse sa chaise et s'éloigne.

Après que Tim est parti, je m'assieds sur un banc du côté opposé et regarde fixement les carreaux de couleur du sol, qui forment une sorte de mandala circulaire, comme ceux que des moines bouddhistes créent dans le sable. Les mandalas sont censés favoriser la paix, mais, en ce moment, mon état d'esprit est tout sauf paisible.

Durant les périodes particulièrement difficiles de leur vie, les personnes qui croient à l'existence d'un dieu en viennent souvent à la conclusion que c'est leur divinité qui les met à l'épreuve. Malgré sa politique non interventionniste, Zig mène-t-il une sorte d'expérience, ici, au paradis ?

Dix minutes se sont écoulées et Tim Lu n'est toujours pas de retour. Sur ces entrefaites, les portes de l'immeuble s'ouvrent, et Reginald Washington entre en compagnie de Sandy Goldberg. Ils marchent d'un pas décidé, leurs chaussures de sport grinçant sur le mandala. Reginald brandit son badge officiel de président du Conseil des bienfaiseurs. Sandy et lui disent quelques mots à Tom.

– C'est qu'il est très populaire, notre F, aujourd'hui, déclare celui-ci. On fait même la queue pour le voir.

D'un geste, il désigne le banc sur lequel je suis assis. Je me lève, et Reginald et Sandy se tournent vers moi.

Reginald plisse les yeux. Il a l'air en rogne.

– Que le ciel nous garde ! s'écrie-t-il, assez fort pour que je l'entende.

Il s'avance vers moi.

– Bien le bonjour, Oliver, fait-il avec un sourire forcé. Quelle surprise de te trouver ici.

– Je veux voir Johnny, dis-je.

Son sourire s'efface.

– C'est Thelma qui t'envoie ? À quoi pense-t-elle, cette fille…

– Je veux être celui qui apprendra la nouvelle à Johnny, dis-je.

Reginald secoue lentement la tête.

– Impossible, mon frère. Impossible.

– Pourquoi ? Je suis son ami. L'un de ses rares amis, ici.

Reginald me tapote l'épaule.

– Tu as subi un choc, dit-il. Tu as besoin de repos. En fait, j'ai demandé à Thelma de te faire admettre au Deborah-Blau.

– À l'asile !

En pensée, je revois la chute révoltante de Willa Blake du haut du toit.

– C'est le dernier endroit où je voudrais aller !

Reginald me dit que je pourrai attendre dans le hall lorsque Sandy et lui monteront discuter avec Johnny et les autorités compétentes.

– Après, j'aimerais te dire un mot à propos du procès, conclut-il. J'aimerais que tu y comparaisses à titre de témoin.

Il retourne s'entretenir avec les jumeaux Lu. Je suis épuisé. Je presse mes paumes contre mes yeux, comme je le faisais, chez moi, aux États-Unis, quand ils étaient tout rouges à force de lire des livres de mathématiques pendant des heures. Lorsque je les retire, je trouve Sandy debout devant moi.

– Rebonjour, Oliver. On peut dire que tu as fait vite. Reginald et moi, on s'est arrêtés manger des pancakes aux myrtilles. Sans beurre ! Le beurre me manque, tu n'as pas idée. Je donnerais n'importe quoi pour que Zig nous en envoie. Mais, au moins, nous avons du sirop, pas vrai ? Imagine si Zig avait décidé : « Pas de sucre pour la jeunesse. » Elle contrefait la voix supposée de Zig, grave et bourrue : « Ils vont avoir des caries à n'en plus finir ! » Ce serait la catastrophe, non ? Être privés de sucre, je veux dire. Pas avoir des dents cariées. Tu aimes le beurre, toi ?

Je dois chasser de mon esprit une réflexion mesquine : son cerveau a la taille de l'arachide qui a causé sa perte.

– Je peux te poser une question ? lui demandé-je.

– Vas-y. Je n'ai rien à cacher.

– Au collège Helen-Keller, Johnny Henzel m'a-t-il pris pour cible ? A-t-il voulu me tuer, *moi* ?

La question laisse entendre que je crois Johnny coupable, mais j'ai été incapable de la retenir.

Sandy hausse les épaules.

– Je ne me souviens pas de grand-chose. Seulement que l'autre garçon avait passé du temps dans un asile. Ça m'a frappée parce que j'ai failli me retrouver dans un endroit comme ça, moi aussi. Ma mère me croyait anorexique – tu te rends compte ? –, mais, si je ne mangeais pas, c'est parce que j'avais peur d'avaler un allergène. J'étais allergique à toutes sortes de choses : les arachides et les noix, les fraises, le sarrasin, les tomates. Mais le pire du pire, c'étaient les arachides et les n…

– Tu ne te souviens pas de grand-chose ?! m'écrié-je.

À force de monter, ma voix est devenue carrément aiguë.

– Quand on lance des accusations pareilles, on doit être absolument sûr de son fait, mademoiselle Goldberg !

Elle hausse de nouveau les épaules, et je comprends enfin le sens de l'expression « tuer le messager » : en ce moment, en effet, j'ai envie de la gifler.

Reginald est de retour.

– Nous devons y aller, Sandy, dit-il.

– Dis à Johnny que je suis là, le supplié-je. Passe-lui un message de ma part. Dis-lui…

Quoi donc ? *Ne désespère pas ? Ne perds pas la raison ?*

– Dis-lui : *« If you're ever in a jam, here I am. »*

C'est un vers de la chanson *Friendship*.

Tim Lu, également de retour, annonce bruyamment à son frère :

– Jusqu'à nouvel ordre, M. Dalrymple n'est pas autorisé à voir le F.

Grâce à son badge de président du conseil, Reginald, lui, est accueilli à bras ouverts. Tom Lu les escorte, Sandy et lui, jusqu'à l'escalier qui conduit aux étages.

Lorsqu'ils ont disparu, je me dis que je dois me montrer aussi hardi que les frères Hardy ; je dois élaborer un plan pour sortir Johnny de cet endroit. Je me rassieds. Je suis tellement fatigué que mon corps, sans l'accord de mon cerveau, se couche sur le banc. Thelma m'a donné un sweat-shirt à capuche à mettre sur mon tee-shirt et je le retire pour m'en faire un oreiller. À l'abri de leurs romans, Tim et Tom me jettent des regards courroucés, mais comme dirait Johnny, je m'en tamponne le coquillard (expression dont l'origine reste pour moi un mystère).

Personne n'entre, personne ne sort. La prison me fait l'effet d'être l'immeuble le plus sous-utilisé de tout le paradis. C'est si silencieux, ici, que je me demande si je n'entendrai pas la réaction de Johnny lorsqu'on l'informera des accusations qui pèsent contre lui.

À mes yeux, il est tout à fait inconcevable que Johnny Henzel, en ce quatrième jour de quatrième au collège Helen-Keller, ait été Gunboy. C'est impossible. Et même si c'était la vérité, me dis-je, quelle importance ? Ce qui compte, c'est de savoir si Johnny est Gunboy maintenant, ici, dans le paradis réservé aux jeunes Américains de treize ans.

La porte de la prison s'ouvre. Esther entre, coiffée d'un béret rose. Je me redresse. Elle m'aperçoit aussitôt et agite la main. En la voyant, je reprends courage. Je lui rends son salut.

41	92,91

Nb

Niobium

42	95,95

Mo

Molybdène

43	[97,91]

Tc

Technétium

44 101,07

Ru

Ruthénium

C'est la Saint-Sylvestre, dernier jour des années 1970. Je n'ai pas vu Johnny depuis trois semaines. Quand je passe près de la cour du Gene-Forrester, je lève les yeux sur les fenêtres du troisième étage, mais elles sont minuscules, à peine plus grandes que la couverture d'une bande dessinée. Impossible de savoir si quelqu'un regarde vers l'extérieur. Je ne sais même pas dans quelle chambre Johnny est détenu.

Il est parfois troublant de venir ici à cause des manifestants qui ont l'habitude de s'assembler dans la cour. J'ignore pourquoi les geôliers tolèrent de tels attroupements. Peut-être considèrent-ils la présence des manifestants comme un juste châtiment. Ces gens, pour la plupart des essellèmes, si je comprends bien, brandissent des pancartes sur lesquelles sont griffonnés des messages offensants, comme JOHNNY HENZEL TU EST UN ERREUR.

La pire pancarte que j'aie vue, cependant, était celle de Benny Baggarly, l'essellème qui nous a livrés aux bienfaiseurs. On y lisait trois mots en gros caractères : PEINE DE REMORT !

Comme c'est jour de congé, aujourd'hui, les manifestants ne sont pas là pour nous accueillir au Gene-Forrester, Esther et moi. J'ai apporté une pancarte faite d'un manche à balai et d'un carton. C'est Esther qui m'a suggéré de communiquer avec Johnny par ce moyen. Je ne savais pas quoi dire. Sur ma pancarte, j'ai donc écrit : DANS LA QUÊTE DE LA VÉRITÉ, NOUS POUVONS RESTER ENFANTS NOTRE VIE DURANT. C'est une citation d'Albert Einstein. Pas trop obscure, j'espère. J'ai simplement voulu lui dire que je garderais un esprit ouvert et que j'irais jusqu'au fond du mystère.

Esther m'a accompagné, mais elle est entrée dans le hall pour dire un mot à Tim et Tom Lu. À voix basse, ils lui donnent des nouvelles du garçon qu'ils continuent d'appeler « le F ». Ils refusent de m'en donner à moi. Ils se méfient de moi. Ils m'appellent « la victime ». « Tiens, la victime est de retour », lance Tim. « Quand ce garçon comprendra-t-il enfin qu'il n'est pas le bienvenu ici ? » ajoute Tom.

Dans la cour derrière la prison, j'attends Esther en brandissant bien haut ma pancarte. Les fenêtres des étages inférieurs sont d'une taille normale. À l'une d'elles, je remarque un prisonnier coiffé d'une casquette de base-ball orange. Il me fait signe de la main et je lui rends son salut avec ma pancarte.

Cet après-midi, des nuages traversent le ciel. Comme ce sont les préférés de Johnny, il regarde peut-être par la fenêtre, en ce moment.

Je suis si perdu dans mes pensées que je ne remarque pas tout de suite qu'Esther est de retour. Elle plisse le front.

– Qu'est-ce qu'il y a ? lui demandé-je.

Elle se mord la lèvre supérieure et secoue la tête d'un air sinistre. Puis elle dit :

– Ce stupide enfant de p*te n'a touché à aucune nourriture depuis une semaine.

– Johnny ne mange pas ?

– Il fait une grève de la faim.

Je me tourne vers le Gene-Forrester.

– Il ne va recommencer à s'alimenter qu'à une condition, dit-elle. Qu'on t'autorise à lui rendre visite.

45 102,91

Rh

Rhodium

Les villageois peuvent cesser de s'alimenter, si tel est leur bon vouloir ; ils ne maigriront pas pour autant. Au commencement de son séjour au paradis, Thelma s'est imposé un régime sévère, mais elle n'a réussi qu'à s'affaiblir et à avoir des hallucinations (des toucans attroupés dans les arbres, des dauphins nageant dans les nuages). Nul ne sait si on peut se laisser mourir de faim parce que personne – même pas un tristedu du Deborah – ne s'est privé de nourriture assez longtemps pour en arriver là.

L'hypnotiseur Charles « Tsar » Lindblom n'est plus dans le coma. À son réveil, on lui a fait prendre le genre d'aliments habituellement donnés aux bébés : purée de pommes de terre, compote de pommes, gruau. Il a assez récupéré pour pouvoir témoigner au procès de Johnny, qui débute dans une semaine.

Je me sens seul dans la chambre, abandonné. Je suis heureux que Johnny ait laissé plusieurs de ses dessins sur les murs. Il a réalisé une série intitulée *Vœu exaucé*. Sur l'un, par exemple, on voit Thelma, couverte de perles et vêtue d'une robe à paillettes, la robe de scène d'une chanteuse de jazz.

Il m'a proposé de choisir le sujet de mon portrait. Je lui ai demandé un peu de temps pour réfléchir à un vœu convenable.

S'il était ici, en ce moment, je lui suggérerais de nous représenter tous les deux ainsi : allongés dans la neige, à Hoffman Estates, en train de contempler la lune vaporeuse. À ce moment, nous avons vraiment reposé en paix, lui et moi.

Vers 19 heures, Thelma et Esther frappent à ma porte, car nous devons assister à une pièce de théâtre ensemble. Ce soir, on donne quantité de pièces, de spectacles de magie, de chorégraphies et de numéros d'acrobates. À l'occasion du réveillon de la Saint-Sylvestre, voyez-vous, les villageois présentent les plus belles œuvres d'art qu'ils ont réalisées durant l'année. Partout dans le Village, des peintres exposent leurs meilleurs tableaux, des sculpteurs leurs plus belles pièces. Des guitaristes interprètent les compositions dont ils sont le plus fiers. Des harpistes jouent leurs mélodies les plus célestes. Des chanteurs entonnent des chansons à vous fendre le cœur. Des poètes grimpent sur des tribunes improvisées et récitent leurs poèmes les plus élégants, tandis que des conteurs lisent à voix haute leurs récits les plus inspirés. Tous disent agir ainsi pour rendre grâce à Zig, mais je crois qu'ils essaient aussi de prouver qu'ils se tirent bien d'affaire malgré la boîte (le terrarium, en d'autres termes) où leur dieu les confine.

Peu après notre sortie du dortoir Frank-et-Joe, Esther se tourne vers Thelma et moi, en pleine rue. Elle porte une étole en faux vison, qu'elle appelle sa « fourrure qui fait fureur ».

– Faisons un pacte, dit-elle. Ce soir, on ne parle pas de ça.

Thelma acquiesce d'un hochement de tête.

– On a besoin de quelques heures de répit.

– D'accord, dis-je avec le sentiment d'être un traître.

La pièce a pour titre *De l'influence des rayons gamma sur le comportement des marguerites.* Selon Thelma, il y est question d'une fille éprise de science et maltraitée par sa mère folle. C'est en plein dans nos cordes : je suis un mordu de science et la mère d'Esther la dominait (elle appelait sa fille « la p'tite », surnom qu'abhorrait Esther).

Nous marchons dans la rue, qui grouille de piétons et de cyclistes. On dirait que tout le monde est sorti, ce soir. Des villageois chantent et exécutent des pas de danse sur les trottoirs. Un garçon fait trois roues de suite suivies d'un saut périlleux sur la pelouse de son dortoir. Des bienfaiseurs grimpent dans les arbres d'un parc pour y accrocher des ballons et des guirlandes.

Le long des trottoirs, on a monté des tables d'exposition. Devant l'une d'elles se tient un garçon qui fabrique des origamis (un tigre, une sauterelle, une girafe, un ptérodactyle, entre autres créatures) et des colliers argentés comme ceux que les enfants des États-Unis font avec des emballages de chewing-gum (puisqu'il n'y en a pas, au paradis, le garçon utilise du papier d'aluminium). À côté de lui se trouve une fille qui, à l'aide de boîtes à chaussures, recrée en diorama des scènes de romans (*Tarzan, seigneur de la jungle,* par exemple). Tout près, un garçon confectionne des masques en papier mâché, dont l'un a l'énorme pif d'oncle Seymour.

Dans la rue, une fille dont les cheveux semblent avoir été coupés au taille-bordure s'avance vers moi.

– C'est toi, Boo, non ? demande-t-elle. Le garçon assassiné ?

Depuis quelque temps, on me reconnaît, bien qu'il n'y ait ici ni journaux ni reportages télévisés pour diffuser ma photo.

– Je tenais juste à te dire que je suis de ton côté.

Elle pose la main sur mon épaule, mais Esther la repousse aussitôt.

– De mon côté ? m'étonné-je. C'est-à-dire ?

– Ben, à mon avis, le garçon qui t'a tiré dessus devrait…

Thelma lui coupe la parole.

– On va être en retard.

– … recevoir son dû, continue la fille.

Ne sachant comment réagir, je me réfugie dans l'étymologie.

– L'expression « recevoir son dû » ne veut pas dire qu'on doit quelque chose à quelqu'un, expliqué-je à la fille. Elle signifie plutôt « avoir ce qu'on mérite ».

La fille me regarde, surprise.

– Ouais, je sais, et ton assassin mérite d'être pendouillé.

Elle mime le geste de serrer une corde autour de son cou.

Thelma pose la main sur son cœur.

– On dit « pendu » et non « pendouillé », lancé-je.

– On ne parle pas de ça ce soir ! crie Esther à la fille en gesticulant comme une folle. Et quand on est une idiote doublée d'une ignorante, on ferme sa grande gu**le !

La fille recule, comme si Esther était un chien méchant.

Cette brève rencontre a gâché l'humeur festive que nous avions affectée jusque-là. En marchant vers le théâtre, nous parlons peu. Par chance, la pièce est excellente. Une fille du nom de Tillie Hunsdorfer y expose des marguerites à la radioactivité. Certaines fleurs se fanent et meurent, d'autres se muent en créatures bizarres, mais splendides.

Thelma nous a prévenus qu'il lui arrive souvent de pleurer au théâtre et elle sanglote pendant toute la scène finale dans laquelle la mère de Tillie tue le lapin de compagnie de sa fille.

Esther tend à Thelma des mouchoirs en papier sortis de son sac à main orné de tournesols en feutre.

Pour ma part, évidemment, je ne verse pas une larme. Comme vous le savez, chère mère et cher père, chez nous, aux États-Unis, je n'allais jamais au théâtre. Je ne regardais pas de sitcoms ni de séries policières à la télévision. Je ne lisais pas de romans. Rien, en somme, qui suppose une incursion dans la fiction. Je ne comprenais pas la nécessité de la fiction dans un monde où les événements de la vie réelle – les drames qui se produisent à l'échelle cellulaire dans notre corps et sur le plan astrophysique dans notre univers – étaient à la fois fantastiques et fascinants.

Ce n'est que dans le monde réel du paradis que j'ai pris conscience du bien-fondé de l'illusion. La fiction a le grand avantage de vous dégager de la réalité lorsque la réalité devient peu engageante. Je regrette de ne pas avoir fait cette découverte aux États-Unis. *Sa Majesté des mouches* m'aurait peut-être aidé à survivre au collège.

Après la pièce, dans le hall de l'école, nous discutons des mérites de ce monde fictif quand une affiche punaisée à un tableau nous ramène à la réalité. LE FILS DU FILS DE SAM, y lit-on.

C'est à propos de Johnny. De ses crimes. De son procès imminent. L'association des essellèmes du coin invite les villageois à manifester devant la prison Gene-Forrester pendant toute la durée du procès. Je lis à voix haute :

– « Un tueur assoiffé de sang rôde parmi nous et risque de frapper de nouveau si nous ne… »

Esther arrache l'affiche et la chiffonne avant que j'aie fini de lire.

– Foutus essellèmes, grommelle-t-elle en plissant les yeux pour regarder Thelma.

En fait, Thelma a été exclue du groupe local des essellèmes parce qu'elle n'est pas certaine qu'il faille punir un villageois pour les crimes qu'il a commis avant son arrivée au paradis. Selon la rumeur, les essellèmes réclament que Johnny, s'il est déclaré coupable, soit lapidé en public.

– Dommage qu'on puisse pas partir, déclare Thelma. Dommage qu'on puisse pas aller hanter la maison de ma grand-maman, en Louisiane. On pourrait cueillir des pêches et faire des tartes. On pourrait en garder un peu pour encourager Johnny à arrêter sa grève de la faim.

À cette idée, Esther lève les yeux au ciel.

– Bo*del de m**de, dit-elle en reprenant à son compte une expression de Johnny.

Thelma semble abattue ; quant à moi, j'ai sans doute l'air triste et perdu.

– Deux vraies chiffes molles ! s'écrie Esther. Du nerf, que diable ! Amusez-vous donc un peu ! C'est la Saint-Sylvestre !

– J'ai peur de ce qui va arriver, murmure Thelma. Les essellèmes qui réclament une lapidation… Johnny qui refuse de manger…

– Et notre pacte, dans tout ça ? lance Esther, les mains sur les hanches.

Dans un parc, nous nous asseyons sous un saule pleureur. Autour de nous, des fêtards jouent de la flûte, de l'harmonica et de la guimbarde. Certains entonnent des airs de comédies musicales, des chansons disco et des standards de jazz. J'interroge les filles sur leurs projets pour la nouvelle année.

Thelma a l'intention de monter une comédie musicale centrée sur la vie de Miss Otis, l'héroïne de la chanson de Cole Porter. Elle sera à la fois auteure, metteuse en scène et interprète principale. Parce que Miss Otis était folle à lier, Thelma l'intitulera *Elle débloque.*

À l'aide de la machine à coudre qu'elle conserve dans sa chambre, Esther confectionnera des vêtements à la mode pour les villageois. Comme elle est elle-même portée sur la haute couture, elle fabriquera des jupes à plis et des chemisiers à volants. Elle tricotera des débardeurs avec des laines synthétiques. Et puisqu'elle a aussi un petit côté « hippie sur les bords », elle se servira de stylos-feutres pour tracer des dizaines de symboles de paix sur des ceintures ainsi que des bouquets de marguerites sur des sacs à main en vinyle.

Je fais part aux filles de mon intention d'écrire un ouvrage sur la grammaire et la ponctuation qui s'intitulera *À la virgule près.* Je suivrai peut-être aussi quelques cours de littérature. Les élèves s'initient à l'histoire du sud des États-Unis en lisant des romans comme *Huckleberry Finn* et *Tom Sawyer.* Ils découvrent les Années folles grâce à *Gatsby le Magnifique* et *Le soleil se lève aussi.* Ils découvrent la justice en lisant *Ne tirez pas sur l'oiseau moqueur.* Ils apprennent l'espagnol en lisant *Mafalda.*

Après les fêtes de fin d'année, je travaillerai aussi à temps partiel au musée Curios. Peter Peter veut que je l'aide à monter une exposition sur les villageois excentriques, des jeunes de treize ans passés de vie à trépas qui, dans l'au-delà, se sont distingués de drôles de manières.

Par exemple, le regretté Frederick Koenig était un garçon aux mollets surdimensionnés qui, pendant neuf années consécutives, a remporté le Tour de Paradis, une course de vélo qui se tient le long des quatre Grands Murs.

Le regretté Diego Alvarez, fils de boulanger, est devenu le chef le plus renommé de tout le paradis. Il a concocté des mets inédits, par exemple des poivrons grillés puis farcis, de la soupe de courge parfumée au sirop d'érable et du risotto aux champignons portobellos. Il nous a laissé un livre de recettes intitulé *Tête à tête avec Diego*.

La regrettée Lesley Gapper est la responsable de la poste à qui l'on doit l'idée des codes postaux attribués aux différents pâtés de maisons des treize secteurs. Chacun est un mot prononçable de trois lettres, par exemple COQ, VER, AIL et BRU. Ainsi, les habitants des différents pâtés de maisons ont l'habitude de s'appeler les coqs en pâte, les versos, les aillés et les brutes.

À propos des néologismes, la regrettée Monica Schneider a créé un glossaire des paradisismes, recueil de mots forgés ici ou n'ayant pas le même sens qu'aux États-Unis. Elle a tapé des dizaines d'exemplaires de son glossaire aux fins de distribution. On y trouve notamment « villageois », « essellème », « bienfaiseur », « tristedu », « vieux de la vieille » et une autre expression que j'ai apprise récemment : « compteur à rebours ».

Un compteur à rebours, c'est quelqu'un qui, pendant le réveillon de la Saint-Sylvestre, se tient sur le toit d'un immeuble et compte à rebours les minutes et les secondes, tandis que les villageois réunis se préparent à crier à l'unisson « Merci, Zig ! » lorsque sonne minuit.

En fait, je serai ce soir le compteur à rebours du Frank-et-Joe. Les filles et moi allons donc à mon dortoir. Nous montons sur le toit, où une dizaine de villageois tournent en rond, une lampe de poche ou une lampe-stylo à la main. On a disposé par terre des matelas de gymnastique pour nous permettre de nous allonger et d'admirer le ciel de Zig en attendant le moment chargé de spiritualité où nous remercierons notre dieu et la bonne fortune que nous lui devons.

Au cours de la demi-heure suivante, de plus en plus de villageois arrivent sur le toit du Frank-et-Joe. Non seulement des résidants, mais aussi des visiteurs d'autres dortoirs. Tout autour de nous, des gens prennent un matelas et s'étendent. Esther et Thelma les imitent de chaque côté de moi. À titre de compteur à rebours, moi seul suis autorisé à rester debout. Je suis également le seul qui puisse ouvrir la bouche avant que sonne l'heure de rendre grâce. Entre Esther et Thelma, je tiens mon porte-voix dans une main, les yeux rivés sur mon fantôme qui brille dans le noir. Lorsque la petite main de Casper indique le nord et sa grande le nombre dix, je crie dans le porte-voix :

– *Dix minutes !*

Un écho fait suite à ces mots parce que, dans tout le Village, nous, compteurs à rebours, crions la même phrase au même moment, nos montres ayant été synchronisées au préalable.

Je contemple le ciel et je pense à toi, chère mère, avec ton sourire qui laisse voir tes gencives, et à toi, cher père, avec tes paupières qui tombent quand tu es fatigué.

Perdu dans mes pensées, je rate le signal de Casper.

– *Cinq minutes !* crie-t-on des autres immeubles.

Flûte ! Je fais ma propre annonce, mais avec quelques secondes de retard.

Je regarde mon cheval à trois jambes qui plane au milieu des étoiles. Pendant que je fixe ma constellation, les étoiles qui forment la queue de l'animal s'animent. Je cligne des yeux à quelques reprises, mais elles continuent de bouger, comme si le cheval agitait sa queue à la façon d'un chien. Mes bras se couvrent de chair de poule. Serait-ce un moment empreint de spiritualité ?

– Zig ? chuchoté-je dans la nuit.

Je baisse les yeux sur Esther et Thelma. Toutes les lampes de poche sont éteintes, à présent. Je ne distingue donc pas leur expression. Voient-elles le frétillement des étoiles ? Et les autres ? Personne, ici, ne semble surpris ou inquiet. Tous ont les yeux tournés vers le ciel. Le silence est quasi parfait : on entend, de loin en loin, quelqu'un tousser ou éternuer, ou la peau des bras ou des jambes se décoller des matelas en vinyle.

Je consulte Casper juste à temps.

– *Une minute !* crié-je en même temps que les compteurs à rebours des dortoirs environnants.

Je jette un coup d'œil à mon cheval, mais sa queue est de nouveau immobile dans les cieux. Sans doute, cette nuit, mes yeux me jouent-ils des tours.

Dans le Village, des centaines et des centaines de jeunes renés de treize ans s'apprêtent à remercier Zig pour leur vie dans l'au-delà. En fait, nous, villageois, formons une sorte de Voie lactée, car chacun de nous est une étoile de la galaxie créée par Zig. Esther Haglund, Thelma Rudd, Peter Peterman, Reginald Washington, Tim et Tom Lu, Charles Lindblom, Sandy Goldberg et, naturellement, Johnny Henzel.

Le compte à rebours final a commencé. Dans mon porte-voix, je hurle :

– *Dix ! Neuf ! Huit ! Sept ! Six ! Cinq ! Quatre ! Trois ! Deux ! Un !*

Tous les lampadaires s'éteignent au moment où un rugissement s'élève dans le ciel nocturne, telle une fusée éclairante jaillissant de la bouche de tous les garçons et de toutes les filles du paradis. Ce cri, c'est, en principe, une bruyante expression de gratitude, mais on dirait, étrangement, un hurlement de fureur.

– *MERCI, ZIG !*

46 106,42

Pd

Palladium

Deux jours après le Nouvel An, je suis dans mon nouveau bureau du deuxième étage de la bibliothèque Guy-Montag quand on frappe à ma porte. Je me dis qu'il s'agit sans doute de Peter Peter, le conservateur.

Peter Peter est en pleine puberté, il a quelques poils au menton et il s'exprime d'une voix grave. Il ressemble en fait à ces garçons bien bâtis qui me tourmentaient au collège Helen-Keller, mais il est en réalité doux et patient. Le midi, il m'arrive parfois de casser la croûte avec ce vieux de la vieille et de l'interroger sur ses quarante-six années de paradis. Peter Peter est un véritable anthropologue, un spécialiste de l'évolution du Village et des objets qu'on y envoie. Il m'appelle « fiston ». Il est plus vieux que toi, cher père.

Le 1er janvier, il a invité Thelma à un récital de clavecin dans le coin Nord-Est (au croisement des murs du Nord et de l'Est). Thelma affirme désormais qu'il est son petit ami attitré, bien que, selon Esther, ce soit peut-être un peu prématuré, après une seule sortie.

Je pose l'objet que j'examine – un briquet en argent avec un serpent à sonnette gravé sur le côté – et je vais ouvrir. Mais ce n'est pas Peter Peter, en fin de compte. À ma grande surprise, je découvre Tim et Tom Lu. Sur leurs tee-shirts respectifs, ils portent des cravates contrastées : celle de Tim est bleue avec des pois rouges, et celle de Tom, rouge avec des pois bleus.

– Tom, tu as un message à livrer à la victime, n'est-ce pas ?

– En effet, Tim. Je dirais même plus, il s'agit d'une lettre personnelle et cachetée venant de la directrice de la prison, Lydia Finkle.

– Je me demande ce que dit cette lettre, réplique Tim.

– J'ai moi-même posé la question à Mme Finkle, mais elle a fait celle qui n'a rien entendu, déclare Tom.

– Peut-être la victime va-t-elle ouvrir la lettre et la lire à voix haute. Ainsi, nous saurons ce que lui veut Mme Finkle.

Fidèles à leur habitude, ils s'adressent à moi sans me regarder. Tim tend une enveloppe en papier kraft à Tom, qui la rend à Tim. Ils se passent ainsi la lettre de main à main jusqu'à ce que, tendant la mienne, je finisse par m'en emparer.

– Je me demande s'il est douloureux de recevoir une balle dans le dos.

– Si le tireur est votre ami, c'est très douloureux, je suppose.

– Le mot *atroce* vous vient aussitôt à l'esprit.

– Je dirais même plus, *insoutenable.*

Je me dirige vers ma table de travail et je décachette l'enveloppe à l'aide de mon coupe-papier en fausses écailles de tortue. Je sors la lettre et je la lis à voix haute pour assouvir la curiosité des jumeaux.

Cher Oliver Dalrymple,

À titre de directrice de la prison Gene-Forrester, je vous écris pour vous convoquer dans notre établissement, mercredi matin à 10 heures.

J'ai appris que vous souhaitiez rendre visite à l'un de nos prisonniers, John Henzel, qui, en raison de la gravité des accusations dont il fait l'objet, ne devrait normalement pas être autorisé à recevoir des visiteurs. Comme vous le savez, j'en suis certaine, les circonstances de ce cas particulier sont tout sauf normales.

Tandis que la date de son procès est imminente, M. Henzel a stupidement entrepris une grève de la faim. Il nous a informés qu'il ne recommencerait à s'alimenter que s'il recevait une visite de votre part. Après mûre réflexion, le Conseil de la prison, de concert avec le Conseil des bienfaiseurs de votre section, accepte la requête de M. Henzel. Veuillez toutefois prendre note que votre visite sera supervisée par le président de votre conseil, M. Reginald Washington, et qu'elle se limitera à dix minutes.

Je suis d'avis que nous avons le devoir de tout mettre en œuvre pour que M. Henzel soit assez fort et lucide pour assister à son procès. Puis-je compter sur votre présence, mercredi prochain ? Je vous saurais gré de bien vouloir remettre votre réponse à mes messagers.

Recevez, cher Oliver Dalrymple, mes salutations distinguées.

La directrice de la prison Gene-Forrester,
Lydia Finkle

Je me dirige vers ma machine à écrire et je retire la description du butane (C_4H_{10}) à laquelle je travaillais. J'y insère une feuille de papier vierge et je réponds à Lydia Finkle.

Chère Lydia Finkle,

Merci de m'avoir invité à passer voir Johnny Henzel. Il va sans dire que vous pouvez compter sur ma présence, mercredi.

Avant de vous rencontrer en personne, cependant, je tiens à vous informer de certains faits relatifs non pas aux accusations portées contre lui (je suis sûr que vous les connaissez bien), mais bien à ma propre réaction devant le fait qu'il ait pu m'ôter la vie, là-bas, aux États-Unis.

Les amis que je me suis faits ici au paradis (et même des inconnus qui ont entendu parler de mon histoire) m'interrogent parfois sur mes sentiments envers Johnny.

Madame Finkle, je tiens à vous assurer que je n'éprouve ni mauvais sentiments ni envie de vengeance envers lui. On me demande si je peux pardonner à Johnny, mais comme je ne lui en ai jamais voulu, les mots « pardon » et « pardonner » ne me viennent pas à l'esprit. Ce que je ressens, c'est plutôt une envie de clémence. Je suis porté à la clémence parce que, s'il a bel et bien commis le crime en question, Johnny l'a fait dans un accès de rage psychotique qui n'a plus rien à voir avec le garçon qui croupit en ce moment dans une cellule de votre prison.

La plupart des essellèmes s'attendent à ce que je prône, comme eux, le principe du « œil pour œil, dent pour dent ». Si je n'éprouve pas le désir de venger mon propre meurtre, je devrais éprouver celui de venger le leur (il est vrai que certains d'entre eux sont morts dans des circonstances horribles). En d'autres termes, ils veulent m'emprunter mon œil et ma dent et, du coup, être autorisés à arracher ceux de Johnny. Cette attitude me semble injuste pour tout le monde.

La mort change un enfant. Nous, villageois, ne sommes plus nécessairement tels que nous étions au moment où nous avons quitté notre vie antérieure. Moi-même, j'ai l'impression d'être légèrement moins intelligent et légèrement plus sociable que le garçon que j'ai laissé gisant sur le sol du couloir d'une école de Hoffman Estates, dans l'Illinois. Grâce à ce changement de caractère, j'éprouve désormais des sentiments envers un autre être humain, ce qui, je l'avoue, m'était très difficile aux États-Unis.

L'amitié et la clémence : voilà ce que je sens.

Sans doute êtes-vous différente, vous aussi, de celle que vous étiez autrefois, Madame Finkle. Aux États-Unis, peut-être étiez-vous une fille hautaine et vaniteuse qui collectionnait les chandails en cachemire et les badges des jeannettes. (Il s'agit d'une simple supposition de ma part, fondée sur les filles que j'ai connues dans l'Illinois.)

Quoi qu'il en soit, je suis convaincu que vous êtes aujourd'hui plus éclairée que la fille de treize ans que vous avez laissée derrière vous. J'imagine que vous devez votre poste de directrice de la prison à votre grande sagesse. Puis-je compter que cette sagesse vous poussera à traiter Johnny Henzel avec clémence ?

Avec mes meilleures salutations,
Oliver « Boo » Dalrymple

Lorsque je finis de taper ma lettre, Tim et Tom Lu, assis par terre, jouent à la pêche avec un jeu de cartes sur lesquelles on voit des dames à la poitrine dénudée (objet de curiosité arrivé hier du Deux). Je leur tends la lettre dactylographiée et les invite à la lire s'ils en ont envie. Ils le font, épaule contre épaule, leurs lèvres bougeant en silence et en tandem.

Dès qu'ils ont terminé, Tim demande à Tom :

– Et si je te tuais, ferais-tu preuve de clémence envers moi ?

– Ça va pas, la tête ? réplique Tom. Jamais ! Je le jure sur ta vie !

47 107,87

Ag

Argent

Les prisonniers portent un tee-shirt orange, un short orange et des chaussures de sport orange. Ainsi, on les reconnaîtrait plus facilement en cas d'évasion. Les villageois évitent les vêtements de cette couleur de crainte d'être pris pour des détenus. Esther, cependant, m'a apporté une tenue orange similaire, que, pour ma visite au Gene-Forrester, j'ai enfilée en signe de solidarité. Lorsque Tim Lu m'aperçoit, il s'écrie :

– Comme c'est mignon ! La victime s'identifie au F.

Tom déverrouille la porte intérieure qui donne accès aux cellules et me guide dans une succession de couloirs. J'apporte la tarte aux pêches que Thelma a préparée pour inciter Johnny à recommencer à manger.

À voir l'intérieur de l'immeuble, on jurerait qu'il a été victime d'un tremblement de terre d'au moins six sur l'échelle de Richter. En général, les bâtiments ont la faculté de se régénérer eux-mêmes, mais, sur ce plan, le Gene-Forrester semble moins efficace que les autres. Les embrasures sont si tordues qu'on a dû tailler les portes en biseau pour pouvoir les fermer, de profondes lézardes parcourent les murs, les plafonds de plâtre s'écaillent, les lattes des parquets grinçants se soulèvent par endroits en laissant dépasser des clous qui menacent de vous faire trébucher.

– Regarde où tu mets les pieds, ordonne Tom en m'en montrant un ou deux.

Nous passons devant les bureaux des gardiens de la prison, qui portent tous leur brassard violet. Au bout d'un autre couloir se trouve une porte sur laquelle est écrit DIRECTRICE.

Tom frappe et crie :

– M. Clémence est là, madame Finkle.

Il me fait entrer dans le bureau. Lui-même ne semble pas du tout disposé à se retirer et il faut que la directrice le chasse. Lydia Finkle est une fille aux cheveux couleur paille et au visage de biche. Son sweat-shirt, qu'elle porte à l'envers, laisse voir son côté duveteux, semblable au cachemire. Elle y a accroché un badge sur lequel on voit un feu de camp. Je ne sais trop comment interpréter ces références directes à ma lettre. Est-ce une preuve de désinvolture ou une manifestation de soutien ? Elle est assise dans un fauteuil pivotant relevé au maximum. Par conséquent, ses pieds ne touchent pas le sol. Elle les balance et je donnerais cher pour qu'elle arrête.

Reginald Washington est également présent. Je m'exhorte à ne pas examiner de trop près sa peau tachetée, mais c'est difficile : je trouve son vitiligo absolument magnifique. Il me fait penser à un casse-tête ou à une île comme la Malaisie. Le président porte une cravate rayée sur son tee-shirt, où est écrit $E = MC^2$. Il a fiché un peigne vert fluo dans sa coiffure afro.

Perché au bout d'un canapé élimé, il m'invite à m'asseoir. Je choisis la place à l'autre bout et pose la tarte sur mes genoux. À l'intérieur est cachée une lime à ongles : Esther, en effet, a décidé que Johnny aurait besoin de rire un peu. Esther et Thelma, qui m'attendent dans le hall, m'ont confié quelques messages pour Johnny. Il ne doit pas perdre espoir, par exemple, puisque nous mettrons tout en œuvre pour le faire libérer. Pendant son procès, il doit dire la vérité, toute la vérité. Le jury, nous en sommes certains, se rendra compte qu'il n'est plus celui qu'il a pu être aux États-Unis.

– Je tiens à ce que tu saches que je suis personnellement opposé à cette rencontre, me dit Reginald. Il s'agit d'un dangereux précédent.

La directrice soupire et cesse de balancer les pieds.

– Oh, Reginald, ne recommençons pas, s'il te plaît, dit-elle.

– C'est une forme de chantage, réplique-t-il en agitant l'index.

Je me tourne vers lui.

– Comment te sentais-tu à ton arrivée au Village ? demandé-je. Différent de celui que tu avais été ? Zig t'a-t-il changé, ne serait-ce qu'un peu ? A-t-il affermi ta confiance en toi ? T'es-tu senti mieux adapté ? J'imagine qu'un garçon souffrant de ta maladie a dû subir sa part de gestes de cruauté, là-bas.

Reginald exhale de façon théâtrale.

– Où veux-tu en venir, Oliver ? Tu penses que Zig nous améliore tous ? Qu'il a fait de même pour Johnny Henzel ? Eh bien, c'est ton opinion. D'autres, notamment un certain Charles Lindblom, ne la partagent pas nécessairement.

La directrice s'interpose :

– Nous ne devrions pas supputer ce que d'autres témoins pensent ou ne pensent pas, Reginald.

Celui-ci pose sur elle un regard boudeur.

– Procédons à la visite, dit la directrice. Le F attend.

Nous nous levons et elle me tend la main. Je la serre

rapidement. Sa paume est sèche, comme si elle l'avait frottée avec de la poussière de craie.

– J'étais effectivement une amatrice de cachemire, dit-elle en me regardant droit dans les yeux. Mais c'était il y a une vie de cela, à l'époque où j'étais une tout autre fille.

Par les couloirs du rez-de-chaussée, Reginald me guide jusqu'à l'escalier. Au troisième étage, j'éprouve un sentiment d'angoisse : devant certaines portes, on a placé de lourds meubles. Elles ne sont pas faites de barreaux comme dans les prisons des États-Unis. Ce sont des portes en bois massif, comme on en trouve dans tous les dortoirs du paradis.

Pendant que nous marchons dans le couloir, un prisonnier crie du fond de sa cellule :

– Hé, vous autres, il me faut des draps propres. J'ai encore mouillé mon lit.

Des geôliers au brassard violet poussent la commode qui bloque la porte de Johnny. L'un d'eux est Ringo, le Britannique qui m'a sorti de force du gymnase. Il me salue d'un geste de la tête.

– Sois prudent, là-dedans. Il est imprévisible, ce type. Il m'a lancé son plateau de petit déjeuner au visage, ce matin. Je lui en ai apporté un autre.

Une fois la commode enlevée, Reginald cogne à la porte.

– Bien le bonjour, John. C'est moi, le président Washington. Je suis avec ton visiteur.

Reginald déverrouille la porte à simple bouton-poussoir, ouvre et entre dans la pièce à grandes enjambées.

Johnny Henzel est assis sur un matelas posé à même le sol en béton, du côté opposé. Je suis à la fois heureux et triste

– heureux de le voir en vie et triste de le trouver encore plus pâlot que moi.

– Je serai votre compteur à rebours, dit Reginald. Je vais chronométrer votre visite, ici, dans l'embrasure.

Johnny me fait signe de m'avancer et tapote le matelas à côté de lui. J'enlève mes chaussures de sport et je le rejoins. Il porte le short et le tee-shirt orange réglementaires ainsi que des chaussettes à la bordure orange. Ses yeux sont sombres et enfoncés, ses lèvres sèches et craquelées. Il passe une main dans ses cheveux hérissés.

– Salut, Boo, dit-il d'une voix plus rauque que celle qu'il avait à son arrivée au Village. Quoi de neuf?

– Salut, Johnny.

Je pose la tarte aux pêches sur le sol, à côté d'un plateau en plastique sur lequel je vois un bol de céréales, un verre de jus de carotte, une pomme et quelques figues sur une assiette en carton. Peut-être est-ce le repas qu'il prendra après ma visite. À côté du plateau se trouvent son carnet à croquis ainsi qu'une boîte à cigares en bois.

Je me demande si je devrais serrer Johnny dans mes bras. En général, je suis allergique aux câlins, mais devrais-je faire une exception, dans ce cas-ci ? Johnny pose sur moi un regard circonspect, comme s'il avait un peu peur de moi ou qu'il était intimidé.

La pièce est plus ou moins de la taille de notre chambre au Frank-et-Joe, mais elle est dépourvue de meubles, exception faite d'un petit ensemble chaise-pupitre. Quelques tee-shirts orange sont empilés dans un coin. Dessus sont posées des paires de chaussettes roulées en boule. Des lézardes sillonnent les murs en tous sens. La minuscule fenêtre est si haute qu'elle ne permet pas de regarder dehors. Je suppose qu'elle ne s'ouvre pas. Dans une pièce adjacente grande comme un placard, j'aperçois des toilettes et un lavabo sur pied.

– Écoute, Boo, chuchote Johnny en s'approchant de moi.

Il ne sent pas les oignons, signe que les geôliers ont trouvé le moyen de lui faire prendre sa douche.

– Jette un coup d'œil dans mon étui à crayons. Il y a un truc dedans que je veux que tu voies, mais les geôliers ne doivent pas être au courant. Compris ?

Je baisse les yeux sur la boîte à cigares. Des chiens de races diverses sont gravés dessus : caniches, grands danois, boxers.

– Ouais, on me permet de dessiner, en taule, dit-il, assez fort pour que Reginald l'entende. Si je ne pouvais pas dessiner, je deviendrais complètement cinglé.

Je prends la boîte. Je soulève le couvercle.

Zig du ciel ! Sur une rangée de crayons de couleur trône la *Blaberus craniifer.*

Je referme la boîte. Johnny me la prend.

Mes sourcils se soulèvent.

– Comment ? demandé-je.

– Rover est venu par mon lavabo, murmure Johnny en désignant sa salle de bains. Il m'a suivi comme un chien perdu qui remonte jusqu'à son maître. Les geôliers sont pas au courant. Il faut pas qu'ils sachent. Ils me l'enlèveraient, et plus vite que ça.

– Sept minutes ! crie Reginald dans l'embrasure de la porte.

Il me fait penser à un zoologiste qui observe le comportement de deux singes partageant une cage.

– Rover m'a aidé à trouver un portail.

– « Un portail » ? chuchoté-je.

– Je fiche le camp d'ici, murmure-t-il avec insistance. Je rentre à la maison.

– Mais comment ? demandé-je en parcourant la cellule des yeux. Où est-il, ce portail ? Le lavabo ? Tu ne peux pas passer par un tuyau, Johnny.

– Je peux pas t'expliquer. J'ai pas le temps. Mais il faut que tu me promettes une chose.

Il me prend les mains et me regarde droit dans les yeux. Comme ses iris sont foncés !

– Promets-moi de confirmer ce que je vais dire au procès, même si ça n'a pas de sens.

Mon estomac se contracte.

– Que veux-tu dire ?

– Promets-le, c'est tout. Il le faut. Gâche pas tout pour moi. S'il te plaît ! Je t'en supplie, mon pote.

Les yeux de Johnny, dont le blanc rougit, se gonflent de larmes. Sa lèvre supérieure tremble. Son nez commence à couler.

– S'il te plaît, Boo.

– Mais qui est Gunboy, Johnny ? demandé-je à voix basse. Le garçon que tu vois dans tes cauchemars, qui est-il ?

Il s'essuie le nez du revers de la main.

– Tu veux vraiment le savoir ? demande-t-il d'une voix encore plus rauque. Gunboy, c'est la folie. Ma folie, ta folie, notre folie à tous dans ce fo*tu cauchemar de paradis de m**de.

– Notre folie ?

Il serre son étui à crayons sur ses genoux. C'est à lui, ou peut-être à sa blatte, qu'il dit :

– J’avais la tête malade. Gunboy, c’était mon moi fou, mon moi cinglé. Il me pourchasse depuis longtemps. Déjà, aux États-Unis, il me courait après.

– Mais tu n’es plus Gunboy, n’est-ce pas ?

– Je le suis peut-être encore. Je vais peut-être rester toujours un peu malade mental sur les bords.

Il me regarde de nouveau, les yeux luisants.

– Deux minutes ! crie Reginald.

– Je t’expliquerai plus tard, OK ? Promets-moi seulement de dire comme moi au procès. Me contredis surtout pas. Et parle de ça à personne. Même pas à Thelma et à Esther.

Je me contente de le fixer. Je ne sais pas quoi répondre.

– Promets-le, Boo ! dit-il d’une voix plus forte. Tu me dois bien ça.

Que dois-je donc à ce garçon, à ce Gunboy ? Je n’en sais rien, mais je hoche la tête.

– Je te le promets.

– Terminé ! crie Reginald.

Il entre dans la cellule et me saisit par le bras.

– Viens, suis-moi, dit-il en enfonçant ses ongles dans mon biceps.

Comme je ne bouge pas, il me tire avec force et je pousse un cri de douleur.

Vif comme l’éclair, Johnny s’empare de la tarte de Thelma et l’écrase sur le côté de la tête de Reginald. Des pêches en conserve se répandent sur la joue du président. De la croûte s’accroche à son tee-shirt $E = MC^2$. Une lime à ongles et une assiette en aluminium tombent par terre.

Reginald me lâche le bras. Il recule vers la porte en aboyant :

– Gardes ! Gardes !

– Tu vois ça, Boo ? Un cheval pie recouvert de tarte.

– Sors, Oliver ! m'ordonne Reginald en s'essuyant furieusement le visage avec les mains. Attends-moi dehors.

Il montre le couloir.

Je ne bouge pas.

Ringo entre dans la pièce et crie :

– Qu'est-ce que t'as encore fait, Johnny boy ?

– J'en ai ras le bol de ce cinglé ! s'écrie Reginald en prenant des morceaux de tarte sur ses vêtements et en les lançant à Johnny. Il n'a pas sa place dans notre doux paradis.

Un second gardien apparaît. Un solide gaillard. Ses cheveux noirs sont coupés en brosse. Il s'avance vers Johnny, poings levés, et le frappe en plein sur le nez. Johnny perd pied et s'écroule. J'essaie de m'approcher de lui, mais Ringo me retient par le bras.

Le costaud secoue son poing et dit :

– Aïe ! Je me suis fait mal.

Johnny reste immobile sur le sol, et du sang s'échappe d'une de ses narines. Puis il tend la main vers un morceau de tarte et le porte à sa bouche.

– Là, vous êtes contents, bande de trous du c*l ? Je mange.

48 112,41

Cd

Cadmium

– Nous avions pourtant bien dit aux geôliers de ne pas autoriser le F à recevoir cette tarte, dit Tim Lu, mais nous ont-ils écoutés ? Non, comme d'habitude.

– Et ils en ont subi les conséquences, ajoute Tom Lu.

– Oh, quel charivari !

– Je dirais même plus, quel tintouin !

Derrière le comptoir de la réception, les jumeaux nous observent. Je suis assis sur un banc du hall du Gene-Forrester, flanqué d'Esther et de Thelma. Les filles s'efforcent de me calmer. En racontant les événements, j'ai fait une sorte de crise d'asthme. Esther m'a donc tendu le sac en papier qu'elle conserve dans son sac à main orné de tournesols pour calmer mes crises. En ce moment, j'inspire et j'expire afin de rétablir mes niveaux de dioxyde de carbone.

Je retire le sac.

– Rover l'a aidé à trouver un portail, murmuré-je. Il rentre chez lui. C'est du moins ce qu'il prétend.

– Je me méfie de Rover, dit Esther. Nous aurions dû jeter cet étron dans les toilettes à la première occasion.

– Ça fait plus d'une semaine que Johnny mange pas, dit

Thelma. Cette affaire de portail, c'est peut-être juste une hallucination. Il est plus lui-même, ce garçon.

– Qui diable est le vrai *lui* ? réplique Esther. C'est ce que j'aimerais bien savoir, moi.

Je ne précise pas que j'ai accepté de corroborer tout ce que dira Johnny lors du procès, qui débute dans trois jours. Je ne sais pas à quoi je me suis engagé, au juste. Quelles affirmations ridicules entend-il faire ?

D'un pas traînant, les filles et moi sortons du Gene-Forrester, nos visages désolés, nos pensées sombres. Nous enfourchons nos bicyclettes. Esther et Thelma ont l'intention de regagner leurs dortoirs du Onze, moi, j'ai le projet de me rendre au musée Curios pour travailler un peu. En y arrivant avec plus d'une heure de retard, je trouve une boîte en carton qui m'attend dans mon bureau. Elle renferme quelques objets de curiosité livrés depuis peu du Deux. On me demande de les évaluer. Le travail est salutaire : il me détourne de la folie des dernières semaines et de celle à venir.

J'ouvre la boîte et j'étale les objets sur ma table de travail. Je saisis un parfum en vaporisateur appelé Tigresse. Le bouchon est recouvert de fausse fourrure. Le flacon est à moitié plein et je pulvérise dans l'air un peu de parfum ambré. Il sent la cannelle.

Il y a aussi une boîte à musique à manivelle. En l'ouvrant, je découvre non pas une ballerine, mais plutôt un gnome hideux chevauchant un balai de sorcière cassé. La figurine, posée sur un ressort, oscille au son de la musique d'une chanson pour enfants, *The Wobblin' Goblin*. Cette chanson est chère à mon cœur, car tu me la chantais quand j'étais petit, chère mère. Je repose la boîte à musique pour examiner les autres nouveautés.

Il y a un livre de poche intitulé *Glossaire de la comptabilité,* l'un des livres se rapprochant le plus d'un dictionnaire qu'on ait vu au paradis. Je feuillette l'ouvrage, que je trouve peu intéressant. Après tout, les villageois n'ont pas vraiment besoin de comprendre des termes comme « état des flux de trésorerie » ou « ajustement de la rémunération au mérite ».

Je trouve aussi un tube à moitié terminé de crème contre l'acné. Je dévisse le bouchon et mets un peu de produit sur le bout de mon doigt. De couleur chair, il sent le soufre (élément numéro 16, abrégé en S).

J'examine un attendrisseur de viande en forme de petit marteau quand on frappe à ma porte déjà ouverte. Mon patron, Peter Peter, se tient dans l'embrasure.

– Quelque chose de notable dans le nouvel arrivage ? demande-t-il.

Je brandis une boîte de céréales Lucky Charms. En général, Zig nous envoie des céréales bonnes pour la santé, flocons de son et blé filamenté. Bien qu'il soit au paradis depuis longtemps, Peter Peter, grâce aux nouveaux arrivants (qu'il questionne régulièrement), est au courant des dernières nouveautés américaines. Les crèmes contre l'acné et les céréales contenant de petites guimauves de couleurs assorties n'ont donc pas de secrets pour lui.

– Je suis surpris qu'un manœuvre d'entrepôt ne les ait pas dévorées, dit Peter Peter.

Il arrive souvent que les produits comestibles ne parviennent pas entiers à nos bureaux.

– Elles sont enrichies de huit vitamines essentielles, dis-je.

– Sans blague ?

J'étudie la liste des ingrédients pendant un moment. En relevant les yeux, je constate que Peter Peter, qui n'a pas bougé, sourit tristement.

– Je peux te dire un mot en privé, Oliver ?

Je hoche la tête. Je me demande ce qu'il entend par « en privé ». Nous sommes fin seuls. Pourtant, Peter Peter, une fois dans mon bureau, referme la porte derrière lui. Il tire une chaise devant ma table de travail et triture l'épais double nœud triangulaire de la cravate qu'il porte sur son tee-shirt.

– J'ai une proposition à te faire, dit-il. Nous avons abordé ce sujet lors d'entretiens antérieurs. Tu te souviens de notre conversation sur les corrections de dernière minute ?

Je hoche la tête. À l'instar d'autres villageois, Peter Peter suppose qu'une personne qui a connu une fin horrible ne se souvient pas de tous les détails. Elle se rappelle peut-être les grandes lignes. Elle sait, par exemple, qu'elle a sauté du haut du quatrième étage de l'appartement de ses parents, en proie à un violent incendie, mais n'a nul souvenir de la douleur cuisante qu'elle a ressentie lorsque ses vêtements se sont enflammés, de sa panique atroce, du terrible saut dans le vide ni de l'impact brutal sur le trottoir. J'utilise cet exemple parce que c'est celui que m'a présenté Peter Peter. Il est mort de cette façon, dans les années 1930, dans l'Upper East Side, à Manhattan.

– Tu as laissé entendre que je ne me rappelais peut-être plus les détails sordides de la fusillade qui m'a coûté la vie, dis-je. Que certains sons, certaines images et certaines sensations risquaient de rester enfouis à jamais dans mon cerveau.

– Je n'ai jamais dit « à jamais ».

Je pose sur lui un regard interrogateur.

– Il existe un moyen de restaurer quelques-uns de tes souvenirs perdus, fiston. Je sais de quoi je parle puisque, il y a longtemps déjà, j'ai reconstitué certains des miens.

Je le mets en joue avec l'attendrisseur.

– Tu te souviens donc du saut dans le vide et de l'impact brutal ?

– Oui, hélas. Les corrections de dernière minute, c'est une faveur que nous fait Zig. Quiconque connaît une mort comme la mienne n'a pas besoin de savoir tous les détails. C'est pourquoi je n'évoque pas souvent la méthode qui m'a permis de recouvrer ces souvenirs refoulés. Dans ton cas, cependant, la connaissance de tous les faits pourrait se révéler utile.

Je me penche vers Peter Peter au-dessus de ma table de travail et je lui demande comment il a recouvré ses souvenirs.

– Il y a des décennies de cela, j'ai fait appel à un spécialiste. Un vieux de la vieille comme moi, désormais.

– Tu peux me le présenter ?

Peter Peter avale sa salive et sa pomme d'Adam semble se coincer dans son nœud de cravate.

– Tu le connais déjà, dit-il d'un air presque affligé.

– Ah bon ?

– Il est hypnotiseur.

49 114,82

In

Indium

La dernière fois que je l'ai vu à l'hôpital Sal-Paradise, Tsar avait le visage si enflé et tuméfié que je n'ai pas pu voir de quoi il avait vraiment l'air. Lorsque je le rencontre la veille du procès de Johnny, cependant, je constate qu'il ressemble seulement de façon approximative au portrait que Johnny a dessiné pour son affiche «Recherché, mort ou vif». D'accord, les deux garçons ont de grosses incisives tranchantes et les oreilles décollées, mais le Gunboy du dessin a un nez épaté, tandis que celui de Tsar est mince et crochu. Les sourcils de Gunboy sont fournis et noirs ; ceux de Tsar sont fins et clairs.

La veille du procès de Johnny, nous nous retrouvons au musée Curios, Tsar et moi, sur le canapé près de la vitrine consacrée à la monnaie américaine. Elle contient dix pièces de un dollar à l'effigie de Susan B. Anthony, que j'ai sorties pour les nettoyer. En s'approchant du canapé, Tsar lance :

– J'espère que t'as pas une p*tain de lampe de poche sur toi.

C'est une allusion comique à l'agression dont il a été victime. Par chance, ses blessures ont complètement guéri. On ne voit plus la moindre ecchymose.

– Tu as l'air en pleine forme, Tsar, dis-je.

– Malgré tes efforts, répond-il en s'asseyant à côté de moi sur le canapé.

– Je regrette sincèrement la malheureuse méprise qui t'a conduit à l'hôpital, lui dis-je. Bien que je n'aie pas brandi la lampe de poche, je suis aussi coupable que Johnny Henzel. Je suis prêt à tout pour me faire pardonner. Qu'est-ce que je peux faire pour toi ?

– Ben, d'après Peter Peter, t'es futé, comme morpion. Alors ce que j'aimerais, c'est que tu me déniches un portail. Un vrai.

Je songe à Johnny, qui affirme en avoir trouvé un.

– Le temps file. Ma date de péremption approche. Grouille-toi.

Tsar a quarante-six ans, lui aussi. Il repassera donc dans quatre ans.

– Je peux au moins essayer. Après le procès, j'aurai plus de temps à consacrer à de nouveaux projets.

Tsar dit qu'il témoignera demain. Puisqu'il ne se souvient pas du passage à tabac – « Ton ami le malade mental m'a assommé du premier coup » –, il parlera seulement de ses blessures, de sa convalescence, de sa colère.

– Vous m'avez piqué des semaines et des semaines, toi et l'autre rigolo, et je vous en veux à mort, lance-t-il en me tapotant le sternum du bout de l'index. Je suis plus un jouvenceau et j'ai pas les moyens de passer presque deux p*tains de mois dans le coma.

Il tapote mon sternum de plus en plus fort pour souligner la gravité de l'épreuve qu'il a traversée. En fait, il est si énervé que je commence à craindre pour ma sécurité. Peter Peter attend dans son bureau, au coin du couloir. Si Tsar devient trop brutal, je n'aurai qu'à l'appeler, m'a-t-il dit. Malgré leurs caractères diamétralement opposés, les deux vieux de la vieille sont amis depuis l'année de leur passage initial, à l'époque où ils partageaient une chambre dans le Quatre. Je me demande si Peter Peter a fait appel au sens du devoir de Tsar en évoquant le parallélisme entre leur amitié à eux et celle qui me lie à Johnny.

– La brutalité qu'il affecte n'est que de la poudre aux yeux, m'a assuré Peter Peter. Si Charles se comporte comme un tsar, c'est parce qu'il estime qu'on le respecte quand il se montre intimidant.

Tsar fait de l'hypnotisme en privé. Il a besoin de silence absolu, sans la moindre distraction. C'est pour cette raison que Peter Peter attend dans son bureau. L'hypnotiseur porte un tee-shirt sur lequel on voit un magicien sortir un lapin d'un haut-de-forme.

– Bon, ben, on y va, annonce-t-il.

Il se lève et m'ordonne de m'allonger sur le canapé. Il se dirige vers l'interrupteur et tamise la lumière. Puis il éteint les lampes qui éclairent les vitrines.

– Pour l'hypnose, j'aime qu'il fasse bien sombre, précise-t-il.

Je m'attends à une ruse de sa part. Pour ses prétendues hantises, Tsar avait au préalable soutiré des renseignements personnels à ses sujets : ainsi, il inventait des récits de toutes pièces et les leur restituait pendant qu'ils étaient hypnotisés. Mais Tsar a de véritables pouvoirs, m'a dit Peter Peter. Il aide les villageois à se souvenir des derniers détails de leur vie, des détails qu'ils ont oubliés dans l'au-delà.

– Pas tous, m'a prévenu Peter Peter. Il restera peut-être

des trous, comme des images manquantes dans une bobine de film, mais tu auras certainement un portrait plus complet des circonstances de ta mort.

Selon Peter Peter, Tsar garde secrets ses pouvoirs parce qu'ils ont eu des conséquences tragiques. Il y a quelques années, une essellème a tenté de se suicider après avoir appris les détails de son viol et de son meurtre, aux mains de son oncle. J'ai donc promis de ne parler à personne de ma séance, quels qu'en soient les résultats.

– Bouge pas, OK ? fait Tsar.

Le canapé, quoique élimé, est encore bien rembourré et je m'y sens à mon aise. Je croise les bras et les pose sur ma poitrine, mais Tsar dit :

– On dirait un cadavre dans son cercueil.

Je les place donc le long de mon corps.

– Je veux que tu me racontes les circonstances de ta mort, dit-il. Puis, quand tu vas être en mon pouvoir, je vais te restituer les détails, petit à petit, un peu comme un cuisinier qui ajoute des flocons d'avoine dans de l'eau bouillante. Je dois stimuler ton cerveau lentement : c'est comme ça qu'il va libérer les souvenirs qu'il a retenus et ceux qu'il a oubliés. Si je me dépêche, la scène va se jouer trop vite et tu pourras pas suivre, à cause des trous.

Je ne suis pas certain de croire à tout cela, mais comme je souhaite à tout prix comprendre la folie dont nous avons été victimes, Johnny et moi, je veux bien tenter l'expérience. Je décris à Tsar mes derniers moments aux États-Unis : le couloir, Jermaine Tucker, Richard Dawkins et Jane Goodall, le tableau périodique, la nomenclature jusqu'au seaborgium.

Dès que j'ai terminé mon récit, Tsar s'agenouille à côté du canapé.

– Respire par le nez, dit-il. À fond.

De la poche de son pantalon, il sort une fausse chaîne en or au bout de laquelle pend un colifichet bleu. Le genre de bijou criard qu'on vend dans les machines à chewing-gums des États-Unis. C'est, me dit-il, une topaze bleue. Il fait osciller le colifichet au-dessus de mon visage et je le suis des yeux.

50 118,71

Sn

Étain

Portant la toge et le mortier des diplômés, Helen Keller me regarde du haut de son portrait accroché sur le mur. Devant mon casier, le numéro 106, je tourne le cadran de mon cadenas : 7, puis 25, puis 34. Autour de moi, j'entends les autres élèves rire et crier. Ils disent ou hurlent ou chantent des choses comme « Je peux t'emprunter ton gloss ? » et « Passe-toi ça entre les dents, mon grand » et « *Shake your body down to the ground* » et « Allez, Trojans ! » et « Hé, Miss Stephens s'est fait faire une coiffure à la Dorothy Hamill ! ».

J'ouvre la porte de mon casier. À l'intérieur sont collées deux photos découpées dans des magazines, l'une du biologiste évolutionniste Richard Dawkins et l'autre de la primatologue Jane Goodall. Mes camarades de classe se sont moqués de moi en affirmant que je gardais des photos de mes « parents » dans mon casier.

Se trouve aussi collée à l'intérieur de la porte une copie du tableau périodique. J'ai inventé un jeu dans lequel je dois essayer de réciter les éléments dans l'ordre chronologique chaque fois que j'ouvre mon casier, jusqu'à son numéro. J'essaie de les mémoriser, tous les cent six.

Je les marmonne à voix basse. À côté de moi, Jermaine

Tucker déniche un manuel dans le capharnaüm de son casier. J'en suis au numéro 78, platine (Pt), lorsqu'il m'assène une violente tape derrière la tête. Comme c'est un garçon athlétique qui mesure plusieurs centimètres de plus que moi, le coup porte et me fait mal, mais je me répète intérieurement que j'ai un seuil de douleur élevé.

– Qu'est-ce que tu fous, Boo ? demande-t-il.

J'ignore la question et continue de bredouiller. J'estime qu'il vaut mieux ne pas établir de contact visuel avec les camarades de classe qui me tourmentent : faute de réaction, il leur arrive en effet de se lasser. Ma tactique fonctionne et Jermaine Tucker s'éloigne.

Autour de moi, les cris et les éclats de rire s'estompent, tandis que je me replonge dans le monde des éléments chimiques. Pour la toute première fois, j'atteins le numéro 106, seaborgium (Sg), sans avoir eu à jeter un coup d'œil au tableau. Sur leurs photos, mes deuxièmes parents, Richard et Jane, absolument ravis, me sourient, comme pour me féliciter de cet exploit. Je leur rends leur sourire.

– Au revoir, leur dis-je à voix basse, comme toujours avant de me rendre en classe.

Puis je tends le bras pour prendre un objet dans mon casier.

Obscurité. Silence.

À ce moment précis, je suis aussi aveugle et sourd que Helen Keller. Je suppose qu'il n'y a plus rien à voir ou à entendre dans le monde. Je suppose que je suis mort. J'attends de renaître.

Mais ces quelques instants ne sont que des images manquantes dans la bobine de mon film : peu après, en effet, la lumière et le son reviennent, et je vois de nouveau.

Ce que je vois est horrible. Je gis sur le sol et un garçon est allongé, à portée de main. Ses paupières papillonnent, ses yeux regardent sans voir, son visage se crispe, du sang s'écoule de sa tempe et mouille ses longs cheveux bruns.

Puis l'obscurité m'avale une fois de plus. Mais pas le silence. Un cri envahit ma tête. Un cri à vous tourner le sang, si atroce qu'il me tire de ma transe.

51 121,76

Sb

Antimoine

En revenant à moi, je trouve Thelma en train de taper sur Tsar. Elle l'a renversé et s'est assise sur lui, à califourchon. De sa grosse main charnue, elle le gifle en plein visage. Une fois, deux fois, trois fois.

– Qu'est-ce que tu lui as fait ? hurle-t-elle. Dis-moi, espèce de fils de p*te !

Tsar bat des bras.

– Aïe ! Arrête ! C'est insupportable ! crie-t-il.

Étourdi, je m'assieds sur le canapé au moment où Peter Peter entre dans la pièce, la cravate de travers. Il se hâte de libérer Tsar de l'emprise de Thelma.

– Quelle bande de p*tains de cinglés ! hurle Tsar en se relevant péniblement.

Son tee-shirt est déchiré à l'encolure et ses cheveux sont en bataille.

– Pourquoi est-ce que je vous donnerais un coup de main ? Tout ce que je reçois en échange, c'est des bleus et des commotions cérébrales !

Peter Peter a l'air consterné. Il époussette le dos de son ami, tandis que Thelma rectifie la position de son tee-shirt orné d'un chaton, remonté sur son ventre.

– Je suis un hypnotiseur professionnel ! s'écrie Tsar. Je mérite le respect, mais on me traite comme de la m**de !

D'un geste, il balaie les dix pièces de un dollar à l'effigie de Susan B. Anthony, qui s'envolent et rebondissent sur le sol en tintant à gauche et à droite. Je serais si contrarié si nous en perdions une !

Thelma vient s'asseoir sur le canapé.

– Ça va, Oliver ?

Inquiète, elle me touche le coude du bout des doigts.

– Je me sens tout drôle, dis-je.

– Veux-tu bien me dire ce que tu lui as fait ? demande Thelma en foudroyant Tsar du regard. T'es une sorte de maniaque ?

– Moi, un maniaque ! s'écrit-il d'une voix désormais haut perchée. Les maniaques, c'est vous !

Peter Peter s'avance.

– J'ai bien peur que tout soit de ma faute.

– J'aurais jamais dû me laisser entraîner dans cette sale affaire, dit Tsar.

Il pivote sur ses talons et sort en coup de vent.

– Attends, Charles ! crie Peter Peter.

À la hauteur de la vitrine où est exposé le corned-beef, Tsar se retourne et le gratifie d'un doigt d'honneur.

– Pas la peine d'être grossier ! lance Peter Peter.

– Va te faire fo*tre et recrève ! réplique Tsar avant de sortir en trombe de la salle d'exposition.

Une fois Tsar parti, j'explique à Thelma que nous nous livrions à une expérience. Je suis encore hébété, en partie immergé dans des souvenirs resurgis de ma mémoire.

– Je me faisais du souci pour toi, mon chou. T'es pas rentré, ce soir, alors je suis venue jusqu'ici en bicyclette et j'ai trouvé ce malade debout devant toi. J'ai pensé qu'il essayait de te tuer parce que, tout à coup, tu t'es mis à crier.

– Vraiment ?

Il est vrai que j'ai la voix un peu éraillée.

– Comme un putois, confirme Thelma.

Peter Peter explique la démarche de Tsar. Sans doute fait-il confiance à sa nouvelle petite amie parce qu'il lui révèle tout, jusqu'à sa propre chute, en flammes, du haut de son appartement, au dernier étage de l'immeuble où résidait sa famille. Thelma se frotte sans cesse les joues, comme pour activer sa circulation sanguine. Lorsque Peter Peter a terminé son récit, elle dit :

– Ce sont des informations dangereuses.

– Si dangereuses, réplique celui-ci, que je te recommande de les garder secrètes.

Thelma hoche lentement la tête. Puis elle se tourne vers moi. Avec un mélange de terreur et d'excitation, elle dit :

– Raconte-moi ce que t'as vu, Oliver.

Je lui dis que je n'ai pas vu celui qui m'a tiré dessus.

– Mais je ne suis pas mort sur le coup, dis-je, presque haletant. J'ai dû perdre connaissance et revenir à moi à côté de Johnny.

Thelma et Peter Peter me considèrent avec sympathie. En un sens, mes parents adoptifs, ce sont ces deux jeunes de treize ans, et non Richard et Jane.

– Tu l'as vu ? demande Peter Peter. Tu as vu Johnny ?

– La dernière chose que j'ai vue, dis-je, c'est le trou sanglant que le projectile a creusé dans sa tête.

– Zig du ciel, murmure Thelma avant de lancer un regard mauvais à Peter Peter, qui a eu l'idée de cette expérience. Qui a crié ? Toi ou Johnny ?

Je cligne des yeux à plusieurs reprises, comme si la lumière, dans cette pièce plongée dans la pénombre, était encore aveuglante.

– Je pense que c'est moi, dis-je, mais je ne crois pas avoir crié tout haut. Je pense plutôt avoir crié dans ma tête.

Ma mère. Je veux voir ma vraie mère. Je veux te voir, toi. Et toi, père, où es-tu ? Je veux te voir aussi. Je crois que je risque de contrevenir à mon code de conduite en pleurant. Non, je me retiens. Je me laisse tomber sur le canapé, en silence, et je fixe la pièce de un dollar qui a roulé sous la vitrine où sont exposés des téléphones morts qui ne sonneront jamais.

52 127,60

Te

Tellure

J'informe Thelma que je vais travailler jusque tard dans la nuit : je ferai sûrement de l'insomnie. Je ne lui dis pas que je n'ai pas fermé l'œil depuis des jours. Malgré tout, elle n'est pas contente.

– Tu as besoin de repos, me gronde-t-elle en agitant les mains. Le procès commence demain. Faut que tu sois frais comme une rose.

Je mens en lui disant que je dormirai sur le canapé de mon bureau et elle finit par se laisser fléchir. Avant de partir, elle s'enveloppe dans ses bras et se serre fort. C'est un code entre nous : quand elle agit ainsi, c'est à moi qu'elle fait un câlin. Peter Peter me recommande de ne pas me surmener :

– Ne te tue pas au travail, fiston.

Puis, embarrassé par l'allusion que contiennent ses mots, il détourne les yeux.

Si j'ai décidé de passer la nuit ici, c'est pour pouvoir parler à Zig. Au musée Curios, je me sens plus proche de lui, sans doute parce que je suis entouré des objets inusités qu'il nous envoie. Les étagères qui tapissent les murs de mon bureau en regorgent. Une bouteille de vin blanc de la Napa Valley, une caisse enregistreuse, une boîte géante de couches jetables, une biographie du crooner américain Barry Manilow, un mince rasoir électrique utilisé pour tailler les poils du nez. Et ainsi de suite.

Dans certains cas, il s'agit d'erreurs flagrantes, d'articles que Zig nous a envoyés par accident. J'en veux pour preuve les couches (ici, les nouveau-nés sont déjà propres, ha ! ha !) et la tondeuse pour les narines (les garçons du Village ont peu de poils sur le visage et encore moins de poils qui leur sortent du nez).

D'autres envois ne sont peut-être pas des erreurs. Il y a deux semaines, par exemple, le paradis a accueilli son premier photocopieur, une encombrante machine de la taille d'une cuisinière, en ce moment poussée dans un coin de mon bureau, près de la porte. Comme tous les appareils électriques, il fonctionne sans être branché. Je suppose – et Peter Peter tend à me donner raison – que le photocopieur est un test. Zig souhaite voir ce que nous ferons de ce nouvel outil, de la même façon que, l'année dernière, il nous a envoyé notre premier four à micro-ondes et, il y a quelques décennies, notre première machine à laver.

Utiliserons-nous le photocopieur à bon escient ? Nous en servirons-nous, disons, pour faire des copies des livres, des récits et des pièces de théâtre que nous produisons ? Distribuerons-nous ces œuvres dans tout le Village, au bénéfice du plus grand nombre ? Le cas échéant, Zig nous enverra peut-être d'autres photocopieurs. Utiliserons-nous plutôt l'appareil inconsidérément, par exemple pour reproduire des affiches « Recherché, mort ou vif » sur lesquelles figure le Gunboy que nous souhaitons mettre à mort ?

En d'autres termes, nous lui servons peut-être de cobayes.

C'est justement de cette théorie que je souhaite lui parler ce soir. Assis devant ma table de travail, je remonte ma boîte à musique. La petite figurine s'agite sur son balai, tandis que tinte gaiement l'air où il est question d'un pauvre gnome qui troque son balai cassé contre un avion.

Ce soir, je m'identifie à ce gnome. Boo, itou, chancelle. Sur la manivelle, ma main tremble. Ma voix, lorsque je parle tout haut, est mal assurée.

– Tu nous observes, n'est-ce pas ? dis-je en fixant mon canapé miteux, comme si notre vieux dieu s'y prélassait à la façon d'un vieux chien.

J'avoue que je me sens idiot. Jamais encore je ne me suis adressé ainsi à Zig.

– Tu nous as envoyé un photocopieur pour voir ce que nous en ferions, dis-je. Et tu nous as envoyé Gunboy pour voir ce que nous ferions de lui.

J'admets devant Zig que Johnny a peut-être tué quelqu'un (m'a peut-être tué *moi,* devrais-je plutôt dire). De toutes les parties concernées, qui sait si je ne suis pas le dernier à en arriver à cette conclusion. J'y suis arrivé lentement parce que, à titre d'apprenti scientifique, je ne saute jamais aux conclusions.

– Johnny Henzel est un objet de curiosité, mais il n'est pas le résultat d'une erreur, ajouté-je. Tu l'as réparé du mieux possible. Tu as rafistolé ses pièces défectueuses et effacé ses souvenirs douloureux pour lui permettre d'affronter la vie dans l'au-delà. Et maintenant, tu souhaites voir comment les villageois réagiront devant ce garçon que tu as laissé tomber parmi eux.

Le dieu affalé sur le canapé reste invisible.

– Ma théorie se tient ou pas ?

Rien.

– Dis quelque chose !

Ma boîte à musique ralentit. Le gnome cesse de s'agiter.

– Johnny est une épreuve. Si nous la réussissons, si nous montrons de la compassion et de la clémence envers ce garçon que tu as réparé, peut-être un jour nous en enverras-tu d'autres comme lui.

Je saisis la boîte à musique et je la remonte.

– Les villageois affirment que le paradis est une deuxième chance. Pourquoi ne pas en offrir une à Johnny ?

La boîte ne joue plus. J'ai beau la remonter, rien ne se produit. Flûte. Le gnome est-il déjà cassé ? Je secoue la boîte et j'entends quelque chose rouler sous la plaque où danse la figurine. Des piles ? Non, c'est insensé : les boîtes à musique sont mécaniques. En plus, on n'a pas besoin de piles, au paradis. Je m'empare de mon coupe-papier en fausses écailles de tortue et je glisse la lame sous le bord de la plate-forme. Au prix de quelques efforts, je parviens à la soulever.

Je jette un coup d'œil à l'intérieur.

Que diantre…

Je laisse tomber la boîte à musique sur ma table de travail et je repousse ma chaise, si brusquement qu'elle se renverse presque. Pendant une seconde ou deux, je reste là, éberlué, à fixer le canapé d'un air furieux.

– Quel sale tour me joues-tu là, espèce de vieux chien ?

Dans la boîte à musique reposent, côte à côte, deux balles de revolver.

53 126,90

I

Iode

À 7 heures, Thelma et Esther arrivent au musée Curios. Nous avons projeté de pédaler ensemble jusqu'au Gene-Forrester pour assister au procès de Johnny. Quand elles frappent à ma porte, je ne réponds pas immédiatement. Elles ouvrent et me trouvent allongé par terre, en boxer et maillot de corps. Je suis dans un état de stupeur insomniaque. C'est ma cinquième nuit consécutive sans sommeil. Je les salue en levant faiblement la main.

Je ne suis pas fort. Comment Johnny a-t-il pu croire le contraire ?

Les filles sont super chics dans leurs jupes à losanges confectionnées par Esther. Celle-ci a remonté ses cheveux en chignon. Thelma arbore ses billes de bois habituelles. Elles sont mécontentes de me trouver dans cet état : non douché, les yeux troubles, les cheveux en bataille.

– T'es pas au poil, mon chou ! s'écrie Thelma en me tirant pour m'obliger à m'asseoir sur le canapé.

– Tu as l'air plus mort que vif, confirme Esther en pinçant mes joues pour leur donner un peu de couleur. Il ne faut surtout pas que les membres du jury te prennent en pitié. Ils ne vont faire qu'une bouchée de Johnny.

– Qu'est-ce que c'est, ça ? hurle Thelma.

Elle vient de remarquer les coupures sur mes avant-bras. Durant la nuit, en proie au désespoir, je me suis frappé à répétition avec l'attendrisseur à viande.

– Une expérience sur les temps de cicatrisation, dis-je en mentant.

– Merde, Boo ! s'exclame Esther. Ressaisis-toi, mon pote !

Peter Peter entre dans mon bureau pour me souhaiter bonne chance au procès. En entendant Esther affirmer d'un ton geignard que j'ai l'air d'un spectre, mon patron saisit le tube de crème contre l'acné et lui suggère de m'en mettre.

– Elle est couleur chair, dit-il.

– Pas de ma chair à moi, mon chou, corrige Thelma.

De la mienne non plus, en l'occurrence. Elle est d'un beige tirant sur l'orangé. Malgré tout, Esther en applique une fine couche sur mes joues et mon front. La crème sent le soufre, ce qui, au sens figuré, augure mal pour le procès. Je me garde bien d'en parler aux autres, qui semblent satisfaits de mon teint.

Peter Peter va chercher un tee-shirt à manches longues dans son bureau. Il est trop grand pour moi, mais au moins il n'est pas tout fripé. Pendant que j'y glisse mes bras couverts de croûtes, il retire sa cravate et me la passe autour du cou. Thelma peigne mes cheveux fous.

Esther fouille dans son sac et en sort une pomme et un sandwich au beurre d'arachide enveloppé dans un sac en plastique.

– Mange, ordonne-t-elle.

La pomme, croquante et acide, me fouette le sang. Dès que j'ai terminé mon repas, nous nous préparons à partir pour la prison, les filles et moi. Peter Peter déclare qu'il va fermer le

Curios pour nous accompagner, et j'essaie de l'en dissuader. Je me suis attaché à notre musée : il me donne un but au paradis, en plus de celui d'aider Johnny. L'établissement devrait donc rester ouvert. Peter Peter, cependant, n'en démord pas. Nous descendons tous au rez-de-chaussée. Esther fourre son sac orné de tournesols dans le panier de sa bicyclette. Thelma affirme que nous devons pédaler lentement, sinon, la sueur risque de faire couler mon maquillage.

– Je vous assure que j'expire rarement, dis-je.

Naturellement, je voulais dire « transpire ». Lapsus imputable à ma fatigue et au malaise général que je sens.

Nous nous mettons en route. Aujourd'hui, la circulation est dense, malgré l'heure matinale. Le ciel est couvert des nuages de Johnny. Faut-il y voir un bon présage gracieusement offert par Zig ? Ai-je foi dans les signes envoyés par notre satané dieu ?

Les deux balles sont-elles une offrande de sa part ? Ce qui est sûr, c'est que je peux me passer de telles offrandes. J'ai caché les balles dans un étui à lunettes vide, au fond du tiroir de ma table de travail. J'ai refusé de vérifier si les munitions étaient compatibles avec le revolver exposé au musée. Va au diable, Zig ! J'en ai assez de tes petits jeux.

Nous pédalons pendant au moins une heure et demie. Aux abords du Gene-Forrester, nous sommes étonnés de découvrir le grand nombre de villageois attirés par le procès. Des centaines de personnes encombrent les pelouses de la prison. Des dizaines de manifestants brandissent des pancartes. Des essellèmes, je suppose. Malgré les efforts que je déploie pour ne pas lire les messages, j'en aperçois un qui proclame : ABRÉGEZ SES SOUFFRANCES ET LES NÔTRES.

Tandis que nous rangeons nos vélos, je remarque une estrade improvisée surmontée d'une bannière sur laquelle ont été peints à la bombe les mots BILLETS DE LOTERIE. Tim et Tom Lu y grimpent. L'un d'eux dépose la grosse caisse qu'il transporte. Ils s'emparent des deux porte-voix qui traînent par terre.

– Waouh, Tim, dit Tom dans son mégaphone. On peut dire que le F est plus populaire que Jésus-Christ.

– Tu as parfaitement raison, Tom. C'est pour cette raison que nous organisons un tirage pour attribuer les deux cents places disponibles dans la salle d'audience.

– Il y aura des billets pour tout le monde ?

– J'évalue à cinq cents le nombre de personnes présentes. Alors je dirais que non. Il y aura des déçus. Vous devez prendre un des numéros distribués par nos adjoints, qui circulent parmi vous. Ensuite, nous tirerons des numéros dans la grosse caisse que vous voyez ici pour désigner les heureux villageois autorisés à entrer.

– On s'amuse comme des petits fous !

– Un peu de respect, Tom. C'est un procès pour meurtre, quand même. Du sérieux. On n'est pas au théâtre. Rien à voir avec *La Petite Maison de thé*.

– Et les victimes et les témoins officiels, Tim ? Doivent-ils prendre un numéro, eux aussi ?

– Ne sois pas ridicule, Tom. Bien sûr que non. On leur a réservé les meilleures places. Au centre de la première rangée. Pour éviter la cohue, les victimes et les témoins sont invités à emprunter la porte latérale de la prison.

Peter Peter déclare qu'il va prendre un numéro. Il me souhaite bonne chance et tapote sa propre épaule.

Tandis que Thelma, Esther et moi nous faufilons parmi la

foule, je constate que la prison semble encore plus lugubre que d'habitude : on jurerait qu'une nouvelle couche de suie s'y est déposée durant la nuit. Et la pelouse est si infestée de mauvaises herbes que nous décapitons des pissenlits à chaque pas, ou presque. Il faudra que je mette au point un pesticide naturel (à base de poivre de Cayenne, peut-être) pour les combattre.

Un garçon aux cheveux longs, avec une guitare sur le dos, s'avance d'un pas tranquille.

– Hé, tu serais pas Boo, des fois ?

Je hoche la tête avec inquiétude.

Le visage du hippie s'illumine.

– Je peux avoir ton autographe ?

– Dégage, crache Esther.

– J'écris une chanson sur Johnny et toi, Boo. Ça s'intitule *The Gun and the Damage Done.*

– On est pressés, là, dit Thelma au hippie.

– J'te dis m**de, mon pote.

Une fille albinos, dont Zig a corrigé la vision, me montre du doigt.

– Je t'aime, Boo ! crie-t-elle d'une voix aiguë.

J'avance, flanqué de mes gardes du corps, Esther et Thelma. Cette dernière m'informe que mon histoire s'est répandue d'un dortoir à l'autre, dans tout le Village.

– Mais comme toutes les histoires qui traversent le paradis, précise Esther, elle a été dénaturée au fur et à mesure.

Une geôlière arborant le brassard violet nous accueille devant la porte latérale. Elle vérifie nos noms sur une liste et nous entraîne dans un couloir jusqu'à une salle d'attente, où un autre geôlier, Ringo, le garçon à l'accent britannique, surveille

Sandy Goldberg, la fille aux arachides, et Benny Baggarly, le chercheur de portails.

Benny lève à peine les yeux vers nous. Sandy, cependant, nous salue de la main et dit :

– Salut, Thelma. Salut, Boo.

Elle arbore toujours des nattes serrées qui se dressent presque à l'horizontale de part et d'autre de sa tête, comme si elle utilisait des cure-pipes pour les retenir.

– Punaise, qui aurait cru que je serais aussi débordée dans l'au-delà ? dit-elle. D'abord les finales de badminton et maintenant le procès. Je suis prise comme c'est pas permis. Je suis encore plus populaire ici que je l'étais chez moi ! Qu'est-ce que vous en dites ?

Personne ne lui répond. Nous prenons place. Représentez-vous la salle d'attente d'un dentiste, chère mère et cher père, et vous aurez une idée assez précise de cet endroit. Les murs sont d'ailleurs vert menthe, la couleur du dentifrice utilisé aux États-Unis.

– J'ai un autre sandwich au beurre d'arachide dans mon sac, chuchote Esther. Je l'offre à la cacachouette ?

– Au paradis, les allergies alimentaires n'existent pas, dis-je. Personne ne meurt d'un choc anaphylactique.

Contrairement à Esther et à moi, Thelma est douée pour le papotage. Elle interroge donc Sandy sur le tournoi de badminton. Pendant que les filles parlent du smash en extension et de l'amorti brossé, un autre témoin entre dans la pièce. Il s'agit d'Albert Schmidt, le directeur au visage poupin du Deborah-Blau, que nous avons rencontré le jour où Willa Blake s'est jetée du haut du toit de l'asile. Parce qu'il est minuscule et qu'il porte un nœud papillon rouge ainsi qu'un chapeau de paille, il me fait penser aux petits singes qui, dans l'ancien temps, jouaient des cymbales au coin des rues.

Interrompant Sandy en pleine description du mouvement qui a fait sa réputation, soit le coup droit en dégagé au-dessus de la tête, Thelma demande à Albert :

– Que viens-tu faire ici ?

– Pour être tout à fait franc, répond-il, je n'en suis pas certain. J'ai été convoqué par la directrice.

– Pour parler de ceux qui se sentent tristes et perdus, peut-être, risqué-je.

Au même moment, Charles « Tsar » Lindblom entre dans la pièce. Ses cheveux gominés sont peignés en arrière et son jean au pli apparent est bien repassé.

– Essayez de pas m'envoyer dans le coma, OK ? dit-il en s'adressant à Thelma et à moi.

– Je devrais avoir de la peine pour ce type, me glisse Thelma à l'oreille, mais j'ai seulement envie de lui allonger une bonne taloche.

Tsar s'assied à côté de Benny Baggarly. Je me demande si Benny lui en veut : les hantises, en fin de compte, n'étaient qu'un canular mis au point par un hypnotiseur. Je suppose que non, puisque Benny lui remet la bande dessinée qu'il a apportée.

Puis nous attendons en silence. Je me fais du souci pour Johnny. Attend-il dans l'auditorium où se déroulera le procès ? Appréhende-t-il l'issue de ce dernier ? Sera-t-il heureux de nous voir, les filles et moi ?

– C'est pour aujourd'hui ou pour demain, ce spectacle de guignols ? demande Esther à Ringo.

Dans l'embrasure de la porte, ce dernier fait passer son poids d'une jambe sur l'autre.

– Prends sur toi, trésor, répond-il.

– « Trésor » ? Qui tu appelles « trésor » ? Je ne suis pas ton trésor, mon gars.

Ringo pose sur elle un regard amusé.

– Fais pas la c*nne, dit-il.

– « C*nne », moi ? s'écrie Esther. Qu'est-ce que tu dirais d'un bon coup de pied dans les « valseuses », toi, l'Angliche ?

– Va te faire fo*tre, réplique Ringo.

– Doucement, dit Thelma à Esther.

Nous attendons encore une heure, de plus en plus agités. Enfin, un autre geôlier vient donner à Ringo l'ordre de nous escorter jusqu'à la salle d'audience. Nous empruntons quelques corridors et aboutissons dans l'auditorium, qui entretient une ressemblance troublante avec les autres théâtres du paradis où sont présentés des concerts, des pièces et des spectacles de danse. Je me rends alors compte que, pour les villageois accourus en grand nombre aujourd'hui, ce procès est un divertissement comme un autre. Lorsque nous, les témoins, sommes escortés jusqu'à la première rangée, les deux cents chanceux dont le numéro a été tiré au sort ont déjà pris place.

Thelma aperçoit Peter Peter et agite la main.

– Repose en paix, Boo ! lance quelqu'un.

– Défense de crier ! tonne Ringo. Les grandes gueules seront expulsées !

Tandis que nous nous asseyons, Tsar se tourne vers l'auditoire. Il étend les bras et sourit largement. Je ne serais pas étonné de le voir saluer. Esther lui assène un coup de pied dans le tibia.

– Désolée, bredouille-t-elle.

Je doute de sa sincérité.

Il y a sept sièges rabattables libres dans la première rangée. Je m'assieds au centre, Esther et Thelma de part et d'autre. À côté d'Esther prennent place Tsar et Benny ; à côté de Thelma, Sandy et Albert. Lorsque nous sommes tous installés, les spectateurs applaudissent, comme si nous étions les membres d'un orchestre s'accordant avant le début d'un concert.

Au centre de la scène est posé un lourd fauteuil capitonné, moins élimé que la plupart des meubles du paradis. Un projecteur est braqué sur le fauteuil recouvert de tissu rouge, choix regrettable à cause de l'association avec le sang.

Sur les deux côtés de la scène, on a disposé des ensembles chaise-pupitre en rangée. Ils accueilleront la directrice de la prison et les treize jurés (un villageois, choisi au hasard, pour chacun des secteurs). Une fois les témoins assis, ceux-ci sortent des coulisses et prennent place à leur tour. La directrice porte son chandail simili-cachemire et son badge (un bon signe). Pendant que les lumières se tamisent, elle hoche la tête, puis Ringo et le président du conseil, Reginald Washington, escortent Johnny Henzel jusqu'au centre de la scène. Les spectateurs poussent une exclamation de surprise, comme si Johnny avait quelque chose de particulier. Au lieu du short et du tee-shirt orange qui constituent l'uniforme réglementaire des prisonniers, il porte un jean impeccable et un tee-shirt blanc tout simple. Il a l'air plus en forme que la dernière fois que je l'ai vu. En fait, son apparition me réconforte, à ce détail près que ses poignets sont menottés.

Quelques spectateurs sifflent tandis que Ringo entraîne mon ami jusqu'au fauteuil de l'accusé, l'y assied et lui retire ses menottes. Je suis assis en face de Johnny, à quelques mètres seulement. À cause du projecteur braqué sur lui, il cligne des yeux. Comme la salle est plongée dans l'obscurité, il ne voit peut-être pas les spectateurs. Je le salue d'un geste de la main et, au moment où je pense avoir croisé son regard, il détourne les yeux. Il fixe le projecteur, droit devant lui, à la façon d'un garçon qui, pendant une éclipse, s'aveugle en scrutant le soleil.

Reginald est debout du côté gauche de la scène. Il pose ses notes sur un lutrin, saisit le microphone et se présente.

– Je m'appelle Reginald Washington et je préside le Conseil des bienfaiseurs du Onze depuis huit années consécutives. J'espère obtenir un troisième mandat. J'invite ceux d'entre vous qui résident dans le Onze à bien examiner mon visage pour s'en souvenir à l'occasion des prochaines élections.

Il gratifie les spectateurs d'un sourire à la douceur trompeuse.

Reginald ajoute que nous sommes réunis pour un événement sans précédent dans l'histoire de notre paradis, un procès au cours duquel un accusé devra répondre de crimes commis non seulement dans l'au-delà, mais aussi en bas, c'est-à-dire aux États-Unis. En prononçant les mots « en bas, c'est-à-dire aux États-Unis », il me dévisage, mais je me tourne vers Johnny, qui a les yeux levés vers les projecteurs bourdonnants.

À cause du manque de sommeil, je me sens presque en décalage horaire. Esther et Thelma se tapotent les genoux, leur façon de tapoter les miens. Esther sort mon sachet à CO_2 de son sac à main orné de tournesols.

– Au cas où, dit-elle en me le tendant.

Je le plie et le déplie, tandis que Reginald expose en détail les accusations qui pèsent contre Johnny. Il commence par la renaissance de Johnny et cite Thelma, selon qui le nouveau-né était ahuri et en larmes.

– L'accusé a déclaré à l'infirmière qui a présidé à sa renaissance qu'il avait reçu une balle dans la tête au collège et qu'il était resté dans le coma pendant cinq semaines avant de succomber à ses blessures.

Reginald ajoute que Thelma l'a jumelé à un autre nouveau, victime de la même tuerie.

– Ce garçon, j'ai nommé Oliver Dalrymple, n'était pas au courant de la véritable cause de son décès.

Soudain, un spectateur crie :

– Boo !

– Silence ! hurle Ringo dans un mégaphone, d'un côté de la scène.

J'observe Johnny, mais il semble ne pas écouter Reginald. Il a l'air innocent, comme pendant la tornade à Hoffman Estates. Alors que tous les autres étaient effrayés et excités, lui, calmement assis sous son pupitre, m'a demandé la permission de me dessiner.

Reginald continue de présenter ce qu'il appelle « les faits ». Il affirme s'être demandé s'il serait avisé et sécuritaire de confier à notre petit groupe la tâche de retrouver « le mystérieux Gunboy ».

– Malgré mes réticences, Thelma Rudd, ex-membre du conseil, m'a supplié de venir en aide à ce garçon profondément bouleversé, incapable de s'adapter à son nouvel environnement.

– Foutaises, bredouille Thelma.

Elle agite devant son visage l'éventail japonais qu'elle a pris la précaution d'apporter.

– C'est Reginald qui a eu l'idée de cette expédition, ajoute-t-elle.

Reginald décrit notre périple, y compris la disparition de Johnny après le « suicide apparent », dit-il, dont nous avons été témoins au Deborah-Blau. Il décrit l'« agression gratuite et violente » perpétrée contre Charles Lindblom ainsi que les « révélations choquantes et troublantes » de Sandy Goldberg.

De son siège, Sandy lance :

– Écoutez, tout le monde. La seule chose que je me rappelle, c'est que deux garçons se sont fait descendre. Un fou et un bizarre. En gros, c'est tout ce que j'ai à dire.

Reginald interrompt son exposé des faits et sourit avec gêne à Sandy.

– Merci, mademoiselle Goldberg, dit-il, mais je vous prierais de me laisser terminer.

Il mentionne ensuite que le Conseil des bienfaiseurs de notre secteur a ordonné notre arrestation.

– Il était urgent de protéger les villageois contre ce garçon dangereux, mais aussi de séparer la victime, Oliver Dalrymple, du tueur qui a brusquement mis un terme à sa première vie.

– Boo ! crie une fille.

– La ferme ! beugle Ringo.

Reginald poursuit :

– À quelques reprises, j'ai personnellement interrogé Johnny Henzel dans sa cellule sur les crimes crapuleux dont on l'accuse. Le moment est venu de vous faire part de mes découvertes, en particulier celles des derniers jours. Êtes-vous prêt à nous raconter votre histoire, monsieur Henzel ?

Johnny cesse de contempler les poutres du plafond. Il baisse les yeux sur l'auditoire. Ringo traverse la scène et lui tend un microphone. Johnny l'allume. Un grincement aigu traverse la salle et je sursaute. Je mets un moment à comprendre que le grincement est venu du micro et non de Johnny.

Lorsque le silence se rétablit, Johnny porte le micro à sa bouche.

– Gunboy, c'est moi, dit-il.

Derrière moi, quelqu'un murmure :

– À mort ! À mort !

– Vous avouez vos crimes ? demande Reginald.

J'arrive à peine à respirer.

– Ouais, répond Johnny avec conviction.

– Quand avez-vous compris que vous étiez celui qu'on surnomme « Gunboy » ?

– Je l'ai toujours su. Même quand je vivais aux États-Unis.

– Vous le saviez déjà, là, en bas ?

– Ouais.

– Comment ?

– Quelqu'un me l'a répété chaque jour de ma vie.

– Qui était ce quelqu'un ?

– Zig.

L'auditoire tressaille collectivement.

– Vous voulez dire que vous parlez à Zig ?

Reginald feint la surprise, mais je me rends compte que l'échange a été chorégraphié avec soin. On dirait que nous assistons à une pièce dont chaque réplique, ou presque, a été apprise par cœur.

– Je lui parle sans arrêt. Il me dit de faire des choses.

– Quel genre de choses ?

– Des choses mauvaises. Très mauvaises, même.

– C'est de la m**de, tout ça, chuchote Esther à mon oreille.

Je détecte toutefois un léger doute dans sa voix.

– Il vous dit de tuer des gens ?

– Il me l'ordonne. Il me parle par l'intermédiaire des chiens et des cafards.

Dans la foule, des grommellements se font entendre.

– Qu'on jette cet en**lé du haut du toit ! hurle un garçon.

– Toi, dehors ! répond Ringo sur le même ton.

Il y a une interruption et les lumières se rallument. En me retournant, je vois deux geôliers se faufiler parmi les spectateurs jusqu'à un garçon qui avait participé à la réunion des essellèmes. C'est celui que son assassin a jeté du haut d'un pont. Les geôliers le tirent de son fauteuil et l'entraînent à l'extérieur.

– À mort ! À mort ! crie-t-il en brandissant le poing.

Ringo saisit son mégaphone.

– Y a d'autres c*ns qui veulent se faire f*utre à la porte ?

Je jette un coup d'œil à Johnny. Il m'observe. Il ne parle pas dans le micro, mais je suis assez près de lui pour voir ses lèvres articuler en silence les mots « je veux partir ».

Les lumières se tamisent de nouveau.

– Donc, c'est Zig qui vous a dit d'assassiner M. Dalrymple dans votre école, aux États-Unis ? demande Reginald.

Dans ma poitrine, mon cœur troué se serre.

Johnny avale bruyamment sa salive. Le bruit résonne dans le micro.

– Oui, murmure-t-il.

– Pourquoi avoir pris M. Dalrymple pour cible ?

La voix de Johnny est presque inaudible.

– Boo était pas au bon endroit, bredouille-t-il. Un ange sur terre. Il était pas à sa place.

– Un ange sur terre ? Que voulez-vous dire ?

Maintenant, Johnny parle presque tendrement.

– Boo était fort et brillant et pur, dit-il. Trop parfait pour les États-Unis. Sa place était ici. Zig me l'a dit.

Je me sens faible, stupide, souillé. Pourquoi invente-t-il de pareilles idioties ? J'ai le souffle court, mais je ne parviens pas à porter le sac à CO_2 à ma bouche. Je fixe Johnny en plissant les yeux. Il évite mon regard.

Thelma fait *tss-tss*.

– Celle-là, c'est la meilleure, murmure Esther.

– Zig s'adressait à vous par l'intermédiaire de votre chien, un basset ?

– Ouais.

Dans l'auditoire, des rires et des huées fusent : les spectateurs se représentent un basset doté du don de la parole, avec ses oreilles qui pendouillent et sa gueule où s'accroche un filet de bave.

– Vous avez donc volé le revolver de votre père. Vous l'avez apporté à l'école, puis vous avez tué M. Dalrymple et terrorisé vos camarades de classe.

– Oui, avoue Johnny.

– Et vous vous êtes ensuite tiré une balle dans la tête parce que vous étiez, vous aussi, un ange sur terre ?

– Non, moi, j'étais un monstre !

Soudain, la colère s'entend dans sa voix. Il tape sur les bras de son fauteuil.

– Je suis toujours un monstre. J'étais censé aller en enfer. On s'était mis d'accord. Zig avait dit qu'il m'enverrait en enfer.

– Que faites-vous ici, dans ce cas ?

– Zig est un p*tain d'imposteur ! crie Johnny à l'intention des chevrons. Un menteur, un hypocrite qui, à la place, m'a envoyé au paradis !

Plus personne ne rit. Le silence est absolu. L'auditoire est frappé de stupeur.

– Pourquoi pensez-vous que Zig vous a menti ?

– Zig veut que je tue des gens ici aussi. Je suis son tueur à gages, mon pote. Son Gunboy. Il me parlait par l'entremise d'un cafard.

Reginald nous explique que Johnny a trouvé une blatte dans un dortoir du Dix et que, depuis, l'insecte a disparu.

– Et qu'est-ce que Zig le cafard vous a ordonné de faire au paradis ?

– D'éliminer les jeunes qui sont pas à leur place ici.

Quel tissu d'inepties, me dis-je.

– Il a quoi dans la tête, ce garçon ? me chuchote Thelma.

– Et qui Zig vous a-t-il ordonné de tuer ici ? demande Reginald à Johnny.

Celui-ci pose les yeux sur les témoins alignés devant lui. Son regard s'arrête sur Tsar.

– Zig a dit que l'hypnotiseur était un p*tain d'imposteur et qu'il méritait pas de vivre dans l'au-delà.

Je jette un coup d'œil à Tsar, qui semble à la fois abasourdi et effrayé, comme s'il croyait que Zig avait effectivement ordonné sa mort.

– Par chance, M. Lindblom a survécu à votre attaque

bestiale. Mais une autre pauvre âme a eu moins de chance, n'est-ce pas ?

Johnny hoche la tête.

– Vous avez réussi à mettre un terme à la vie dans l'au-delà d'un autre villageois, n'est-ce pas, monsieur Henzel ?

– Ouais, c'est vrai, balbutie Johnny.

– Qui ?

À ce stade de la procédure, je suis complètement perdu.

– Une pauvre fille appelée Willa, qui était pas à sa place ici. Je l'ai poussée du haut du toit du Deborah-Blau.

Dans la salle, un rugissement s'élève, si violent qu'il noie les beuglements de Ringo dans son mégaphone. Derrière moi, quelqu'un crie d'une voix stridente :

– Arrêtez-le avant qu'il en tue d'autres !

Une fille court dans l'allée centrale en brandissant ce qui a l'apparence d'un canif, mais un geôlier la plaque contre le sol. À côté de moi, Thelma laisse échapper une sorte de glapissement. Un objet roule sur la scène après avoir ricoché sur sa tête. Une pomme pourrie ! Aussitôt, une pluie de pommes martèle et éclabousse la scène. Reginald se réfugie en coulisse. Bon nombre de jurés se lèvent, tant bien que mal, et lui emboîtent le pas.

Dans cette cohue, Johnny, lui, reste assis dans son fauteuil de velours rouge, les yeux levés vers les projecteurs. Il marmonne pour lui-même. Il fait semblant, je crois, de s'entretenir avec Zig.

54 131,29

Xe

Xénon

On nous raccompagne dans la salle d'attente, nous, les témoins, en raison de la suspension de l'audience. Thelma est dans les toilettes en compagnie de Sandy, qui s'est proposée pour enlever, à l'aide d'un mouchoir, la matière visqueuse laissée par la pomme sur ses nattes collées.

Esther se chamaille avec Ringo, qui insiste pour que nous restions assis en silence. Esther veut poser des questions à Albert Schmidt, le directeur de l'asile, qui agite l'éventail de Thelma devant son visage en disant :

– Oh là là !

Esther crie aux oreilles de Ringo :

– Il n'a pas poussé Willa ! Jamais de la vie ! Je l'ai vue sauter, cette fille. Elle était complètement barge, pas vrai, Albert ? Elle menaçait sans arrêt de se supprimer. Elle était cinglée à un point pas possible !

– Oh là là, répète Albert.

– Pour une nabote, tu as une p*tain de grande gueule, dit Ringo à Esther, les bras croisés sur la poitrine.

Esther devient presque aussi violette que le brassard des bienfaiseurs.

– Je vais te dénoncer, espèce de trou du c*l ! Je vais te la faire perdre, ta place !

– Vas-y, fais-moi saquer. Tu me rendrais service. J'en ai plein le dos de ce foutu boulot, de toute façon. Je devrais être tailleur plutôt que gardien de prison. J'aurais beaucoup moins d'ennuis.

J'invite Esther à venir s'asseoir avec moi.

– Inutile de te mettre dans tous tes états, lui dis-je.

Pourtant, je suis moi-même dans tous mes états et sur le point de vomir.

– Esther, lui dis-je à l'oreille d'une voix qui se fissure, comme si j'avais enfin atteint la puberté, Johnny veut remourir.

– Qu'est-ce que tu me chantes là ? demande-t-elle.

À son air angoissé, je constate qu'elle m'a parfaitement compris.

– Il veut qu'on lui impose la peine de remort.

La remort, me dis-je soudain, c'est peut-être le portail qu'il croit avoir trouvé.

Esther secoue la tête.

– À quoi il joue, cet imbécile ? Il est là, calme et serein, et débite les pires absurdités. On dirait qu'il cherche à se montrer sain d'esprit pour avoir l'air encore plus dangereux.

– Sain d'esprit ? répète Tsar d'un ton moqueur. Comme Jack l'Éventreur, peut-être ?

– Dommage que tu sois sorti du coma, toi ! réplique Esther.

– C'est une honte de dire ça ! s'écrie Benny Baggarly. Tsar a failli remourir !

– Oh là là, répète Albert Schmidt en agitant frénétiquement

l'éventail. Une patiente sous ma supervision assassinée ! Je ne me le pardonnerai jamais…

– Si vous ne fermez pas vos p*tains de gueules, crie Ringo, c'est moi qui vais assassiner quelqu'un !

55 132,91

Cs

Césium

Je crois que Johnny, malgré ce qu'il prétend, ne se souvient pas vraiment du garçon brisé qu'il a été. Zig a modifié ses souvenirs, d'où la difficulté qu'il éprouve à se rappeler les derniers mois de sa vie aux États-Unis. Le Gunboy qu'il voit dans ses cauchemars, c'est sa propre folie, d'accord, mais cette démence ne l'avale plus tout rond, comme elle le faisait dans son ancienne vie. Ici, au paradis, peut-être lui mordille-t-elle encore les talons, de loin en loin ; peut-être aussi le conduit-elle à affirmer, par exemple, que c'est lui qui a poussé la tristedue du haut de ce toit.

Nous retournons tous dans la salle d'audience, et Reginald conclut son interrogatoire.

– J'ai une dernière question à vous poser, monsieur Henzel, dit-il en déposant ses notes et en plaçant ses mains sur le lutrin.

En poursuivant, il regarde l'auditoire, et non Johnny.

– À votre avis, quel serait un juste châtiment pour les crimes dont vous vous reconnaissez coupable ?

Je m'attends à ce que les spectateurs, en particulier les essellèmes, réclament bruyamment la peine qu'ils jugent indiquée dans les circonstances, mais personne ne bronche. Nous retenons collectivement notre souffle.

Même le bourdonnement des projecteurs accrochés au plafond semble s'arrêter.

Johnny porte le micro à ses lèvres. Il regarde vers moi. Il touche sa paupière du bout du doigt, puis il tend la main, comme pour me toucher, moi aussi.

– Œil pour œil, dit-il.

– C'est-à-dire ? demande Reginald.

Toujours en me regardant, Johnny répond :

– Dent pour dent.

Je secoue la tête et j'articule en silence le mot « non ».

– Crotte, dit Esther.

– Que le ciel nous protège, dit Thelma.

– Justice ! scandent les essellèmes. Justice ! Justice !

– Vous réclamez donc la peine de remort ? demande Reginald.

– Oui, répond Johnny.

– Oui, oui ! crient les essellèmes.

– Il est certain que les jurés prendront votre requête en considération, dit Reginald.

Thelma se tourne vers moi avec une mine affligée.

– Ils accepteront jamais une chose pareille. Personne a jamais été condamné à la peine de remort.

– C'est de la folie, dit Esther. De la folie pure et simple.

Reginald déclare qu'il en a assez entendu.

– Je n'ai pas besoin d'écouter ce que les autres témoins ont à dire puisque l'accusé a avoué sa culpabilité.

Il récupère bruyamment ses notes et s'assied.

La directrice de la prison s'avance vers le lutrin pour s'adresser au jury.

– Je pense, dit-elle en se tournant vers moi, que vous auriez intérêt à entendre une autre personne.

– Boo ! Boo ! scandent les spectateurs.

Ringo a renoncé à les admonester. En fait, il s'empare de son mégaphone et crie à son tour :

– Boo ! Boo !

– Vous voulez bien monter sur la scène, monsieur Dalrymple ?

Pendant une seconde, je reste figé sur mon siège.

– Vas-y, mon chou, dit Thelma. Va sauver ton ami de lui-même.

Je me lève et je passe devant les autres témoins en traînant les pieds. Tsar semble mécontent d'être privé du privilège de s'adresser à la foule.

D'un côté de la scène, je gravis les quelques marches qui conduisent au lutrin. Pendant ce temps, deux geôliers apportent un autre fauteuil, bleu layette celui-là, et le déposent à un mètre environ de celui de Johnny.

La directrice me sourit, mais des rides inquiètes plissent son front. Chez une fille de treize ans qui ne vieillit pas, l'effet est pour le moins bizarre. Elle m'indique le fauteuil bleu layette.

– Salut, Boo, dit nonchalamment Johnny à mon approche, comme si nous nous croisions au réfectoire de l'école.

– Bonjour, Johnny, dis-je.

Je m'assieds dans le fauteuil du témoin et un geôlier me tend un micro.

Devant le lutrin, la directrice déclare :

– Monsieur Dalrymple, je me rends compte que vous

éprouvez de la compassion pour l'accusé. Au nom de quoi faudrait-il que celui-ci, qui s'est montré sans pitié envers vous, bénéficie de notre clémence ?

Je regarde l'auditoire. À cause des projecteurs, je ne vois pas très bien, mais je distingue Thelma et Esther. Thelma a les joues gonflées, comme si elle retenait son souffle. Esther serre son sac à main. Elle me fait un signe de la tête.

Je me tourne vers Johnny, qui me regarde d'un air impatient. Ses lèvres articulent trois mots, si faiblement que je suis seul à les entendre :

– Laisse-moi partir.

Je me détourne. Dans ce théâtre plongé dans la pénombre, les villageois attendent ma réponse. « Cet horrible garçon mérite-t-il d'être sauvé ? » semblent-ils demander. Je voudrais leur expliquer que le garçon assis à côté de moi n'a rien d'un monstre. Le monstre, c'est sa folie. Je fais mine d'ouvrir la bouche, mais une fois de plus, Johnny dit tout bas :

– Laisse-moi partir, Boo. Tu me l'as promis.

Je frissonne, comme si la température du paradis avait soudain chuté de plusieurs degrés. J'essaie de parler, mais j'en suis incapable. J'ouvre sur mes genoux le sac à CO_2. À force de le plier et de le déplier, j'ai fini par le déchirer.

– Est-ce que ça va, monsieur Dalrymple ? demande Lydia Finkle dans son cocon de faux cachemire.

Je hoche la tête. Je ferme les yeux. Je suis exténué.

Laisse-moi partir. Laisse-moi partir. Laisse-moi partir.

Je vous imagine dans votre salon, chère mère et cher père. Vous installez une étagère au mur. Vous y rangerez l'urne qui renferme mes cendres. Vous ne voulez pas me laisser partir.

De toute façon, laisse-t-on jamais partir quelqu'un ? Même ceux qui ne sont plus là restent avec nous.

Sans doute ai-je bredouillé quelques mots. En effet, Lydia Finkle dit :

– Pardon, monsieur Dalrymple, nous n'avons pas bien saisi. Vous pourriez parler dans le micro, s'il vous plaît ?

J'ouvre les yeux dans un battement de paupières. Portant le micro à mes lèvres, je murmure :

– Bonté ziguine.

Puis ça commence. En sentant l'humidité sur mes joues, je crois, pendant un moment, à du sang. Ma main lâche le microphone et j'essuie mes joues.

Ce sont des larmes.

Je suis stupéfait. Je grogne.

Le grognement se transforme en sanglot.

Je ferme de nouveau les yeux. Je nous vois, Johnny et moi, non pas tels que nous sommes maintenant, c'est-à-dire passant en jugement devant deux cents personnes, mais tels que nous avons été, allongés sur le sol, au collège Helen-Keller. Un garçon avec un trou dans la poitrine, un garçon avec un trou dans la tête. Deux frères de sang qui se vident de leur sang, les rigoles s'entremêlant comme des doigts.

Je vois les affreuses blessures, le sang en flaque, le terrible chagrin.

Je pleure si violemment que mes larmes m'étranglent. Je me penche, laisse tomber mon sac. J'ai la tête qui tourne. Je m'écroule par terre.

Du noir. Quelques images manquantes dans la bobine d'un film.

Je reviens à moi. En me retournant, j'aperçois les chevrons et les projecteurs. Ma vue est embrouillée. Je cligne des yeux pour chasser les larmes. Johnny est agenouillé à côté de moi, les mains posées avec légèreté sur mon cou.

– Je te ferais jamais de mal, chuchote-t-il.

– Arrêtez-le ! Arrêtez le monstre ! crie l'une des jurés.

Je tourne la tête. Ringo accourt. Il attrape Johnny par le cou et l'éloigne de moi sans ménagement, tandis que d'autres geôliers, sortis des coulisses, fondent sur Johnny et l'emportent. L'un a glissé les mains sous ses bras, l'autre le tient par les pieds.

– Est-ce que ça va, monsieur Dalrymple ? demande Lydia Finkle.

Je me redresse tandis que Thelma et Esther gravissent les marches au pas de course. Elles se hâtent vers moi. Peter Peter apparaît à son tour.

Esther s'agenouille à côté de moi, les yeux écarquillés, à la fois éberluée et contrariée.

– Quel idiot ! s'écrie-t-elle. À quoi diable joue-t-il ? Il avait ses mains autour de ton cou. Faisait-il semblant de t'étrangler ?

Je porte les mains à mon cou. De ce côté, tout me semble en ordre.

Dans les coulisses, Johnny commence à hurler.

– Booooo ! Booooo ! crie-t-il.

Son ton, lourd de reproches, rappelle celui de spectateurs huant une prestation. Dès qu'il est assez loin pour que je n'entende plus sa voix, je ramasse le micro par terre et je le porte à mes lèvres.

– Tout ce qu'a dit Johnny est vrai, déclaré-je.

56	137,33
Ba	
Baryum	

57	138,91
La	
Lanthane	

58 140,12

Ce

Cérium

Je pleure tout le temps, maintenant. Je commande un sauté de légumes au réfectoire et des larmes dégoulinent sur mes joues («Je réagis aux oignons», dis-je faussement à la serveuse). Au musée Curios, des larmes tombent sur les touches de ma machine à écrire tandis que je tape une notice sur les singes de mer, qui repassent l'un à la suite de l'autre. En lisant *Tarzan, seigneur de la jungle,* je sanglote lorsque lady et lord Greystoke se font tuer. Au point où j'en suis, je fondrais en larmes si, au cours d'une enquête particulièrement corsée, Nancy Drew se cassait un ongle.

On devrait plutôt me surnommer «Boo hou» (ha! ha!).

Autrefois, je tirais beaucoup d'orgueil de mon indépendance. Aux États-Unis, je pouvais rester des jours sans adresser la parole à d'autres que vous, chère mère et cher père. Je faisais ma promenade matinale. Je regardais des documentaires de PBS à la télévision. Je lisais mes livres. Je me rendais à la bibliothèque, où les longs séjours dans sa propre tête sont fortement encouragés.

Je suis encore indépendant, mais je me sens seul – sensation pour moi inédite. Je passe beaucoup de temps sans personne dans mon bureau, où je fais jouer la musique du gnome. La boîte, en effet, a recommencé à fonctionner. Je m'identifie à cette pauvre créature perdue qui, là-haut dans le ciel, menace à tout instant de tomber, mais parvient tant bien que mal à rester en selle.

Thelma, Esther et Peter Peter sont d'avis que mon esprit est demeuré un peu confus, après mon évanouissement sur la scène. C'est pourquoi, raisonnent-ils, j'ai corroboré la version de Johnny.

– Tu ne savais pas vraiment ce que tu disais, n'est-ce pas, Boo ? demande Esther.

– J'étais perdu, concédé-je. Triste et perdu.

Elle semble me croire. Mais peut-être fait-elle semblant. Dans son for intérieur, elle se demande sans doute si je cherche à me venger.

Thelma et Peter Peter se font du souci pour moi. Peter Peter organise des sorties père-fils. La semaine dernière, il m'a appris à attraper un ballon de football. Thelma nous a accompagnés parce que son bras est encore plus fort que celui de Peter Peter. Ils se voient beaucoup, ces deux-là. Ils s'échangent fréquemment des cadeaux. Hier, elle a préparé un pain aux courgettes pour Peter Peter. Lui-même lui a offert un échantillon de notre bouteille de parfum Tigresse.

Quant à Johnny, je ne l'ai pas revu. Je ne serai pas autorisé à lui rendre visite avant que le Conseil des bienfaiseurs ait statué sur son cas. Néanmoins, je me rends chaque jour à la prison pour voir si celui-ci a rendu sa décision.

Tim Lu : « Le F attend toujours le verdict. »

Tom Lu : « Pas de visiteurs aujourd'hui, donc. »

Tim Lu : « Quand cette pitoyable victime se décidera-t-elle enfin à commencer sa vie dans l'au-delà ? »

Des essellèmes manifestent toujours devant le Gene-Forrester, réclamant la peine de remort à cor et à cri. La méthode qu'ils préconisent est particulièrement barbare : la lapidation.

J'ai moi-même été soumis à une forme de lapidation, chère mère et cher père. Le premier jour de ma quatrième, trois jours avant mon passage, donc, je suis rentré à la maison le nez en sang parce que Kevin Stein, Nelson Bliss et Henry Axworthy m'avaient criblé de pierres dans le champ derrière l'école.

– J'ai pas été là de tout l'été, Boo ! a crié Kevin. Te torturer, ça m'a manqué, t'as pas idée !

Cette remarque a suscité l'hilarité de ses amis.

Tu as mouillé un linge avec de l'eau tiède, cher père, puis tu as doucement épongé le sang. « Ma treizième année a été la plus dangereuse de toute ma vie, mon fils », as-tu dit.

Toi aussi, cher père si doux, tu as suscité la colère des brutes.

« Mais tu vas grandir, Oliver, as-tu ajouté. Et la quatrième restera loin derrière. »

– Cher père, dis-je maintenant à haute voix, seul dans ma chambre, je suis coincé à treize ans. Je suis coincé ici, nom d'une pipe, pour l'éternité.

59 140,91

Pr

Praséodyme

Un bon matin, deux semaines après le procès, je me lève de bonne heure, j'enfile mon jean coupé et mon tee-shirt orné du signe de la paix (plus précisément de la décalcomanie d'une main qui fait le signe de la paix) et je pédale jusqu'au Gene-Forrester. En arrivant, je trouve Tim et Tom Lu qui, sur les marches de l'entrée principale, déroulent un document et le punaisent sur la porte. M'ayant aperçu dans l'allée, ils rentrent en vitesse. L'avis apposé sur la porte se lit comme suit :

DANS L'AFFAIRE JOHN HENZEL

Après mûre réflexion, les treize membres du jury chargés d'instruire le procès de John Henzel, rené le 12 octobre 1979, ancien résidant du district BRU du Onze, sont parvenus à une décision unanime relativement à la peine qui sera imposée au prisonnier reconnu coupable de meurtre et de tentative de meurtre. À une date et selon des modalités qui seront annoncées ultérieurement, M. Henzel sera par la présente mis à

REMORT.

J'arrache l'avis et je le réduis en miettes. La porte s'ouvre au moment où je jette les morceaux sur les marches de la prison. Tim et Tom Lu ressortent.

– Malgré son tee-shirt, la victime n'a pas l'air particulièrement pacifique, dit Tim, qui tient un autre rouleau dans sa main.

– Il a l'air dérangé, ce garçon, réplique Tom.

– Je dirais même plus, il a l'air « dément ».

Ils me dévisagent sans cligner des yeux, comme des chats. Je leur rends la politesse d'un air mauvais.

– Heureusement, nous avons fait plusieurs copies de notre communiqué, dit Tim en punaisant un deuxième avis sur la porte.

Quelques jours plus tard, on annonce que le jury a autorisé la lapidation, qui aura lieu dans une semaine. Contrairement à l'usage établi, cependant, le condamné sera lapidé à coups de briques, ces dernières, au paradis, étant plus faciles à trouver que des pierres de taille respectable. Les villageois en arrachent des murs extérieurs des écoles et des dortoirs, et de nouvelles briques poussent dans les trous, de la même façon que les vitres cassées se réparent toutes seules. Le supplice prendra la forme d'un horrible match de balle au prisonnier. Il se déroulera sur le terrain de basket-ball du Marcy-Lewis, le gymnase où Johnny et moi nous sommes terrés pendant que nous étions en cavale. Les briqueurs se tiendront sur la piste de course en mezzanine, tandis que Johnny sera placé, à genoux, les chevilles et les poignets liés, dans le cercle central du terrain de basket. Lorsque sonnera minuit, ils le bombarderont de briques et s'arrêteront quand il sera réduit en bouillie, quand il sera remort.

L'exécution est conçue pour éviter la désignation d'un

bourreau unique : ainsi, aucun villageois n'assumera seul la culpabilité. Il suffit de partager la responsabilité entre plusieurs pour permettre à chacun de se disculper.

« Si je n'avais pas lancé de briques, il serait remort de toute façon », pourra prétendre chacun des briqueurs.

Dans les romans policiers, l'élément de preuve capital, c'est le cadavre. Dans le cas de ce meurtre-ci, pourtant, il n'y en aura pas. Les traces du crime disparaîtront au moment où le corps de Johnny repassera. Même son sang s'évanouira, ni vu ni connu. Il ne restera qu'un ignoble amoncellement de briques. Quelques jours plus tard, même les marques laissées sur le sol par les briques s'effaceront.

Les villageois qui souhaitent agir comme briqueurs doivent s'adresser au Gene-Forrester. Ils n'ont qu'à laisser leur candidature aux frères Lu dans le hall de la prison. Selon Thelma, les autorités de la prison s'attendent à un taux de participation élevé. Les groupes d'essellèmes de tout le Village incitent leurs membres à s'inscrire. Ils ont accouché d'un slogan haineux : « Traitez le mal par le mal. »

Je m'efforce de vous rendre compte des événements avec détachement, chère mère et cher père. Je m'efforce de garder mon calme. Pourtant, je suis dégoûté ; je suis révolté. Mon cœur se soulève sans arrêt, mais mes larmes se sont pratiquement taries. Je veux parler à Johnny. Il doit se rétracter, revenir sur les propos qu'il a tenus lors du procès. Moi aussi. Pourtant, Johnny refuse de me recevoir, bien qu'on l'y ait autorisé.

Je ne dors plus. La nuit, je me couche dans le lit de Johnny et je me fais des réflexions déraisonnables, illogiques. Dans mon état de stupeur insomniaque, je me demande, par exemple, si Zig pourrait réincarner Johnny et vous le confier afin que vous l'éleviez, chère mère et cher père. Cette idée me procure une certaine tranquillité d'esprit. Je lui laisserais volontiers ma chambre, mes modèles réduits de Saturne et de ses lunes, mon tableau périodique, mes dictionnaires d'étymologie.

La veille de la briquation, on frappe à ma porte à 7 h 30. C'est sans doute Thelma qui m'apporte des nouvelles. En ouvrant, je découvre Reginald Washington dans le couloir.

– Bonjour, Boo, dit-il avec un sourire pincé. Puis-je t'appeler Boo ?

Bien qu'il ait formulé sa requête dans une langue châtiée, je secoue la tête.

– Oh, pardon, c'est que John dit toujours Boo.

– Vous pouvez m'appeler M. Dalrymple, monsieur Washington.

Bizarrement, je suis jaloux à l'idée qu'il ait eu des contacts avec Johnny, même s'il n'y a sûrement pas d'amalgame entre eux, pas de *blendship*.

– Vous permettez que j'entre une minute, monsieur ? J'ai un message de la part de John.

Je n'ai aucune envie de laisser cette fouine envahir notre intimité, mais, s'il est effectivement chargé d'un message de la part de Johnny, je dois y consentir. D'un geste, j'invite le président du conseil à entrer et je m'assieds sur le lit défait de Johnny, tandis que Reginald s'installe sur le mien.

– J'aurais pu envoyer Tim et Tom Lu, mais je me suis dit qu'il valait mieux que je me charge moi-même de cette mission.

Je baisse les yeux. Il y a une tache de thé Orange Pekoe sur la manche de ma robe de chambre. Je commence à me négliger.

– Je sais que vous souhaitez vous entretenir avec John, monsieur Dalrymple. Alors voici : il a accepté de vous recevoir.

Je bats des mains.

– Zig merci !

– John impose cependant une condition. Il accepte de vous parler, mais, eh bien… pas tout de suite.

– Que voulez-vous dire ? La briquation a lieu demain soir !

– Il veut vous parler sur le terrain de basket-ball avant le… la… juste avant.

Le président du conseil ne trouve pas le courage de prononcer le mot « exécution ».

– Il veut te dire adieu, Boo.

Je le foudroie du regard. Sur son front, la tache en forme d'étoile de mer semble plus grande qu'avant, mais c'est impossible.

– Monsieur Dalrymple, se corrige-t-il aussitôt, il souhaite que vous soyez la dernière personne à qui il parlera.

J'enfouis mon visage dans mes mains.

– C'est une situation difficile pour nous tous, poursuit-il. N'oublions pas qu'il s'agit ici de respecter les dernières volontés de John. Cela devrait nous donner des forces.

Je relève la tête.

– Vous estimez avoir un quotient intellectuel élevé et enviable, n'est-ce pas, monsieur Washington ? Vous êtes fier de votre intelligence ?

Il me dévisage d'un air perplexe.

– Laissez-moi vous dire une chose : si, en ce moment, j'avais une brique à portée de main, je me ferais une joie de la réduire en bouillie, votre précieuse cervelle.

Il me regarde fixement, l'air effrayé, comme si je risquais de prendre sous l'oreiller de Johnny une lampe de poche remplie de cailloux. Il n'y a pas de lampe de poche, mais il y a, caché sous le matelas, un petit revolver.

– Je conçois votre colère, dit-il, une main sur le cœur. Je comprends votre souffrance.

– *Vade retro, Satana !* lui dis-je.

C'est une expression latine que j'adore, mais que j'ai rarement l'occasion d'utiliser. (Origine : formule d'exorcisme qui se traduit par « Arrière, Satan ».)

Reginald se tapote les genoux. Il se lève, puis il sort de la chambre en refermant la porte derrière lui.

Je reste assis sur le lit de Johnny. Contrairement à la princesse qui avait un petit pois sous son matelas, je ne sens pas la bosse. Me levant à mon tour, je redresse le coin du matelas.

– Coucou, mon joli, dis-je.

Je sors le revolver de sa cachette et je le soupèse. Il se niche au creux de mes mains à la façon d'une blatte à tête de mort géante.

Le revolver est chargé. Les balles, naturellement, étaient faites pour lui.

60 144,24

Nd

Néodyme

«Lancez du riz, pas des briques!» Tel est le slogan adopté par un groupe de pacifistes opposés à la peine de remort de Johnny. Ses membres encouragent les villageois à s'unir, à remplacer la haine par l'amour. Je n'ai jamais abordé la question de l'amour: c'est un sujet qui me fascine moins que, disons, l'électricité et les vide-ordures. Mais, en effet, les villageois peuvent tomber amoureux et même se marier. Ils se marient dans une maison du bien lors d'une cérémonie présidée par un membre du Conseil des bienfaiseurs faisant office de prêtre. Les nouveaux mariés s'échangent des «oui, je le veux», puis on lance des confettis et on attache des boîtes de conserve à l'arrière de leurs bicyclettes.

Esther juge pitoyable cette campagne d'incitation au mariage. Néanmoins, elle est assise à côté de moi, un sac en plastique rempli de grains de riz teints en rose à la main. Le mien est rempli de grains de riz teints en bleu. Nous sommes dans la chapelle de la maison du bien Jonathan Livingston, où Liz McDougall, vice-présidente du Conseil des bienfaiseurs du Onze, se tient sur l'estrade, vêtue d'une robe lustrée qu'on croirait fabriquée à partir d'un rideau de théâtre.

– Nous sommes réunis aujourd'hui, déclare-t-elle, pour célébrer l'amour de Thelma Rudd et de Peter Peterman.

Au moment où leurs noms sont prononcés, le marié et la mariée ouvrent les portes, au fond de la chapelle. Ils s'avancent dans l'allée centrale, habillés de gilets en macramé assortis, qu'Esther déclare hideux. Mais cette rabat-joie a les larmes aux yeux. Moi aussi, du reste.

Lorsque le marié et la mariée s'immobilisent devant la petite estrade, Liz McDougall déclare :

– Thelma Rudd, acceptez-vous de prendre Peter Peterman pour époux et promettez-vous de l'aider à demeurer un villageois honnête et droit devant Zig ?

Thelma hoche sa tête aux nattes collées.

– Et comment que je le veux ! s'exclame-t-elle.

– Peter Peterman, acceptez-vous de prendre Thelma Rudd pour épouse et promettez-vous de l'aider à demeurer une villageoise honnête et droite devant Zig ?

– Absolument.

J'ai toujours regretté de ne pas avoir assisté à votre mariage, chère mère et cher père. C'est donc pour moi un moment très spécial.

– Je vous déclare mari et femme, dit Liz McDougall. Vous pouvez vous embrasser.

Thelma et Peter Peter se tournent face aux invités – nous sommes environ vingt-cinq – et se donnent un bisou sur les lèvres. Les autres les acclament et les applaudissent. Esther et moi lançons des poignées de riz dans les airs. Les grains tombent en pluie drue sur nos têtes.

Sur les pas des nouveaux mariés, nous sortons de la chapelle et nous nous dirigeons vers le jardin, derrière la maison du bien. Un bol de punch et des plateaux de sandwichs sont disposés sur une table qu'on a dressée sous un auvent. Liz McDougall fait aussi office d'hôtesse. Pendant qu'Esther va chercher d'autres provisions, je m'assieds dans l'herbe, à côté d'un massif de marguerites, et je songe à ce que je dirai à Johnny quand je le verrai, ce soir.

Tsar s'avance et vient s'asseoir à côté de moi. Il porte un tee-shirt sur lequel est imprimé un veston de smoking. Il s'est fait couper les cheveux et ses oreilles semblent encore plus décollées qu'avant. Malgré leur grande taille, elles sont minces et délicates. Si je tirais dessus, elles risqueraient de se casser.

– Tu l'as trouvé, ce portail ? me demande-t-il.

– La mort est peut-être l'ultime portail, Tsar.

– Ouais, sauf qu'une fois de l'autre bord on peut plus faire demi-tour.

– Certains d'entre nous ne souhaitent pas revenir.

– Tu te débrouilles pas trop mal, ici.

– Je ne parlais pas de moi. Je parlais de Johnny.

– Écoute, dit-il. Pete dit qu'on est trop vieux pour garder rancune. Comme d'habitude, il a raison. Alors je veux que tu saches que je lancerai pas de briques, moi, ce soir. Pour l'amour du ciel, je vis dans une maison de verre !

Bizarre, tout de même, que l'hypnotiseur et moi ayons pardonné à Johnny, tandis que les essellèmes, eux, s'en montrent incapables. J'ai entendu dire qu'ils étaient les seuls à s'être portés volontaires pour la briquation. Ils tiennent à se venger, coûte que coûte.

Au milieu du jardin s'élève un petit pavillon au toit

en bardeaux. Thelma gravit les marches et réclame notre attention.

– Moi et Peter Peter, on va organiser une plus grande fête pour nos noces, un jour. Mais aujourd'hui, c'est pas notre journée. C'est la journée d'un garçon que j'ai rencontré y a quelques mois de ça. J'aimerais dédier une chanson à Johnny Henzel. Qu'il repose en paix.

Thelma entonne une chanson où il est question d'un nouveau garçon dans le quartier, un certain Johnny, que tout le monde adore. Pendant qu'elle chante, Tsar, sous son faux smoking, saisit le collier au bout duquel pend le colifichet bleu. Il le retire et le passe autour de mon cou. Le colifichet, qui a la taille d'une pièce de un dollar à l'effigie de Susan B. Anthony, repose contre mon cœur.

– Garde-le ce soir, petit, dit-il. Il va te porter chance.

61 [144,91]

Pm

Prométhium

Cette nuit, Zig fait apparaître des nuages, si épais qu'ils voilent la lune de miel qui, en cette soirée de leur mariage, devrait en toute justice appartenir à Thelma et à Peter Peter. Compte tenu des circonstances, ce ciel sombre et menaçant convient peut-être mieux. Tandis que nous pédalons vers le Gene-Forrester, guidés seulement par la lueur des lampadaires, personne, au sein de notre petit groupe (les nouveaux mariés, Esther et moi), n'a le cœur à la fête.

Malgré l'obscurité, Thelma m'a fait revêtir un sweatshirt au capuche remonté pour éviter qu'on me reconnaisse. Ce soir, elle ne veut surtout pas que des villageois me mitraillent de questions indiscrètes et de commentaires indélicats. J'ai aussi choisi une salopette munie d'amples poches où il est facile de cacher un petit revolver.

À l'approche de la prison, mon cœur troué se serre, mes intestins se nouent et mon estomac fait des sauts périlleux. Malgré l'heure tardive, des dizaines de villageois foncent vers le gymnase. Les opposants à la peine de remort tiennent une manifestation : pour protester contre la briquation, ils se rouleront par terre en poussant des cris de fausse agonie. En même temps, les ennemis de Johnny dont l'estomac se soulève à l'idée de lancer des briques manifesteront eux aussi devant la prison : ils brandiront des pancartes et scanderont les slogans habituels. De plus près, j'aperçois un essellème dont la pancarte dit ceci : CE VILLAGE EST PAS ASSEZ GRAND POUR NOUS DEUX.

Les deux groupes s'assemblent aux extrémités opposées du terrain de softball, éclairé pour l'occasion. Il serait délicat de ma part d'aller remercier les centaines d'opposants à la briquation, mais Thelma n'est pas d'accord. Elle craint que ma seule présence ne provoque une échauffourée entre les camps ennemis. Nous passons donc devant les deux groupes sans nous arrêter et nous rangeons nos bicyclettes dans l'allée circulaire de la prison, non loin d'une haie de conifères. Hélas, les buissons taillés avec soin ont la forme de cartouches d'arme à feu.

Johnny Henzel est déjà à l'intérieur. Ce matin, on l'a transporté ici, ligoté à une civière. Je me demande si ses geôliers le détiennent dans le bureau du concierge, dans les entrailles de l'immeuble. Le cas échéant, s'est-il rappelé avec tendresse les heures que nous y avons passées ensemble ?

Les trois cents briqueurs sont déjà entrés. Devant la porte du centre sportif se dresse une rangée de geôliers pubescents, à la forte carrure, qui arborent le brassard violet. Ils ne laisseront entrer que les villageois dont le nom figure sur les listes officielles des invités. Ces listes sont entre les mains de Tim et Tom Lu. Les jumeaux portent des tee-shirts ornés du signe du zodiaque des Gémeaux.

– Salopette et sweat-shirt à capuche… Ce n'est guère seyant comme tenue, n'est-ce pas, Tim ?

Je baisse ma capuche.

– C'est la victime du meurtre, Tom. Et maintenant, il est aussi une victime de la mode.

– Pauvre, pauvre garçon, déclare Tom. Il ne se remettra jamais de l'épreuve qu'il a subie.

– Souviens-toi de ce que j'ai dit, ajoute Tim. Il finira au Deborah.

– Vos gueules ! crie Thelma en levant la main. Sinon, je vous donne un bon coup à vous dévisser la tête.

– Eh bien, eh bien, voilà qu'on nous menace, constate Tom.

– Décidément, nous vivons dans un monde des plus violents, dit Tim.

– En fin de compte, nous sommes tous des victimes, conclut Tom.

Thelma dévisage les jumeaux en plissant les yeux et ils finissent par se taire. Comme les noms de mes compagnons ne figurent pas sur les listes officielles, Esther, Thelma et Peter Peter doivent me quitter et aller rejoindre les opposants à la briquation sur le terrain de softball. Là, ils se tordront de douleur en feignant d'agoniser.

Thelma prend mes joues dans ses mains ainsi que tu avais l'habitude de le faire, chère mère, et me dit :

– Maman a confiance en toi, petit.

En bon vieux de la vieille, Peter Peter dit :

– Quoi que tu fasses, fiston, nous serons fiers de toi.

Puis il ébouriffe mes cheveux comme toi autrefois, cher père.

Esther m'entraîne à l'écart et pose sur moi un regard embarrassé. Elle a les joues cramoisies.

– Dis à Johnny que je l'aime, OK ? dit-elle enfin.

Puis, parce que je demeure allergique aux câlins, elle me

donne un petit coup de pied dans le tibia, ce qu'elle appelle une « tape d'amour ». Je lui rends la pareille. Peter Peter et Thelma entrent dans le jeu. Sous le regard médusé des jumeaux diaboliques et des geôliers, mes amis et moi échangeons des coups de pied devant l'entrée du gymnase.

Lorsque je me détache enfin de ma famille de fortune pour pénétrer dans l'immeuble, j'éprouve la curieuse sensation – disons une sorte de sixième sens – de partir à la rencontre de mon créateur.

62 150,36

Sm

Samarium

Les briqueurs portent sur la tête une taie d'oreiller avec des trous pour les yeux. Coiffés de ces cagoules pendantes, ils font penser à des rejetons débraillés du Ku Klux Klan. Sur la piste en mezzanine, ils se tiennent par la main, à trois cents, immobiles. Ils sont vêtus d'un short de gymnastique, d'un tee-shirt et de chaussettes rayées, comme si une briquation dans un gymnase constituait une manifestation sportive en bonne et due forme. Transpirent-ils sous leur cagoule ? Se sentent-ils un peu barbouillés, un peu étourdis ? Regrettent-ils déjà le rôle qu'ils joueront cette nuit ? Sont-ils au contraire assoiffés de sang au point d'avoir hâte que ma participation se termine et que la leur débute ?

Je suis debout dans le cercle central du terrain de basket, où m'a laissé Reginald. Au plafond, les lumières sont vives et gaies, comme si l'équipe de basket du collège Helen-Keller, les Trojans, allait surgir du vestiaire et que Cynthia Orwell et les membres de son escouade s'apprêtaient à agiter leurs pompons et à faire le grand écart. Devrais-je tenter quelques roues et quelques saltos arrière pour divertir les briqueurs et les aider à patienter ? De ma position, je ne vois pas les briques empilées sur la piste en mezzanine, mais je sais qu'elles sont là. Six cents briques. Deux par personne. Assez pour défoncer le crâne du seul joueur de basket qui quittera le vestiaire.

Selon Casper le gentil fantôme, il est 23 h 40. Johnny Henzel apparaîtra sous peu. Nous disposerons de quinze minutes, lui et moi, avant que, sur le coup de minuit, les briques se mettent à pleuvoir.

Pourquoi Zig lui-même n'a-t-il pas mis un terme à cette folie ? N'a-t-il pas honte ? Est-il dépourvu de sagesse ? N'a-t-il pas de superpouvoirs ? À quoi sert un dieu dénué de superpouvoirs ? Jusqu'ici, Zig n'a réagi qu'en lançant la balle dans mon camp. Deux balles, en l'occurrence. Elles sont dans le petit revolver caché dans la poche gauche de ma salopette. J'ai eu peur que les geôliers ne me fouillent, mais ils n'en ont rien fait. Un peu plus tôt, Ringo m'a même souhaité bonne chance. Pendant que Reginald était occupé ailleurs, le Britannique s'est penché sur moi et, avec un regard appuyé, m'a dit tout bas : « Johnny boy va me manquer. Pour qu'il se sente moins seul, j'ai joué de la guitare devant sa cellule. Même que j'ai accepté ses demandes spéciales. »

Pendant que j'attends, je glisse ma main dans ma poche et je caresse le petit revolver du bout du doigt, comme Johnny caressait le dos de sa blatte. Je porte autour du cou le colifichet de Tsar. Sous mon chandail, il repose contre mon cœur.

Sur la piste en mezzanine, un des briqueurs se détache du groupe et se hâte vers la sortie. Quelques instants plus tard, trois autres l'imitent. De part et d'autre des trous ainsi créés, les briqueurs referment le cercle en se prenant par la main. Reginald m'a prévenu que certains d'entre eux risquaient de se retirer à la dernière minute. La prison a donc retenu les services de substituts. Bientôt, quatre remplaçants cagoulés font leur entrée et s'insèrent dans le cercle.

Casper le gentil fantôme indique qu'il est 23 h 45.

– Prêt, pas prêt, balbutié-je en caressant le petit revolver, j'y vais.

Comme vous le savez, chère mère et cher père, je ne transpire généralement pas, mais en ce moment je sue à grosses gouttes et je sens sûrement autant l'oignon que mon ancien camarade de chambre.

Les portes du vestiaire des garçons s'ouvrent et Johnny apparaît au côté de Reginald. Johnny est pieds nus, torse nu, vêtu seulement d'un short. Il a des menottes aux poignets et aux chevilles. Reginald, en tenue de gymnastique, a une taie d'oreiller sur la tête et un sifflet autour du cou. D'un pas lent, il entraîne Johnny vers moi en le tenant par le bras. Je songe à l'expression « la marche du condamné à mort ».

Lorsque les deux garçons arrivent dans le cercle central, Johnny me salue d'un geste de la tête. Reginald l'aide à s'agenouiller. Avec les deux paires de menottes, ça tient presque de l'acrobatie. Johnny manque de tomber en avant, mais Reginald le retient.

Je m'agenouille à mon tour, juste devant Johnny. Reginald me regarde à travers les trous de sa cagoule et tapote la tête de Johnny à la manière d'un maître avec son basset. Sans un mot, le président des bienfaiseurs regagne l'entrée du vestiaire, d'où il monte la garde.

Je regarde Johnny, qui lève les yeux sur les trois cents briqueurs alignés sur la piste au-dessus de nous. Ils ne sont pas autorisés à parler, mais quelques-uns toussent, l'un d'eux si violemment que je songe à lui proposer mon nouveau sac à CO_2, plié dans la poche de ma salopette.

Johnny a les joues boutonneuses et les lèvres gercées. Il se penche vers moi et me dit à l'oreille :

– Au procès, j'ai dit au moins une chose qui était vraie.

– Laquelle ?

– T'es fort et brillant et pur. Oublie-le jamais, même quand je serai plus là pour te le rappeler. Promis ?

Mon cœur se pince.

– Promis.

– J'ai dit beaucoup de niaiseries. Parler à Zig, tuer Willa… Tout ça, c'était de la m**de. Mais t'es si futé que t'étais déjà au courant.

– Tu n'es pas Gunboy. Ton vrai toi n'est pas Gunboy.

Avec un petit sourire narquois, il répond :

– Y a un petit Gunboy en chacun de nous.

– J'ai un revolver sur moi, Johnny. Celui du musée Curios, dis-je en sentant la bosse dans ma poche gauche. J'ai trouvé des balles. Deux.

Il hausse les sourcils.

– Sans blague ?

Je hoche la tête.

– Ben, c'est parfait.

Puis, levant les yeux au ciel, il crie :

– Merci, Zig !

Je sursaute à la vue de la *Blaberus craniifer* qui sort de la poche du short de Johnny, escalade sa poitrine et son cou, puis se niche dans ses cheveux en bataille. Je jette un coup d'œil à Reginald et aux briqueurs, mais ils ne semblent avoir rien remarqué.

Quant à Johnny, la présence d'une blatte qui trottine sur son cuir chevelu ne le perturbe pas le moins du monde.

– Zig me parle pas, dit-il. Je le regrette, mais ce sal**d m'a jamais adressé la parole. Sauf que tes balles de revolver comptent peut-être pour deux mots.

J'ai bien peur qu'il n'ait raison.

– Mais Zig m'a donné Rover et le cafard peut parler. J'ai pensé que c'était la voix de Willa, tu te souviens ? En prison, les murmures sont devenus de plus en plus forts et nets, et j'ai finalement compris qui c'était.

– Qui ?

Il se rapproche et plante son regard dans le mien.

– Les personnes qui se trouvaient dans ma chambre d'hôpital. Surtout ma sœur. Mes parents aussi. Le docteur ou une infirmière, de temps en temps. Je les entends, mais ils m'entendent pas, eux.

Il a eu des hallucinations, exactement comme Thelma quand elle a cessé de manger et qu'elle s'est mise à voir des toucans dans les arbres.

– Tu n'es plus à l'hôpital, Johnny, dis-je avec insistance. C'est ton esprit qui déraille.

– Je suis encore en vie aux États-Unis ! s'écrie-t-il, les yeux enflammés. Je suis mort, tu comprends. Mais seulement pendant quelques minutes. Mon cœur a arrêté de battre, et puis les docteurs l'ont remis en marche. J'ai été ressuscité, je me sens de plus en plus fort, mais je suis encore dans le coma. Il me reste juste à me réveiller. Et si je veux me réveiller là-bas, je ne peux pas être en vie ici, tu comprends ?

La blatte sort d'entre ses cheveux et se perche sur son sourcil gauche.

– J'entends Brenda, là, dit-il en regardant Rover. Elle me dit : « Ouvre les yeux, Johnny ! S'il te plaît, ouvre les yeux ! »

Je ne sais pas quoi lui répondre. Mon cœur frémit. J'ai le souffle court, mes yeux se mouillent. Des larmes coulent et je les essuie avec mes pouces.

– Sois pas triste pour moi, Boo, dit-il d'une voix douce. Je rentre à la maison. Dans notre bonne vieille ville. Tout va être au poil.

Il est aussi fou que Willa avec son saut suicidaire jusqu'aux États-Unis. Le pire, c'est que je veux partager sa folie.

– Je peux y aller avec toi ? demandé-je d'une voix qui se fissure.

– Non, mon pote. Faut que tu restes au Village.

– Ne me laisse pas tout seul, lui dis-je d'une voix suppliante.

– T'es pas tout seul. Y a Thelma et Esther. Tu vas te faire de nouveaux amis.

– J'ai du mal à me faire des amis, dis-je. Je suis bizarroïde.

– Faut que tu restes parce que t'es mort. Désolé, mon pote, mais t'es raide mort.

Il gigote, essaie de trouver une position confortable, malgré les menottes qui lui entravent les poignets et les chevilles.

– J'ai une nouvelle chance de vivre, Boo, dit-il en s'immobilisant enfin. De vivre une vraie vie.

Rover grimpe à toute vitesse sur son front et s'enfouit de nouveau dans ses cheveux. Le calme de Johnny donne le frisson.

Moi, en comparaison, je dois avoir les cheveux dressés sur la tête, la peau d'un blanc albinos.

– J'ai vraiment peur, dis-je. Pas toi ?

– Je pense pas trop souffrir. Je m'attendais à recevoir des centaines de briques. Une balle de revolver, c'est de la petite bière, en comparaison.

Je pousse un long soupir.

– Je ne peux pas. Je…

– Ben, moi, en tout cas, je peux pas. Pas avec ces menottes. Faut que ce soit toi.

Je recommence à pleurer. Je jette un coup d'œil à Reginald Washington, campé devant la porte du vestiaire. À cause de sa taie d'oreiller, je ne peux pas évaluer son expression.

– Il reste deux balles, dis-je d'un ton suppliant. Deux. Une pour toi, une pour moi.

– Sois pas idiot, s'exclame-t-il.

Puis, en baissant la voix, il ajoute :

– T'es mort, mon pote. Y a pas de balle pour toi ! T'en as deux au cas où tu raterais ton coup la première fois. Tu comprends ? Tire-moi une balle dans le cœur et, si je disparais pas tout de suite, tires-en une autre dans ma tête.

Je sors mon sac à CO_2 et je le pose sur ma bouche. J'inspire, j'expire. Le sac se gonfle et se chiffonne au gré de ma respiration.

– Écoute, dit-il d'une voix radoucie. Moi et toi, on s'est pas trop bien connus, en bas, aux États-Unis, mais ici, au Village, on est devenus les meilleurs amis du monde. Pas vrai ?

Je hoche la tête en respirant dans le sac.

– Y a que mon meilleur ami pour faire ça pour moi.

Je baisse le sac.

– Ne m'oblige pas à faire ça, s'il te plaît.

Ma voix est stridente, puérile. Je suis trop faible. Je suis beaucoup trop faible.

Johnny ferme les yeux. Quand il les rouvre, une larme glisse sur sa joue. J'avance la main et je l'essuie avec mon pouce. À mon toucher, il tressaille.

– Serre-moi dans tes bras. T'es capable. Pendant le câlin, tu sors le revolver et tu le glisses entre nous sans que personne le voie. Tu vises mon cœur.

Il baisse les yeux sur sa poitrine, désignant ma cible.

– Puis tu appuies sur la détente et tu sors d'ici. C'est un jeu d'enfant.

Mes larmes se transforment en sanglots. De la morve coule de mes narines et entre dans ma bouche. Je m'essuie les lèvres. Je m'essuie le visage. Je masse le coin de mes yeux.

– Aide-moi à rentrer à la maison, dit Johnny tout doucement. Aide-moi à grandir. Aide-moi à avoir plus que treize ans.

Je pince la peau de mes bras dans l'espoir de maîtriser mes sanglots. Au-dessus de nos têtes, des bruits de pas retentissent : d'autres briqueurs désertent. Si je sanglote assez fort, peut-être partiront-ils tous. Là, je rêve. Si je ne tire pas sur Johnny, il mourra, mais dans des conditions beaucoup plus horribles.

Johnny me sourit et une fossette creuse sa joue. Son regard, cependant, ne sourit pas. Le blanc de ses yeux est rouge.

– S'il te plaît, murmure-t-il.

Et, donc, je me penche vers mon frère de sang dérangé. Je le serre contre moi. Son corps sent l'oignon, au moins autant que le mien. Sa peau me semble fiévreuse. Pourtant, c'est moi qui frissonne.

La tête-de-mort est descendue le long de son cou et s'est perchée sur son épaule, telle une fée dans un conte pour enfants.

Je glisse la main dans la poche de ma salopette.

– Merci, Oliver, murmure Johnny.

Je sors le revolver.

– Ferme les yeux, cher Johnny, dis-je à son oreille.

Ses paupières se ferment hermétiquement. Son visage se crispe. Son corps tout entier se raidit. Je recule un peu et je braque le revolver sur sa poitrine fluette. Ma main ne tremble même pas.

– Que Zig nous protège, balbutié-je.

J'appuie sur la détente.

63 151,96

Eu

Europium

Johnny Henzel ne disparaît pas. Dans le cercle central, son corps part à la renverse. Sa tête heurte le sol avec un bruit sourd. Comme en écho, les briqueurs, tous les trois cents, dirait-on, inspirent avec effroi à l'unisson. Au moment où je soulève le revolver pour le braquer cette fois sur la tête de Johnny, certains briqueurs crient :

– Non ! Non !

L'un d'eux lance une brique qui me frappe la cuisse à l'instant où l'arme fait feu. La balle rate Johnny et ricoche sur le sol. Reginald court vers moi. Il trébuche, chute et roule sur lui-même, la taie d'oreiller tombant de sa tête.

– On m'a tiré dessus ! crie-t-il.

Il n'en est rien. Une autre brique tombe sur le terrain et se casse en deux morceaux qui atterrissent près de Reginald. Il s'assied et saisit le sifflet accroché à son cou. Il siffle, ses joues se gonflant comme celles d'un personnage de dessin animé. Le bruit strident me vrille le cerveau.

Je ne lève pas les yeux sur la piste en mezzanine, malgré les mouvements, les bruits et les jurons. Je regarde Johnny. La cible rouge au centre de sa poitrine.

Je voudrais le défaire des menottes qui lui entravent les

poignets et les chevilles. Dans cette position inconfortable, il doit beaucoup souffrir.

– Tu as les clés des menottes ? demandé-je à Reginald.

Il se tient la cheville. Il se l'est foulée en tombant.

– Qu'est-ce que tu as fait ? gronde-t-il, le visage difforme.

– J'ai tué Johnny, répliqué-je.

– Mais non, idiot ! Il est encore en vie ! Il est encore là !

Je pose le revolver, je rampe jusqu'à Johnny et je me penche sur lui. Il a les yeux fermés. Son visage est détendu. La tension a disparu. Il est aussi paisible qu'un ange. Sa blessure à la poitrine a la taille d'une pièce de cinq cents et le sang qui s'en échappe, bizarrement, a l'air faux. Il me rappelle le ketchup de zombie dont les villageois s'aspergent à Halloween.

Je pose mon oreille contre sa poitrine au moment où des dizaines de briqueurs entrent dans le gymnase en retirant leurs cagoules. Ils nous encerclent, Johnny et moi. Quelques-uns ont gardé leurs briques, comme s'ils voulaient encore fracasser le crâne de Johnny et peut-être aussi le mien. Benny Baggarly est là. Il saisit le revolver et le pointe vers le plafond. Il appuie sur la détente à plusieurs reprises, mais évidemment le chargeur est vide.

Les briqueurs jacassent. Reginald gémit. Johnny garde le silence.

– Taisez-vous, je vous en prie, dis-je aux briqueurs.

Quelques-uns s'agenouillent près de nous tandis que j'écoute la poitrine de Johnny.

Je me rassieds.

– Pas de pouls, dis-je. Il est remort.

– Il n'est pas remort ! crie Reginald, exaspéré.

Au milieu de la foule des briqueurs, il se traîne jusqu'à moi. Il me croit fou. Je le vois à son visage mauvais, fâché, tacheté.

Au même moment, la tête-de-mort, qui était sous Johnny, sort de sa cachette et grimpe sur son épaule. Quelques briqueurs laissent entendre un hoquet. Rover reste immobile pendant une seconde ou deux, puis le masque mortuaire sur son pronotum donne l'impression de palpiter. Et alors – *hop !* – la blatte s'évanouit dans les airs.

64 157,25

Gd

Gadolinium

65 158,93

Tb

Terbium

66 162,50

Dy

Dysprosium

On m'envoie en convalescence au Deborah-Blau. Un séjour de six mois que m'ont imposé Reginald Washington et son Conseil des bienfaiseurs pour mon propre bien. Oui, chère mère et cher père, je suis devenu un tristedu, un tristedu du deuxième par-dessus le marché, catégorie de patients instables qu'on n'autorise pas à sortir des limites de l'établissement. Parce que je reste calme et serein après avoir tué Johnny, les autres me croient en état de choc. Ils tournent autour de moi sur la pointe des pieds, au sens propre (l'infirmière qui m'a apporté mon déjeuner, composé de gruau et d'un muffin anglais tartiné de confiture, a marché d'un pas léger, telle une ballerine, comme pour empêcher les lattes du sol de grincer).

Albert Schmidt, le directeur de l'asile au visage poupin, s'arrête souvent dans ma chambre (par chance, ce n'est pas celle qu'occupait Willa Blake) pour prendre de mes nouvelles.

– Tu t'en sors ? demande-t-il chaque fois.

– Aupoilement, dis-je.

Du coup, j'ai inventé un adverbe.

Il ne me croit pas, bien sûr. Personne ne me croit. Je ne sais même pas si je me crois moi-même. Allongé sur mon lit, je fixe le plafond, où les lézardes s'étirent petit à petit et où le ventilateur tourne, exactement comme je le faisais dans ma chambre, chez nous, et vous me manquez beaucoup, chère mère et cher père, et je m'ennuie des planètes miniatures accrochées au plafond et même des toiles d'araignée, car, à ma demande express, vous laissiez les araignées libres d'y tisser leurs toiles.

Par-dessus tout, je m'ennuie de Johnny.

Je descends dans la cour au moins une fois par jour. J'aime la cour. Les tristes et perdus y semblent moins tristes et perdus. On y voit des roses rouges, jaunes et orange. Les treillis de la pergola sont envahis par des vignes comme celles que tu décrivais, chère mère, dans *Jack et le haricot magique*. Comme je regrette de ne pas avoir écouté avec ravissement les contes de fées que tu me lisais ! Tu te souviens du mépris avec lequel j'accueillais *Ti'train* ? Je réclamais plutôt des articles d'encyclopédie sur les moteurs à combustion des locomotives. Je déplore maintenant cette indifférence envers les mondes fictifs.

En entrant dans la cour, aujourd'hui, je trouve des tristedus assis sur des bancs. Quelques-uns lisent des œuvres de fiction (*Fleurs captives, Nous avons toujours vécu au château*). D'autres jouent à des jeux paisibles, comme aux quatre coins, à la marelle ou aux osselets. À mon passage, certains hochent la tête ou soulèvent leur chapeau en ballons de baudruche. Ici, je suis devenu une sorte de célébrité. Trop timides pour m'aborder, pourtant, ils gardent leurs distances. Ils me croient louche et fantasque : malgré mon apparente docilité, j'ai tué un garçon.

Je m'assieds sur mon banc favori. Je le préfère pour deux raisons. Premièrement, on y a gravé un graffiti porteur d'une grande sagesse : LE BONHEUR ÉTERNEL, C'EST DE LA FOLIE. Deuxièmement, il se trouve près d'un buisson de roses jaunes aux épines pointues. Je prends plaisir à m'y piquer le doigt et, avec l'aide de Casper le gentil fantôme, à mesurer le temps que l'infime blessure met à guérir. Aujourd'hui, le trou se referme en vingt-deux minutes à peine (un record).

Une fois la blessure guérie, je lève les yeux et je vois Esther Haglund qui traverse la cour. Par chance, elle est désormais une bienfaiseuse de plein droit (les tristedus du troisième ne peuvent recevoir que des bienfaiseurs). Esther passe toutes les semaines et me donne des nouvelles du dehors. Aujourd'hui, tous les tristedus l'observent, car elle porte une robe de velours violette assortie à son brassard – sa tenue la plus flamboyante jusqu'ici. Zig seul sait comment elle a pu faire le trajet à bicyclette attifée de cette manière. Je devrais lui demander de me confectionner un costume en velours violet. J'ai déjà la réputation d'être bizarroïde : autant m'habiller en conséquence.

Esther s'assied sur mon banc. Ses pieds ne touchent pas le sol. Elle porte des mules sur lesquelles elle a collé des paillettes dorées. Elle cueille une rose jaune et la glisse dans ses cheveux bouffants. Seul un artiste saurait immortaliser la beauté de cette scène dans un tableau.

– Johnny est toujours remort, je présume, dis-je.

Esther hoche la tête. Il y a deux semaines, elle m'a appris que son corps avait été transporté du gymnase Marcy-Lewis à l'hôpital Sal-Paradise du Cinq.

– Les infirmières restent convaincues qu'il va guérir et se réveiller.

– Mais son cœur ne bat pas, souligné-je.

– Elles pensent qu'il va se remettre en marche.

– Jamais.

– Tu n'en sais rien ! répond-elle sèchement.

Elle se frotte les yeux. Elle semble abasourdie et frustrée.

– Disons qu'il est remort pour de bon… Qu'est-ce que ça veut dire ? demande-t-elle. Pourquoi Johnny traîne-t-il ici ?

Son front bombé se plisse. Elle compte sur moi pour résoudre l'énigme du premier villageois à ne pas s'évaporer en remourant.

– C'est un authentique mystère, concédé-je. L'une de mes théories, c'est que Zig pense que j'ai besoin de Johnny. Il l'a donc laissé, du moins en partie, au Village.

Esther me tapote le genou et je grimace. Par suite d'une rechute, j'interdis de nouveau qu'on me touche.

– Tu n'as plus besoin de Johnny, Boo, dit-elle. Nous allons devoir vivre notre vie dans l'au-delà sans lui.

– Ah non. Pour moi, c'est inconcevable.

Elle m'observe un moment et secoue la tête.

– Tu aurais intérêt à le concevoir. Zig va peut-être laisser partir Johnny.

– Non, dis-je en secouant la tête à mon tour.

Il commence à pleuvoir. Une fine bruine, d'abord. Pourtant, les tristedus et les infirmières courent se réfugier à l'intérieur. Esther ne bouge pas, même quand la pluie, soudain torrentielle, trempe ses cheveux bouffants, sa robe violette et ses mules scintillantes.

Assis là, nous regardons les grosses gouttes marteler les roses. Elles perdent quelques pétales. Pourtant, ces fleurs sont hardies (comme Frank et Joe, ha ! ha !). Je suis sûr qu'elles vont s'en sortir. Nous aussi, je suppose. Je m'apprête à faire part de cette réflexion à Esther, mais, en me tournant vers elle, je la trouve si fanée que je suis pris d'un doute.

Elle se laisse glisser du banc. Elle repousse les cheveux mouillés qui lui barrent les yeux et pose sur moi un regard las.

– Qu'est-ce qu'il y a, Esther Haglund ?

– Je ne crois pas que je vais revenir te voir, dit-elle.

J'attends sous la pluie qu'elle poursuive, mais elle reste là à me toiser, comme si elle avait découvert à propos de moi des informations vitales que, pour ma part, j'ignore encore.

– Je sais que ce n'est pas un jeu d'enfant d'être mon ami, dis-je.

Elle ne répond pas. Elle se contente de soupirer. Puis elle pivote sur ses talons scintillants et, de la démarche unique que lui confèrent ses jambes arquées, elle sort de ma vie dans l'au-delà.

67 164,93

Ho

Holmium

Je profite de mon séjour au Deborah-Blau pour suivre des cours de dessin d'après nature et, à force de travail, j'apprends à croquer des vases, des bicyclettes, des lampes de bureau, des moulins à vent en jouet, des machines à écrire, des coussins décoratifs et ainsi de suite. Je perfectionne mes talents artistiques dans l'espoir de devenir une personne plus équilibrée. Je ne serai jamais aussi doué que Johnny, par exemple, mais je suis plutôt au-dessus de la moyenne. Je passerai ensuite aux portraits. Mon premier sujet, au terme de mon séjour de six mois, sera Johnny.

Ici, les tristedus ont la possibilité de s'entretenir avec un conseiller, mais j'ai décidé de ne pas me prévaloir de ce privilège. Je ne me mêle pas beaucoup aux autres tristedus non plus. De toute façon, ils se méfient de moi. Au même titre qu'Esther, ils en sont venus à la conclusion que mon amitié porte malheur. Quand je me sens seul, je propose une partie d'échecs à Albert Schmidt. Le Dr Schmidt, ainsi qu'on l'appelle ici, est un bon directeur d'asile dans la mesure où il ne pousse personne à aller mieux. Sa politique consiste à vivre et laisser vivre. Il aime la compagnie des tristedus. Il nous appelle ses

« enfants ». S'il se montre en général aimable, il lui arrive d'être irascible quand il perd aux échecs. Je le laisse donc gagner de temps en temps.

Après avoir perdu exprès plusieurs parties consécutives, j'obtiens le droit de monter sur le toit. Au début, ce privilège m'a été refusé : on avait peur que j'effectue un plongeon à la Willa Blake. Là-haut, je dessine les étoiles dans mon carnet de notes et j'entreprends de cartographier le ciel nocturne. C'est une tâche herculéenne. La constellation que je préfère jusqu'ici a la forme d'un ankylosaure.

Pour meubler mes journées, je travaille aussi dans les cuisines. J'aime faire la vaisselle : gratter les restes de nos repas, tremper nos assiettes ébréchées dans l'eau savonneuse et leur rendre leur éclat initial a un effet calmant sur moi. Pour une raison que j'ignore, Zig ne nous a toujours pas envoyé de lave-vaisselle. Peut-être ne sommes-nous pas prêts pour cela.

J'aime aussi éplucher les pommes de terre. Je suis même passé maître dans l'art de confectionner la tarte aux patates douces, comme celle qui figure dans *It's Crazy*, de Sarah Vaughan, ta chanson préférée, chère mère. Mon ingrédient secret, c'est un mélange d'épices indiennes appelé *garam massala,* que j'ai trouvé au fond du garde-manger du Deborah-Blau. J'aimerais bien vous préparer une tarte à tous les deux. C'est beaucoup plus sain que les pizzas que vous engloutissez.

Pour garder la forme, je fais de la gymnastique suédoise dans la cour avec, sur le front, un bandeau aux couleurs du bicentenaire. Le Dr Schmidt recommande l'exercice pour combattre la sensation d'être triste et perdu. Quand il nous voit nous entraîner, il joue les sergents instructeurs et crie :

– Un, deux, trois, quatre ! Un, deux, trois, quatre !

Par chance, il n'essaie jamais de nous toucher. Pas de tapes sur l'épaule. Pas de câlins. Je le soupçonne de ne pas aimer les contacts, lui non plus. Un jour, une infirmière prénommée Francine, qui était dure d'oreille aux États-Unis et qui n'a pas perdu l'habitude de parler trop fort, a posé la main sur son dos et il a eu un mouvement de recul.

Le Dr Schmidt a perdu la vie dans un accident d'autobus scolaire. Lui et trois autres villageois victimes du même accident sont restés en contact et ils se réunissent parfois dans la salle de jeu pour une partie de Mille Bornes. Il est le petit-fils d'une vedette du cinéma muet dont le nom m'échappe. Faut dire, je ne connais même pas le nom des vedettes de cinéma actuelles. Je crois toutefois savoir que l'actrice en question a joué Jane dans un film de Tarzan.

Malgré le respect que j'ai pour lui, le Dr Schmidt ne sera jamais mon meilleur ami. Après tout, les *blendships* sont rares. Je suis sûr que vous me donnerez raison, chère mère et cher père, vous qui êtes liés par ce genre de relation fusionnelle.

Johnny est encore au Village ; il repose en paix au Sal-Paradise. Son cœur reste silencieux. Le Conseil des bienfaiseurs ne sait pas quoi faire du corps de Johnny.

À l'occasion, des villageois s'introduisent dans l'hôpital pour jeter un coup d'œil au célèbre « demi-mort », ainsi qu'ils le surnomment. Malgré la vigilance des infirmières, certains réussissent à toucher sa peau, froide et sèche. Ils passent leur doigt autour de sa blessure à la poitrine, laquelle a séché sans pour autant guérir.

Si je suis au courant, c'est parce que j'ai reçu une lettre

de Tsar, qui s'est lui-même introduit en douce dans le Sal-Paradise. Après avoir vu le corps inanimé de Johnny et touché sa blessure à la poitrine, il a décidé de mettre un collier terminé par un colifichet bleu autour du cou de mon ami. « Il a bien besoin d'un peu de magie, ce pauvre bougre, a-t-il écrit. La topaze va peut-être redémarrer son cœur. » Noble attitude, me semble-t-il.

Tsar et Esther exceptés, j'ai eu peu de contacts avec le monde extérieur. Je refuse de recevoir d'autres visiteurs. Dorénavant, je ferme même ma porte à Thelma et à Peter Peter : je crois qu'ils ont eux aussi besoin de m'oublier un peu. Je leur ai écrit pour m'excuser. Ils m'ont répondu, mais je n'ai ouvert ni cette lettre ni celles qu'ils ont envoyées par la suite.

De nombreux inconnus m'écrivent aussi. Je suppose que ce sont des essellèmes. Selon le Dr Schmidt, certains d'entre eux me considèrent comme un héros ; d'autres me voient comme un importun qui les a privés du plaisir d'écrabouiller Johnny à coups de briques. Je jette toutes ces lettres dans le vide-ordures sans les ouvrir.

Esther Haglund ne m'écrit pas et, comme promis, elle ne vient plus me voir. Je ne lui écris pas non plus. Je respecte sa décision. Mais elle me manque.

Un mois avant la fin de mon séjour de six mois, j'emménage au premier étage du Deborah-Blau. Avec quelques patients, je demande une permission de jour pour pouvoir travailler comme trieur dans un entrepôt du voisinage. Zig a effectué une livraison durant la nuit et j'espère y trouver un indice ou des instructions – quelque chose comme les balles qu'il m'a envoyées. J'aimerais avoir une idée de ce que je dois faire maintenant, car, franchement, j'ai l'impression d'être à la dérive. J'ai besoin d'indications pour décider ce que je ferai du reste de ma vie dans l'au-delà.

À l'entrepôt, je transporte des matelas et des sommiers, je charge des lampes dans des paniers d'épicerie, j'empile des pupitres sur des chariots, je trie des dizaines de tee-shirts par taille et je remplis des boîtes de matériel d'artiste. Pendant que je travaille, je m'imagine que l'entrepôt est un portail qui me téléportera à Hoffman Estates, où je pourrai vous voir, chère mère et cher père. C'est bête, je sais.

Certains trieurs piquent des articles – j'ai vu une tristedue à la mine boudeuse appelée Clementine fourrer un âne marionnette dans son sac à dos –, moi, je ne vole rien. De toute façon, je ne vois rien qui sorte de l'ordinaire, ce jour-là. Ni les jours suivants, d'ailleurs. Rien d'inusité. Je dois avoir perdu mon esprit de discernement.

Peut-être aussi Zig m'encourage-t-il à trouver ma voie, à voler de mes propres ailes... d'ange (ha ! ha !).

Un soir, assis sur mon lit du Deborah-Blau, je dessine l'ourson en peluche un peu miteux et privé d'une oreille qui a un jour partagé l'existence de Willa Blake quand me vient une idée. J'y réfléchis et j'en arrive à la conclusion qu'elle est effectivement géniale. Je sais ce que je vais faire de ma vie après la mort et de la nature morte qu'est devenu Johnny Henzel.

Aussitôt, j'écris à Peter Peter au musée Curios. Je m'excuse de mon long silence. Je lui demande de me rendre mon ancien emploi, à condition qu'il puisse me pardonner d'avoir volé un de ses objets de curiosité (le revolver). Je prends rendez-vous avec

Thelma et lui le vendredi précédant mon départ du Deborah-Blau, un lundi.

Nous nous retrouvons dans la salle d'arts plastiques, terrain neutre que privilégie le Dr Schmidt pour les rencontres entre tristedus et non-tristedus. Sur les murs sont accrochées bon nombre de mes natures mortes. En effet, il y a un lien entre elles et la faveur que je vais demander à Peter Peter et à Thelma.

Ils arrivent coiffés de canotiers assortis, ornés d'un ruban rouge, comme en portent les gondoliers. Aussitôt, les yeux de Thelma se gonflent de larmes.

– Mon bébé a maigri, dit-elle.

Je lui réponds qu'on ne perd pas de poids au paradis, ainsi qu'elle le sait très bien, à moins de se couper, je ne sais pas, moi, une main ou un pied, par exemple. Je lui dis qu'elle-même n'a pas perdu un gramme depuis la dernière fois que je l'ai vue et elle serre fort son gros ventre, signe qu'elle me fait un câlin.

Peter Peter m'apporte un cadeau dans une boîte de forme oblongue, du genre de celles qui renferment un stylo-plume. À l'intérieur, pas de stylo-plume. Il s'agit plutôt d'un objet de curiosité unique en son genre et arrivé depuis peu : un thermomètre dont le mercure indique que, dans la salle d'arts plastiques, il fait soixante-dix-sept degrés Fahrenheit ou vingt-cinq degrés Celsius. Le mercure (Hg), aussi connu sous le nom de vif-argent, est l'élément numéro 80.

– Je veux que tu conserves le thermomètre jusqu'à ton retour au musée, dit Peter Peter.

– Je suis touché, lui dis-je. Touché au sens d'ému et non d'atteint, comme par une épée.

Thelma laisse voir son sourire avec un trou au milieu. Peter

Peter rit. Ces personnes tiennent à moi. Difficile de comprendre pourquoi, à ce stade-ci de ma vie dans l'au-delà.

Je leur fais part de mon idée géniale.

68 167,26
Er
Erbium

69 168,93
Tm
Thulium

70 173,05
Yb
Ytterbium

71 174,97

Lu

Lutécium

Trois mois plus tard, le musée Curios s'apprête à accueillir une nouvelle exposition. Elle a pour titre *Le Zoo,* du nom de l'animalerie que Johnny projetait d'ouvrir un jour.

Les affiches que j'ai préparées indiquent que l'exposition a pour but de rendre hommage aux animaux disparus qui ont à une certaine époque vécu au Village : Lars la gerbille, Gloria la perruche, Caca le chaton, Rover la blatte et les singes de mer que nous ne nous sommes pas donné la peine de nommer.

Au cours de la dernière semaine, des villageois ont inscrit leur nom sur une feuille pour participer à une visite guidée organisée le dimanche soir. Les places, au nombre de treize, sont attribuées suivant le principe du premier arrivé, premier servi.

Le dimanche soir venu, je rassemble mes participants devant l'une des portes de la salle d'exposition où est présenté *Le Zoo*. Au-dessus de la porte est accroché un écriteau sur lequel sont peints un grand *Z* rouge, un grand *O* blanc et un grand *O* bleu (les couleurs sont une idée de Thelma : elle est patriote). Une vieille commode très ouvragée est posée devant la porte : ainsi, personne ne peut entrer avant que je sois prêt. Quand un garçon vêtu d'un tee-shirt sur lequel figure le paon emblème de NBC tente de pousser le meuble, Tsar, qui fait désormais office d'agent de sécurité au musée, hurle :

– Ôte tes mains de là, espèce de p*tain d'ignorant de m**de !

Je me sens mal pour le garçon au paon. Sont présents, ce soir, des élèves avides de connaissance, des rats de bibliothèque et des solitaires, du genre de ceux qui, au collège Helen-Keller, passaient leur pause de midi à lire dans la bibliothèque, justement. En d'autres termes, ce sont des copies de votre humble serviteur.

Lorsque Casper le gentil fantôme indique qu'il est 20 heures, je me lève de la table reléguée dans un coin où je polissais tranquillement des dollars à l'effigie de Susan B. Anthony à l'aide d'une brosse à dents trempée dans du vinaigre blanc. Je me présente : Oliver Dalrymple, guide, ce soir, de l'exposition intitulée *Le Zoo*.

– Hé, je te reconnais, toi ! s'écrie une fille.

Détail bizarre, elle a une main recouverte d'une marionnette chaussette représentant un chaton tigré, peut-être en l'honneur de Caca le chaton. En parlant, elle fait bouger la gueule de l'animal.

– C'est toi, Gunboy, non ?

Les villageois ont pris l'habitude de m'appeler Gunboy.

– Il y a un peu de Gunboy en chacun de nous, répliqué-je.

Je fais signe à Tsar. Avec l'aide de Peter Peter, sorti de son bureau pour nous donner un coup de main, il tire la commode qui bloque la porte.

Maintenant qu'ils savent qui je suis, mes invités me lorgnent avec méfiance. Ils semblent craindre que je ne sorte un revolver de ma poche et que je ne leur tire dessus.

J'ouvre la porte de la salle d'exposition et je les laisse entrer. Autour de la pièce de forme rectangulaire sont disposés des objets commémorant la vie des animaux du Village. On voit par exemple l'ancien terrarium de Lars, avec sa petite roue d'exercice, sa bouteille d'eau et même quelques-uns des rouleaux de papier hygiénique qu'il a rongés à moitié, autant de reliques conservées par Peter Peter, qui entasse les objets tel un véritable écureuil (ou une gerbille, ha ! ha !).

Maintenant que je suis moi-même une sorte d'artiste, j'ai créé une fausse gerbille avec des bandelettes découpées dans un sac à main en similicuir et des poils bruns de vieilles brosses à cheveux. Sur un panneau en carton fixé à côté du coin consacré à Lars figure un résumé de sa vie : son nom latin (*Meriones unguiculatus*), le secteur où il a été trouvé (Trois), la date de sa découverte dans un cageot rempli de balles de tennis (le 25 septembre 1974), son aliment préféré (le panais) et la durée de sa vie en années de paradis (deux ans, un mois et quatre jours).

Autour de la pièce, on trouve des vitrines analogues consacrées à d'autres créatures. J'ai aussi fabriqué un chaton tigré avec du feutre et du tissu, de même qu'une perruche avec des plumes de boas jaunes et vertes.

À propos de la *Blaberus craniifer,* nous disposons d'un grand nombre de dessins de Johnny, des esquisses à l'encre de Chine et des croquis pleine page réalisés avec des crayons de couleur. J'ai confectionné une figurine grandeur nature de la blatte et peint, sur sa tête, une tache noire détaillée reproduisant le masque mortuaire qui donne son nom à l'insecte.

Je ne comprends toujours pas pourquoi c'est Rover qui

a disparu à la place de Johnny. Peut-être la blatte était-elle tout simplement arrivée au bout de sa vie naturelle au paradis. Peut-être aussi est-elle morte d'un cœur brisé (le cœur d'une blatte, soit dit en passant, comporte treize cavités).

Les invités m'écoutent poliment décrire l'exposition *Le Zoo* et les créatures qui la composent. J'essaie de piquer leur curiosité en leur racontant des anecdotes savoureuses : à titre d'exemple, le petit chat Caca est ainsi nommé parce que, séparé trop tôt de sa mère, il a mis beaucoup de temps à utiliser comme litière une boîte remplie de sable provenant du terrain de jeu (on en présente d'ailleurs un grain de sable).

– Nous avons tous été séparés trop tôt de notre mère, déclare un garçon à la mine lugubre, que quelqu'un a qualifié de vieux de la vieille.

Après mon exposé, je guide les visiteurs vers le fond de la pièce, où un rideau de velours rouge est accroché au plafond.

– Qu'est-ce qu'il y a derrière ? demande un petit malin. Le magicien d'Oz ?

Je secoue la tête et, en tirant le rideau, je révèle une porte qui donne sur une salle d'exposition plus petite (un ancien débarras). J'ouvre et j'invite les visiteurs à me suivre. Il fait sombre dans cette pièce. Dans un premier temps, personne ne voit ce qu'elle renferme. En m'aidant de la lumière que dispense Casper le gentil fantôme, je trouve l'interrupteur et j'allume.

– Et voici l'attraction principale ! dis-je.

Au fond de la pièce sans fenêtres se trouve un lit à une place sur lequel est allongé un garçon. Nous nous approchons.

– Il dort, dit le petit malin. Quel intérêt ?

– Debout là-dedans ! s'écrie la fille à la marionnette en

faisant claquer deux doigts de sa main libre devant le visage du dormeur.

– Il ne va pas se réveiller, lui dis-je.

Nous continuons tous de fixer le garçon dans son lit. En silence.

Enfin, une fille corpulente s'exclame :

– Oh la vache ! C'est le demi-mort !

Les douze autres visiteurs en arrivent à la même conclusion : devant eux se trouve le corps de Johnny Henzel.

Johnny Henzel, mon idée géniale.

Laissez-moi vous dire, chère mère et cher père, que mon idée n'a pas tout de suite été bien accueillie. J'ai d'abord dû convaincre Peter Peter et Thelma, qui ont jugé le projet un peu morbide. Quant à Reginald Washington, eh bien, il a voulu me faire enfermer au Deborah-Blau pendant six mois de plus pour avoir osé *proposer* une chose pareille. Je leur ai toutefois expliqué qu'on n'obtiendrait rien de bon en laissant Johnny croupir dans une chambre d'hôpital, où il finirait par être oublié. Nous devons nous souvenir de lui. Nous devons parler de sa vie ici et aux États-Unis pour nous faire une meilleure idée de son histoire. Ainsi, nous serons mieux préparés dans l'hypothèse où Zig nous enverrait un jour un autre garçon comme Johnny Henzel.

Mon but, voyez-vous, est d'honorer la mémoire de mon ami, mais aussi d'éviter qu'un autre tristedu soit liquidé à coups de briques.

Reginald et le Conseil des bienfaiseurs ont fini par autoriser mon projet, au moins à titre expérimental, en partie grâce au soutien de Lydia Finkle, la directrice de la prison. Lorsque je lui ai demandé ce qu'il entendait par « à titre expérimental », Reginald a répondu :

– Nous interdirons l'exposition, monsieur Dalrymple, si vous perdez de nouveau les pédales.

Pour la soirée d'inauguration, Johnny porte un jean coupé et un tee-shirt sans manches sur lequel figure le tigre Tony, celui qu'on voit sur les boîtes de céréales Frosted Flakes. Le colifichet bleu repose sur le trou laissé par la balle de revolver. Il porte aussi des chaussettes dont les rayures de bourdon (jaunes et noires) rappellent les couleurs du collège Helen-Keller.

Ses yeux sont fermés. Il ne semble ni paisible ni souffrant. Il a l'air absorbé, comme s'il retournait dans sa tête un difficile problème d'arithmétique.

Tsar entre dans la pièce et ordonne aux visiteurs de ne pas trop s'approcher de Johnny.

– Faut pas l'étouffer, les gars, dit-il. Laissez-le respirer.

– On ne peut pas étouffer quelqu'un qui n'est pas vivant, répliquent à l'unisson la fille et sa marionnette.

– Salut, Johnny, dis-je en me penchant sur le lit. Comment vas-tu, ce soir ?

Je n'attends pas de réponse. S'il ouvre les yeux et lance « Au poil », treize villageois risquent eux aussi d'avoir un trou dans le cœur (ha ! ha !).

Autour de la pièce, j'ai affiché la totalité des dessins et des peintures de Johnny que je suis parvenu à réunir. Il avait réalisé des portraits et des caricatures d'Esther, de Thelma et de moi, mais aussi de ses parents et de Brenda, de Ringo son geôlier, de son basset et, bien entendu, de Gunboy. Il a dessiné des dortoirs (le Frank-et-Joe-Hardy, notamment), des arbres, des bicyclettes, des entrepôts, des cages à singes, des paniers de basket, des pissenlits et même une rangée d'urinoirs.

J'expose à mes treize visiteurs les faits dont je me souviens sur sa vie à Hoffman Estates de même que sur sa vie dans l'au-delà, au Village. Je n'omets pas les détails embarrassants. Je précise par exemple que je suspecte que le camp qu'il a fréquenté l'été précédant notre passage (le fameux Squeaky-Fromme) était en réalité une sorte d'asile pour malades mentaux, tel le Deborah-Blau.

Comme il est trop tard pour réclamer la clémence, je cherche à susciter de la compréhension envers mon ami. J'explique aux visiteurs qu'un esprit troublé peut faire faire de drôles de choses à un garçon.

– Il était atteint d'une maladie aussi grave que le cancer qui a eu raison de certains jeunes de treize ans avant leur arrivée au Village, dis-je.

Je permets aux visiteurs de toucher les bras et les jambes de Johnny.

– Dégueu ! s'écrie la grosse fille.

À tour de rôle, les autres promènent leur main le long de ses membres. Sa peau est froide, disent-ils.

– Il a la rigidité cadavérique ? demande le vieux de la vieille.

– Bonne question, concédé-je. Mais non, il n'en est rien.

En guise de preuve, je soulève un des bras de Johnny et je le plie et le déplie à la hauteur du coude.

– Est-il dans le coma ? s'enquiert un garçon souffrant d'un strabisme divergent.

– Non. Les personnes dans le coma ont le cœur qui bat. Celui de Johnny est aussi muet qu'un lapis-lazuli.

Si j'ai fait référence à cette pierre en particulier, c'est parce que le mot se traduit par « pierre d'azur ».

– La balle est encore à l'intérieur ? demande le même garçon.

J'écarte la fausse topaze de la blessure échancrée. Le sang séché est presque noir.

– La balle n'a pas refait surface, dis-je à mes invités.

La fille à la marionnette laisse entendre que la balle de Johnny a pu se dissoudre et j'admets que c'est une possibilité.

– On peut voir l'arme ? demande-t-elle.

Sous le lit se trouvent des tiroirs. Dans deux d'entre eux, je garde des vêtements de rechange. Avec l'aide de Tsar, je change chaque semaine le tee-shirt sans manches, le short, les chaussettes et le boxer de Johnny. Bien qu'il ne transpire plus, Johnny sent encore l'oignon. L'odeur est si faible, cependant, que je dois mettre mon nez tout près de son cuir chevelu pour la détecter.

Un autre tiroir renferme le revolver. Je l'ouvre et je sors l'arme. Quelques visiteurs laissent échapper un hoquet. La grosse fille plaque ses mains sur sa bouche.

– Il est pas chargé, j'espère, dit le petit malin.

Devant son excitation, je comprends qu'il espère précisément le contraire.

Je fais circuler le revolver. Certains le prennent comme s'il s'agissait d'une pomme de terre brûlante ou d'une grenade sur le point d'exploser.

La fille à la marionnette brandit près de mon visage sa chaussette chaton tigré, dont l'un des yeux en bouton ne tient plus que par un fil noir, semblable à un nerf optique.

– À quoi pensais-tu, demande la marionnette, quand tu as braqué l'arme sur la poitrine de ton ami ?

– Vous allez peut-être trouver ma réponse bizarre, dis-je, mais j'ai cru que j'allais sauver Johnny.

– En te tirant dessus, réplique le chaton, Johnny a peut-être cru te sauver, lui aussi.

72 178,49

Hf

Hafnium

Une fois que tout le monde a quitté le musée Curios, tard ce soir-là, je passe le balai dans la chambre de Johnny lorsque des bruits de pas se font entendre dans *Le Zoo.* Le rideau de velours rouge s'ouvre et Esther Haglund s'encadre dans la porte. Elle porte une robe blanche lustrée et elle a remonté ses cheveux en frisettes.

– Waouh, Esther, on jurerait un ange, dis-je.

Je ne l'ai pas vue depuis mes premiers jours au Deborah-Blau.

– Je voulais que Johnny sache que j'ai fait des efforts, répond-elle en lissant le devant de sa robe. C'est du taffetas, mais pas de la vraie soie. Hélas, ce s*laud de Zig lésine sur la soie.

Par Thelma, j'ai appris qu'Esther avait déménagé dans le Trois, où elle confectionne des vêtements pour d'autres villageois avec l'aide – croyez-le ou non – de l'ex-geôlier Ringo, qui a enfin quitté son emploi au Gene-Forrester pour devenir tailleur.

Sans doute Thelma a-t-elle parlé à Esther du *Zoo* et de sa principale attraction. Ma vieille amie s'avance et s'assied au bord du lit de Johnny, puis, en poussant un profond soupir, elle pose le bout de son doigt sur l'arête du nez de mon ami, comme je l'ai fait autrefois avec le cher et regretté oncle Seymour.

Je me demande si Esther était amoureuse de Johnny Henzel. C'est peut-être pour cette raison qu'elle a ressenti le besoin de s'éloigner de lui et de moi. Je m'imagine le cœur en plastique brisé, celui du jeu Docteur Maboul, et mes yeux se gonflent de larmes, ce qui ne leur était pas arrivé depuis un certain temps. Je me détourne pour éviter qu'Esther me voie.

– Excuse-moi un instant, Esther. Je vais aller chercher quelque chose, dis-je pour la laisser un moment seule avec Johnny.

Dans mon bureau, je m'assieds à ma table de travail. Une feuille vierge est insérée dans ma machine à écrire. J'ai recommencé à travailler à l'histoire de ma vie dans l'au-delà. Je suis enfin arrivé au moment présent et je me demande quel tournant le récit prendra.

Ce manuscrit, personne ne l'a encore lu. Je voulais que vous soyez les premiers, chère mère et cher père. Il se trouve dans un cahier à anneaux que je garde dans un tiroir fermé à clé de ma table de travail. Je prends la clé dans la boîte à musique du gnome, j'ouvre le tiroir et j'en sors le cahier. En quittant mon bureau, je m'empare également de la boîte de céréales Lucky Charms, restée sur une étagère encombrée. Peter Peter nous en voudra d'avoir mangé les céréales, mais tant pis. Après toutes les épreuves que nous avons traversées, Esther et moi méritons bien ce petit cadeau de la part de Zig.

Nous nous asseyons dans des fauteuils élimés que nous avons tirés dans la chambre de Johnny. Nous partageons la boîte de céréales, nos mains s'y enfonçant à la recherche de guimauves en forme de cœur, de lune, d'étoile, de trèfle et de losange.

Tout au fond, Esther découvre le cadeau surprise : la figurine d'un lutin. Elle me l'offre.

– C'est ma p*tain de bête noire, dit-elle. Lors du spectacle de Noël, chez nous, dans l'Utah, j'avais tout le temps le rôle du lutin.

Pendant notre collation, je lis à voix haute le récit de ma vie dans l'au-delà. Pour Esther, mais aussi pour Johnny. Mon frère de sang garde une expression concentrée, comme s'il s'efforçait de trouver un sens à notre histoire.

Durant ma lecture, Esther m'interrompt à quelques reprises pour apporter une correction ou clarifier un aspect de nos aventures.

Elle balance beaucoup la tête et dit même « Amen », ainsi que le font les chrétiens, j'imagine, pendant que le pasteur lit des passages de la Bible.

Je lis jusqu'à l'arrivée d'Esther au *Zoo*. Il est 3 h 15. J'ai la voix rauque. Esther ferme les yeux. Ses frisettes sont retombées.

– Il est temps d'accoucher, bébé, dit-elle.

Drôle d'image, comme si j'allais le faire sur un canapé du musée Curios, cette nuit. Mais elle s'explique :

– Va finir ce chapitre et reviens me le lire.

Je m'exécute donc.

73 180,95 Ta Tantale

Voici un autre chapitre, chère mère et cher père. Il vous est dédié, comme toutes les pages de ce livre. J'ai peu à peu perdu l'espoir de vous faire parvenir un jour le récit de ma vie dans l'au-delà. Je vais donc m'arrêter ici et vous dire au revoir. Je préfère le faire pendant que j'ai encore une image bien nette de vous deux. Avec le temps, vos visages vont devenir de plus en plus flous. Ce sera comme si c'était vous, et non moi, qui étiez morts. Mais je tiens à ce que vous sachiez ceci : votre fils, même s'il ne se rappellera plus vos visages un jour, vous aime. Bizarre, tout de même, que je ne vous l'aie encore jamais dit.

74	183,84
W	
Tungstène	

75	186,21
Re	
Rhénium	

76	190,23
Os	
Osmium	

77	192,22
Ir	
Iridium	

78	195,08
Pt	
Platine	

79	196,97
Au	
Or	

80	**Hg** Mercure	200,59
81	**Tl** Thallium	204,38
82	**Pb** Plomb	207,20
83	**Bi** Bismuth	208,98
84	**Po** Polonium	[208,98]
85	**At** Astate	[209,99]

86		[222,02]
	Rn	
	Radon	

87		[223,02]
	Fr	
	Francium	

88		[226,03]
	Ra	
	Radium	

89		[227,03]
	Ac	
	Actinium	

90		232,04
	Th	
	Thorium	

91		231,04
	Pa	
	Protactinium	

92 238,03

U

Uranium

93 [237,05]

Np

Neptunium

94 [244,06]

Pu

Plutonium

95 [243,06]

Am

Américium

Chère mère et cher père, j'habite maintenant au Village depuis treize ans, soit aussi longtemps que j'ai vécu aux États-Unis. Je ne suis plus un nouveau. J'ai du mal à croire que j'ai pu en être un. Pourtant, j'ai peu changé au cours de cette période. Après tout, nous, villageois, tournons au ralenti. Thelma Rudd prétend que j'ai gagné en maturité. C'est possible, mais je ne sens rien de tel.

Pendant toutes ces années, j'ai continué de vivre dans le dortoir Frank-et-Joe et de travailler au musée Curios. J'en suis le conservateur, poste dont j'ai hérité lorsque ce cher Peter Peter est repassé, il y a plus de huit ans.

Pour les cinquante ans de Peter Peter, Thelma a organisé une veillée mortuaire. Au Village, les veillées mortuaires n'ont rien à voir avec celles qu'on connaît aux États-Unis. Nos quinquagénaires ne sont pas encore morts (ou remorts). Chaque nuit, à l'approche de notre cinquantième anniversaire, nos amis se réunissent dans notre chambre. Zig ne vient pas nécessairement nous chercher le jour même de notre anniversaire ; il arrive que des villageois disparaissent une ou deux semaines avant ou après cette date (de la même façon que, aux États-Unis, une femme enceinte n'accouche pas toujours neuf mois jour pour jour après la conception). Pendant la veillée mortuaire, les amis de Peter Peter se sont entassés autour de son lit et ont devisé ensemble. Sous les couvertures, Peter Peter, lui, écoutait. Un soir, il a fermé les yeux… et *hop*! Il n'y a pas eu de fondu au noir. Il n'a pas non plus vieilli de cinquante ans d'un seul coup. Thelma a poussé un cri, même si elle avait promis à Peter Peter de rester calme.

L'autre vieux de la vieille, Tsar, l'ami de Peter Peter, a refusé qu'on organise une veillée funèbre pour lui. Il a déclaré humiliant de remourir en public. C'était, a-t-il déclaré, comme « ch**r devant des gens ». Il a donc fermé sa porte et il est repassé seul dans sa chambre, deux mois après Peter Peter.

Pendant toutes ces années, j'ai entrepris toutes sortes de projets pour me tenir occupé. Je donne un cours sur les constellations à l'école Franny-Glass du Treize. Après mes cinq premières années au Village, Zig a remplacé la toile de fond du ciel nocturne et j'ai dû reprendre ma carte des étoiles depuis le début. Les étoiles ne changent pas de place au paradis, sauf lorsque Zig renouvelle la toile de fond au grand complet. J'explique à mes élèves qu'il s'agit là d'une métaphore de la vie : nous faisons comme si rien ne changera jamais jusqu'au jour où tout change d'un coup.

Un matin, il y a environ six ans, un cerf-volant a traversé le ciel au-dessus du Sept. Parce qu'il était rouge avec une grande étoile jaune et quatre plus petites, c'est-à-dire semblable au drapeau chinois, certains villageois ont cru qu'il venait d'un terrarium voisin, occupé par des Chinois de treize ans. Comme aucune note n'était attachée à sa queue, nous avons malheureusement été incapables d'en établir la provenance.

L'objet nous a malgré tout fourni la preuve que nous n'étions pas seuls. On peut aujourd'hui voir le cerf-volant « chinois » dans la troisième salle d'exposition du musée.

Il y a quatre ans, un large pan du coin Sud-Ouest du Six s'est écroulé, et quelques villageois, parmi ceux qui étaient réunis au pied du mur pour assister à un festival folk consacré à la musique de Bob Dylan, ont été blessés. Accident intentionnel causé par Zig (qui n'est peut-être pas fan de M. Dylan) ou simple négligence ? Certains penchent pour la première hypothèse ; pour ma part, je suis partisan de la seconde. Le mur endommagé s'est réparé tout seul en seize jours et, au même moment, le dernier blessé a reçu son congé de l'hôpital Paul-Atréides du Sept.

On note également certains changements mineurs. Vous ne devinerez jamais ! Nous avons maintenant un chien, un caniche arrivé il y a deux mois dans un entrepôt situé non loin du musée. Pierre (ainsi nommé par Thelma en l'honneur de Peter Peter) a un pelage laineux couleur chocolat, que nous ne taillons pas, et une petite langue rose dont le bout dépasse souvent. Ses aliments préférés sont les haricots à œil noir, les fanes de carottes et la courge musquée. Zig merci, ce carnivore s'accommode très bien d'un régime végétarien, même si, naturellement, il ne grandira jamais. Il tournera au ralenti, comme nous tous.

Je pourrais continuer d'énumérer d'intéressantes nouveautés qu'a connues le Village au cours des dernières années, mais je préfère passer à la raison qui me pousse à reprendre mon livre après une si longue interruption.

Quelque chose de magique s'est produit et j'ai recommencé

à croire que je trouverai peut-être un jour le moyen de vous faire parvenir mon histoire.

La magie en question concerne Johnny Henzel.

Pendant des années, Johnny a joué un rôle beaucoup plus effacé dans ma vie dans l'au-delà. Oui, j'ai continué de veiller sur lui et de changer ses vêtements au besoin, mais, pendant un long moment, il a cessé d'occuper mes pensées comme il l'avait fait au cours des deux premières années que j'ai passées ici.

Il existe aux États-Unis une histoire de bonnes femmes selon laquelle les ongles et les cheveux d'un mort continuent de pousser. Chez les villageois, c'est vrai. Mais pas chez Johnny Henzel. Pendant toutes les années où il est resté couché au musée Curios, les cheveux de Johnny ont gardé la longueur qu'ils avaient le jour où je l'ai abattu : dix centimètres au maximum. La semaine dernière, pourtant, il m'a semblé qu'ils avaient poussé. J'ai donc pris ma règle pour mesurer : treize à quatorze centimètres de longueur. Puis j'ai remarqué ses ongles. Avant sa remort, il avait l'habitude de les ronger jusqu'au sang. Imaginez donc ma surprise lorsque j'ai constaté la présence de croissants de lune là où il n'y avait pas d'ongles.

Mon vieil ami grandit.

Johnny Henzel est passé d'un mètre soixante-deux à un mètre soixante-cinq, puis à un mètre soixante-sept. Le duvet au-dessus de sa lèvre supérieure et sur son menton se transforme en poils foncés. Des poils poussent aussi sur ses bras et ses jambes, de même que sous les aisselles et dans la région pubienne. Pendant plusieurs jours, je lui ai coupé la barbe à l'aide du rasoir électrique exposé dans la deuxième salle, mais j'ai renoncé à ce stratagème. J'ai plutôt barricadé sa chambre du *Zoo* au moyen d'une lourde armoire et je laisse faussement entendre que je réaménage les lieux pour renouveler l'exposition. On me croit parce que, avec le temps, Johnny attirait de moins en moins de curieux. La plupart des villageois l'ont déjà vu. On sait ce qui lui est arrivé : bref, c'est de l'histoire ancienne. S'ils apprenaient que Johnny est le premier d'entre nous à franchir le cap des treize ans, les villageois accourraient en hordes éblouies.

– Quelle est donc cette magie ? demandé-je à Johnny en appliquant un peu de crème contre l'acné sur sa joue, où un bouton est apparu.

Je glisse un thermomètre dans sa bouche pour voir si sa température corporelle normale, établie à trente-cinq degrés Celsius, a changé. Il ne s'est jamais refroidi. Il a toujours donné l'impression d'être mort cinq minutes plus tôt. Sa température a augmenté d'environ un demi-degré.

Je ferme carrément le musée sous prétexte de procéder à une importante réorganisation et je ne laisse entrer personne. Je reste ici pratiquement vingt-quatre heures sur vingt-quatre. En fait, je ne sors que pour aller au réfectoire chercher des plats à emporter.

Je prétends avoir besoin de solitude. Seul Pierre reste dans mon bureau pour me tenir compagnie. Lorsque des villageois m'interrogent sur mes projets de réaménagement, je reste vague. J'évoque une inspiration soudaine, la visite d'une muse. Les villageois au tempérament artistique avalent ce genre de propos comme du petit-lait, y compris Thelma, qui me tapote la tête d'un air encourageant. Esther, cependant, semble sceptique.

– Qu'est-ce que tu complotes, toi ? me demande-t-elle en plissant les yeux.

Pourtant, elle me laisse tranquille puisque, de son côté, elle s'affaire aux préparatifs de son mariage. En effet, elle épouse le tailleur qui est devenu son associé, Ringo (dont le vrai nom, soit dit en passant, est Nigel Bell).

Une fois le musée fermé, j'apporte les coussins d'un canapé dans la chambre de Johnny et j'y passe mes nuits. Nous sommes de nouveau camarades de chambre. Étant donné sa croissance rapide, je dois souvent lui changer ses vêtements. Son corps grand et maigre me donne du fil à retordre. Ses bras et ses jambes sont démesurés, ses pieds longs, ses orteils pointus. Je taille tous les jours les ongles de ses pieds et de ses mains, mais je laisse pousser ses cheveux. Sa crinière et sa barbe lui donnent l'air d'un hippie du *flower power.* Sa poitrine s'étoffe et le trou laissé par la balle paraît plus petit.

Sous mes yeux, il vieillit d'environ un an tous les deux jours. Bientôt, il est le premier vrai homme du Village. Il atteint un mètre quatre-vingt-cinq et des poussières, puis il arrête de grandir. Il continue toutefois de vieillir. Les changements se concentrent surtout sur son visage. La graisse poupine de ses joues fond et ses pommettes se dessinent plus nettement. J'estime son âge à un peu moins de vingt-six ans, soit celui qu'il aurait s'il vivait encore aux États-Unis.

Il est peut-être beau, mais je n'en suis pas certain : j'ai toujours eu des difficultés à voir la beauté chez les humains. Les autres jugent répugnant ce que je trouve beau, par exemple une grappe de boutons d'acné rappelant une constellation en forme d'ankylosaure.

Tous les jours, je soulève ses paupières pour observer ses pupilles, mais elles demeurent dilatées et immobiles. Je pose ma tête sur sa poitrine. Son cœur n'émet pas le moindre son.

Un soir, pendant que je l'examine, je remarque un détail effrayant : une flaque rouge qui se forme sous sa paume gauche. Je retourne sa main. Son poignet gauche a été entaillé à plusieurs reprises. Du sang coule des estafilades, dégouline le long de son bras.

Puis je remarque son autre poignet. Il saigne abondamment, lui aussi.

J'ouvre brusquement le tiroir sous son lit, j'en sors un vieux tee-shirt et je tente d'étancher le sang. Au bout de quelques minutes, les lésions se sont cicatrisées sur les deux poignets.

– Qu'est-ce que cette diablerie ? dis-je à voix haute.

96 [247,07]

Cm

Curium

À 5 heures du matin, le 7 septembre (jour de ma renaissance), je m'introduis en douce dans un entrepôt avec l'intention de piquer des vêtements pour Johnny. Il grandit depuis environ cinq semaines. J'espère lui trouver des tee-shirts sans manches et des shorts de gymnastique de très grande taille, ceux qui sont destinés aux plus corpulents d'entre nous. J'ai pris la précaution de remplir ma lampe de poche de cailloux. Zig seul sait sur quel genre d'ennemi je risque de tomber en ces temps étranges et incertains. Je ne comprends toujours pas pourquoi les poignets de Johnny ont saigné. Les plaies ont guéri, mais on voit encore de profondes cicatrices en zigzag.

Je me dirige vers l'entrepôt, la lampe de poche dans une main, la laisse de Pierre dans l'autre. Le chien court sur le trottoir en tirant étonnamment fort pour une si petite créature.

Tandis que je m'approche de l'entrepôt de Carrie White Street, les fenêtres en quart de cercle qui surplombent les portes s'illuminent. Chaque fois qu'une livraison arrive, Zig allume automatiquement les lumières pour nous alerter. *Tant mieux,* me dis-je. *Je pourrai choisir ce qui me plaît avant l'arrivée des trieurs, à 8h30.*

Devant l'entrepôt, deux vigiles, assis sur des seaux retournés à l'envers, jouent au Uno sur une table branlante. Ils ont l'habitude de mes visites. À titre de conservateur du musée Curios, je suis titulaire d'un laissez-passer spécial qui me permet de visiter les entrepôts à la recherche d'objets de curiosité. Les vigiles lèvent à peine les yeux de leur partie, malgré la présence de Pierre qui, en général, suscite chez les passants des commentaires et des roucoulements tels que j'ai tendance à le promener tôt le matin ou tard le soir.

J'agrippe la poignée en métal, soulève la porte et me glisse dans l'entrepôt. Je détache Pierre pour lui permettre d'explorer à sa guise les trésors que Zig nous a envoyés. Comme d'habitude, l'entrepôt ressemble à une friperie, à un ramassis d'articles mal aimés dont les propriétaires cherchent à se défaire : pupitres, cuisinières et matelas usagés, piles de tee-shirts d'occasion, disques compacts jetés pêle-mêle, caisses de livres de poche aux coins cornés et même, aujourd'hui, une demi-dizaine de tubas ternis et cabossés dont les embouchures se font face, comme si les instruments étaient engagés dans un dialogue.

À genoux, je fouille dans une boîte de shorts de gymnastique usagés lorsque j'entends Pierre pousser des jappements aigus au fond de l'entrepôt.

Ce chien a l'étrange capacité de projeter la tête en arrière et d'imiter le son d'une sirène de voiture de police européenne : *wiii oou wiii oou*. Nous nous disons que c'est un truc qu'il a appris dans les rues de Paris. Tout le monde adore l'entendre. Moi, ce cri me tape sur les nerfs. Je pose donc ma brassée de shorts de gym et me dirige vers lui dans l'intention de le faire taire.

Je l'aperçois devant un vieux casier scolaire, coincé entre un réfrigérateur et un photocopieur. Entre deux hurlements, il gratte la porte du casier. Pierre lui-même est arrivé dans une boîte remplie de coussins décoratifs. Peut-être le casier renferme-t-il un autre chien, un chat ou même le premier raton laveur du Village. En m'approchant, je constate que ce casier a quelque chose de familier : sur sa surface vert kaki, il y a une bosse à mi-hauteur, comme si la tête d'un élève avait violemment heurté la porte.

Je remarque ensuite le numéro sur la plaque en métal fixée tout en haut. Le 106.

– Nom d'une pipe, dis-je à Pierre, qui cesse enfin d'aboyer.

Puis, ma paume appuyée sur la surface fraîche du casier, j'ajoute :

– À quoi joues-tu cette fois-ci, Zig ?

Que vais-je trouver à l'intérieur ? Le tableau périodique ? Des photos de Richard Dawkins et de Jane Goodall ? Ma vieille tenue d'éducation physique ? Mon rapporteur d'angle ?

Pendant que j'ouvre lentement la porte du casier, ses gonds rouillés laissent entendre des grincements qui, compte tenu de l'état de mes nerfs, pourraient aussi bien venir de moi.

Dans le casier se trouve un visage que je n'ai pas vu depuis treize ans.

97 [247,07]

Bk

Berkélium

Le casier lui-même est vide, mais il manque le panneau du fond. Plutôt que de laisser voir l'arrière de l'entrepôt, il s'ouvre sur un couloir où est accroché le portrait en noir et blanc d'une sourde-muette coiffée du mortier des diplômés du secondaire.

Depuis la dernière fois que je l'ai vue, Helen Keller n'a pas changé d'un iota. Elle a été figée dans le temps, comme moi. Elle pose sur moi un regard encourageant, le plus encourageant possible pour une aveugle. « Viens, mon enfant, semble-t-elle dire. Ne crains rien. »

Dans sa vie, Helen a affronté de nombreuses épreuves avec courage et assurance, et je dois l'imiter. Je baisse les yeux sur Pierre. Il me fixe, les yeux humides. Le bout de sa langue dépasse. Il émet un couinement bas.

– Reste là, lui dis-je. Je reviens.

Vraiment ?

Je me glisse dans le portail qui s'ouvre devant moi. Je sais qu'il y a assez de place. Jermaine Tucker m'a un jour enfermé dans ce casier. Je tire la porte derrière moi pour empêcher Pierre de me suivre. La cloche sonne au moment où je sors de mon casier et m'engage dans le couloir de mon ancienne école.

Les salles de classe déversent des hordes d'élèves qui se répandent dans les couloirs. Pendant un moment, je suis paralysé. Mon rythme cardiaque s'accélère : j'ai peur d'apercevoir Jermaine Tucker, Kevin Stein, Henry Axworthy et ceux de leur espèce. Non, pourtant, bien sûr que non. Je ne reconnais aucun des élèves qui jacassent et jurent et rigolent et se bousculent. Treize années se sont écoulées.

Suis-je invisible ? Je place mes mains devant mon visage. Elles me semblent pâles, mais solides. Le fantôme à mon poignet, Casper, indique qu'il est 15 h 30. La cloche qui a sonné est la dernière de la journée.

– Tu permets ? dit une Asiatique avec des barrettes en forme de papillons dans les cheveux et un collier en coquillages autour du cou. T'es dans mes jambes, là.

Je ne suis pas invisible.

Je m'écarte pour laisser la nouvelle propriétaire de mon ancien casier prendre ses effets personnels. La porte s'est refermée. Elle tourne le cadran. Pour un peu, je lui demanderais si la combinaison est toujours le 7-25-34. Elle ne fait pas attention à moi, les autres élèves non plus. Seule Helen l'aveugle semble me regarder. Je l'imagine en train de dire : « Dépêche-toi : tu es là pour une hantise. »

Je me faufile parmi les élèves qui se bousculent. Une banderole déployée sur un mur proclame : TROJANS : SUS À L'ENNEMI ! On a repeint les murs : autrefois jaune pâle, ils sont aujourd'hui vert menthe.

Je passe devant une salle de classe déserte, celle où j'étudiais les sciences. Sur le bureau de l'enseignant se trouve un modèle en plastique du cœur humain où les cavités, les valves et les artères sont bien visibles. Cet objet m'attire, mais avant de pouvoir l'examiner, je suis distrait par autre chose. Punaisé au mur, un tableau périodique, rien de moins. Un tableau périodique mis à jour !

– Je peux t'aider ?

En me retournant, je me retrouve face à face avec un homme dont la tête est chauve, mais dont la poitrine est sans aucun doute velue : en effet, des poils dépassent du haut de sa chemise. N'ayant pas vu un seul adulte – exception faite de la version grand format de Johnny Henzel – depuis treize ans, je suis saisi, comme si j'étais tombé sur un ours au milieu des bois.

– Votre tableau périodique… dis-je à cet homme que je ne reconnais pas. Il compte cent neuf éléments maintenant.

Le professeur de sciences jette un coup d'œil au tableau périodique avant de se tourner de nouveau vers moi.

– C'est exact. Cent neuf éléments, oui.

– Je croyais qu'il y en avait seulement cent six. Je suppose, dis-je en consultant le tableau, que le bohrium, l'hassium et le meitnérium ont été découverts au cours des douze dernières années.

Derrière l'oreille du professeur, j'aperçois un crayon qui porte des marques de dents. L'homme m'observe d'un air intrigué.

– Oh, nous découvrons sans cesse de nouvelles choses, dit-il. Qui sait ce que l'avenir nous réserve ?

Peter Peter répétait à peu près la même chose à propos des objets destinés au musée Curios.

– Bonne journée, monsieur, dis-je au professeur de sciences.

– Bonne journée à toi, me répond-il en grattant une plaque de psoriasis sur son coude.

Je sors de la salle de classe et m'engage à nouveau dans le couloir bondé. Poussé par cette multitude, je passe devant des tableaux d'affichage débordant de reproductions de pochettes d'albums réalisées par des élèves (*Little Earthquakes, Lucky Town, Nevermind, 99.9F°*), une affiche annonçant des auditions pour une pièce (*Mort d'un commis voyageur*) ainsi qu'un étonnant dépliant produit pour une élection au conseil des élèves (PHIL PRATT A UN PHIL À LA PATTE).

Du coin de l'œil, j'aperçois M. Miller, un de mes anciens professeurs, celui à qui j'ai expliqué la différence entre « apporter » et « amener ». Il a pris du ventre et ses cheveux poivre et sel ne sont plus que sel. Encore un adulte. Je détourne les yeux, de peur qu'il croie voir un fantôme. Je me hâte vers l'entrée. En franchissant les portes du collège Helen-Keller, je me rends compte que la dernière fois que j'ai quitté les lieux, j'étais allongé sur une civière, une couverture posée sur mon cadavre.

Dehors, je découvre toutes sortes de choses que je n'ai pas vues depuis des lustres. En parlant de lustre, j'aperçois, près de l'allée de l'école, un berger allemand au pelage lustré qui court sans laisse. Une dizaine de moineaux se posent dans un arbre. Autour de moi, des bungalows, des voitures, des autobus scolaires, des boîtes aux lettres, des panneaux STOP, des feux de circulation et des dépanneurs. Être affranchi des Grands Murs qui nous emprisonnent au Village me procure une singulière sensation de liberté.

Mes yeux se mouillent de joie !

Tandis que j'admire les environs, un écureuil gris s'avance vers moi en sautillant. Il se dresse, ses pattes pliées à la hauteur des poignets, et agite la queue.

– Merci, Zig, dis-je à l'écureuil, comme si le *Sciurus carolinensis* était mon dieu.

L'animal saisit une samare d'érable et grimpe dans un arbre. Dommage qu'on ne soit pas en automne ! J'aurais pu voir des feuilles d'érable orange et rouges. Et dommage qu'on ne soit pas en hiver ! J'aurais pu voir de la neige et peut-être m'accrocher à un pare-chocs pour faire un peu de *skitching*.

Au bord du trottoir se trouve une fourmilière grouillante d'activité. Je m'agenouille. Je suis ébloui par la force et la détermination de mes petites amies. Une fourmi peut porter une charge cinquante fois supérieure à son poids corporel. L'équivalent, pour moi, de trimballer sur mon dos le camion du marchand de crème glacée. Si je mentionne ce véhicule, c'est qu'il passe en ce moment. En entendant sa cloche, les élèves le suivent à la queue leu leu, comme sous l'influence du joueur de flûte de Hamelin. Les villageois seraient envieux : en effet, la crème glacée ne fait pas partie des denrées fournies par Zig. Quand nous avons envie d'un dessert glacé, nous devons faire congeler des bananes, puis les passer au mixeur.

Par rapport au Village, Hoffman Estates offre une grande diversité d'êtres humains ! Moi qui, depuis treize ans, ne côtoie que des jeunes de treize ans, j'ai l'impression d'être au septième ciel (ha ! ha !) à la vue d'un vieux monsieur avec le nez en chou-fleur qui marche avec une canne. Quel âge a-t-il ? Hélas, je ne saurais plus le dire. Soixante-deux ans ? Quatre-vingt-neuf ? Sous la peau translucide de ses avant-bras courent des veines bleues sinueuses qui forment des affluents. Il doit donc être très vieux.

– Belle journée, n'est-ce pas ? dis-je à l'homme au nez en chou-fleur.

Il lève les yeux. Un avion laisse une traînée de condensation dans l'immensité du firmament.

– De mon temps, le ciel était plus bleu, dit-il.

– Mais c'est votre temps. Vous n'êtes pas encore mort.

Le passant que je croise ensuite est un homme vêtu d'un tee-shirt sans manches, dont les muscles sont gonflés comme ceux d'un superhéros de dessins animés. Puis c'est au tour d'une dame drapée d'un châle qui promène un bébé dans une poussette. Dans les cheveux de la petite, je vois un essaim de barrettes en forme de bourdons. Comme vous le savez, je n'ai jamais été attiré par les petits enfants parce que leur conversation n'a rien de scintillant. Pourtant, moi, Oliver Dalrymple, je fais des guili-guili à cette petite.

Je dois cesser de me laisser distraire par mon environnement et presser le pas. Qui sait combien de temps durera cette hantise ? J'ai déjà cru qu'il serait injuste, voire cruel, chère mère et cher père, de vous hanter. J'ai changé d'idée. C'est peut-être égoïste de ma part, mais j'ai envie de revoir vos visages. J'y parviendrai, si Zig le veut.

Je me mets à courir. Je suis un dingue de vitesse. J'ai l'intention de foncer tout droit vers le salon de coiffure puisque, à cette heure, vous y êtes sans doute. Mais comme les Bluebell Apartments sont sur mon chemin, je passe d'abord par notre ensemble immobilier dans Hill Drive. En arrivant devant le 222, je suis à bout de souffle. Je lève les yeux sur le balcon du premier étage. Derrière la porte vitrée, je détecte un mouvement : une personne debout. Vous êtes peut-être rentrés plus tôt que d'habitude ! Sinon, vous avez pris une journée de congé pour l'anniversaire de ma mort.

Vite, je m'engage dans l'allée et j'entre dans notre immeuble. Quand j'arrive devant le numéro 6, au premier, je vois sur notre porte une couronne de branches entremêlées dans laquelle nichent de petits cardinaux en plastique. Sans doute, chère mère, as-tu fabriqué cet objet dans un de tes cours d'arts plastiques. Je frappe avec le heurtoir sans avoir songé à ce que je vous dirai quand vous ouvrirez à votre fils décédé se tenant là, devant vous. Je n'ai pas le temps de réfléchir : j'ai peur que Zig me ramène d'un instant à l'autre, peut-être même au moment où je verrai vos visages et vous le mien. Lorsque la porte s'ouvrira, je risque de m'évaporer, et vous n'aurez alors, comme preuve de mon apparition, que le fantôme de votre fils imprimé sur votre rétine.

Quand la porte s'ouvre, ce n'est pas vous que je vois. Je vois un adolescent plus vieux que moi avec une crinière de cheveux noirs en désordre. Il porte un tee-shirt noir. À la hauteur de la poitrine, on peut lire Robert Smith en lettres blanches conçues pour imiter de la peinture qui coule.

– T'es le livreur de journaux ? demande Robert Smith.

Ses lèvres sont rouge orange. Il a la peau aussi blanche que la mienne, mais je crois que lui a appliqué du fond de teint : il a formé une croûte dans les plis de ses narines. Il ressemble aux zombies qu'on voit dans les rues du Village, les soirs de Halloween.

Je le dévisage. Je suis sûr que j'ai les yeux tout ronds, comme si c'était lui, le fantôme.

Est-ce votre fils adoptif, chère mère et cher père ?

De la musique sort de l'appartement, une chanson lente interprétée par un homme lugubre, accompagné par un violon triste, qui n'arrête pas de répéter qu'il rêve toujours de « choses impossibles ».

Robert Smith répète sa question :

– T'es le livreur de journaux ? T'es là pour te faire payer ?

Je secoue la tête avec lenteur.

– Puis-je parler à M. et Mme Dalrymple ? demandé-je enfin.

– Qui ?

– Les Dalrymple.

– Connais pas.

Ce n'est donc pas votre fils adoptif.

– Ils sont coiffeurs, dis-je. Ils exploitent Clippers, sur la grand-route.

– Tu t'es trompé d'immeuble. Ils sont tous pareils, dans ce trou de m**de.

– Les Dalrymple vivaient dans l'appartement numéro 6, au 222, Hill Drive. J'en suis certain.

– Ben, plus maintenant. Moi et ma mère, on est ici depuis trois ans.

Bonté ziguine ! Je n'ai jamais songé que vous ayez pu déménager. Je ne sais pas quoi faire. J'hésite. Robert Smith me fixe de ses yeux aux cils couverts de mascara. Je me décide enfin à faire un pas en avant.

– Je peux entrer et jeter un coup d'œil ? demandé-je.

Robert Smith porte au majeur un anneau en argent orné d'un crâne, une sorte de bague en forme de tête de mort. Je remarque ce bijou quand il tend le bras pour me bloquer le passage. Ses sourcils noirs se froncent.

– Pas question que je te laisse entrer, petit freak.

Un garçon avec des cheveux bouffants et du fond de teint sur le visage me traite de freak.

– S'il te plaît, dis-je.

Robert Smith me claque la porte au nez.

98 [251,08]

Cf

Californium

Des voitures, des camions et des autobus foncent sur la grand-route. Ils semblent rouler plus vite qu'il y a treize ans, mais c'est peut-être ma mémoire qui me joue des tours : au paradis, en effet, le moyen de transport le plus rapide est le vélo à dix vitesses. Les véhicules me donnent aussi l'impression d'être plus bruyants et plus sales qu'avant. Les gaz d'échappement qu'ils vomissent me retournent l'estomac ; leurs coups de klaxon me déchirent les tympans. Le Village a ses défauts, mais au moins l'air y est pur ; le son le plus désagréable qu'on y entende, c'est celui d'un villageois dénué d'oreille qui se croit – à tort – capable de maîtriser le saxophone.

Au carrefour, je croise deux filles affublées de chandails de laine rayés dont le bas s'effiloche, de tutus roses (!) et de bottes rouge sang à semelles compensées. Celle qui a de grosses lunettes dit à l'autre :

– T'es complètement nulle !

À la vue des lunettes de cette fille, je me rends compte que je bénéficie toujours d'une vue parfaite. Je me demande si vous me reconnaîtrez sans mes lunettes. Où ai-je la tête ? Bien sûr que vous me reconnaîtrez. C'est plutôt moi qui risque de ne pas vous reconnaître. La question est là. Vous avez vieilli de treize ans. Vos cheveux sont peut-être blancs. Vous êtes peut-être mous et ratatinés, avec des joues flasques.

Le feu passe au vert et je traverse la grand-route. De nouveaux fast-foods ont bourgeonné. Même si ce méli-mélo d'enseignes fluorescentes a quelque chose de tapageur, je suis ébloui. Après tout, on ne voit pas, au paradis, de gigantesques sombreros jaunes destinés à nous convaincre d'acheter des tacos ni de homards géants qui dansent pour faire la promotion des fruits de mer. Pour des créatures qui seront taillées en pièces et dont les pinces seront dépouillées de leur chair, ces crustacés me semblent exagérément heureux.

Ici, les trottoirs ne sont pas plus sûrs qu'avant. La bande de pelouse qui les sépare de la chaussée est si étroite qu'une voiture pourrait facilement grimper dessus et faucher un piéton. J'espère que vous faites preuve de beaucoup de vigilance en vous rendant au travail à pied.

J'avise une casquette de base-ball tombée dans l'herbe. Elle est toute bleue, exception faite d'un *C* rouge (le logo des Cubs de Chicago). J'ajuste la sangle arrière et je mets la casquette sur ma tête en baissant la visière sur mes yeux. En tant que fantôme, je dois passer incognito : en effet, je risque de tomber sur quelqu'un qui me connaît.

Devrais-je entrer dans le salon de coiffure et crier : « Coucou, c'est moi, chère mère et cher père ! » Vous risqueriez d'éborgner un client avec vos ciseaux. Ou de perdre connaissance et de vous cogner la tête, peut-être même de subir une commotion cérébrale. Selon Casper, il est 16 h 10. Devrais-je plutôt attendre dehors le départ de votre dernier client ? Zig m'accordera-t-il assez de temps de hantise ?

Un semi-remorque rugit et klaxonne. Le bruit me fait l'effet d'un aiguillon électrique et je me mets à courir. Je sprinte jusqu'au petit centre commercial, puis je commence à ralentir. Je passe devant la pharmacie, la pizzeria, l'animalerie et le pressing, puis… Je n'en crois pas mes yeux. Je freine brusquement. L'enseigne de coiffeur n'est plus là ! Les bandes rouges et blanches ont disparu. Le sang et les bandages sont choses du passé.

Tel un villageois de cinquante ans, Clippers s'est évanoui. *Hop !*

À sa place, il y a une boutique de plantes vertes appelée Back to the Garden. Je fonce vers la vitrine. Les jardinières de fleurs ont remplacé les bouteilles de shampoing et de lotion pour les cheveux. Sur une affiche collée dans la vitrine, on voit Adam et Ève, recouverts de feuilles de vigne. LES PLANTES VERTES VOUS FERONT GRIMPER AU SEPTIÈME CIEL, proclame la légende. Le nez contre la vitre, je vois un Asiatique vêtu d'un tablier vendre un bouquet de gerberas à une vieille dame aux cheveux lavande.

Où êtes-vous donc, chère mère et cher père ?

Il y a une cabine téléphonique devant l'animalerie. Au trot, je me dirige vers elle et je feuillette les pages blanches. Je repère tous les Dalrymple du comté de Cook – ils sont huit –, mais votre nom n'est pas du nombre. Celui de tante Rose non plus. Je suis si fébrile que je déchire une page. Pas de Clippers dans la section des salons de coiffure.

J'appuie mon front sur la vitre de la cabine.

– Aide-moi, Zig, murmuré-je en sentant fondre mon espoir. Tu m'as conduit jusqu'ici. Dis-moi quoi faire.

J'aperçois un chat qui dort dans la vitrine de l'animalerie. Un siamois. Puis je remarque le nom de la boutique sur la devanture.

En 1979, c'était Animal Lovers.

Aujourd'hui, c'est Le Zoo.

Seigneur ! Seigneur !

Je sors en vitesse de la cabine téléphonique et j'ouvre la porte de la boutique. Une cloche tinte. Le chat dans la vitrine soulève sa tête ensommeillée et pose sur moi un regard blasé. Derrière la caisse se tient une jeune femme vêtue d'un survêtement de velours violet. Occupée à coller des étiquettes de rabais sur des boîtes de graines pour oiseaux, elle a à peine un regard pour moi.

Le nom ne peut tout de même pas être une simple coïncidence, n'est-ce pas ? Je parcours les allées en cogitant sur la conduite à tenir. Le seul autre client est un adolescent plus vieux que moi : de gros trous dans son jean bleu pâle laissent dépasser ses rotules. Il grimace en traînant jusqu'au comptoir un lourd sac de croquettes pour chiens.

J'aboutis au fond de la boutique, dans le coin des rongeurs, d'où émane une forte odeur de copeaux de bois. Les étagères débordent de terrariums renfermant des gerbilles, des hamsters, des cochons d'Inde, des rats et des souris. Je tapote sur la vitre du terrarium des rongeurs et huit paires de narines reniflent l'air. Avec leurs yeux en boutons de bottine, les souris me dévisagent, alarmées. En tant que fantôme, je suis tout juste assez effrayant pour flanquer la frousse à une portée de souris.

Il y a aussi des récipients contenant des tarentules et des lézards, et je remarque une paire de splendides geckos, dont le corps jaune est tapissé de taches brunes, à la façon d'une banane trop mûre. Leur petite langue rose qui darde dans l'air me fait penser à Pierre.

Un autre terrarium retient mon attention. Il est rempli d'insectes qui rampent les uns sur les autres. Nom d'une pipe ! Ce sont des têtes-de-mort. Des dizaines et des dizaines de *Blaberus craniifer* ! Je me rappelle que ces blattes servent souvent à nourrir les lézards.

Derrière se trouve l'endroit où les employés s'occupent des animaux. Quelqu'un s'y trouve en ce moment. Je vois cette personne entre les terrariums. L'homme est debout devant un évier. Il me tourne le dos, mais je distingue sa queue-de-cheval, qui lui descend jusqu'aux omoplates. Il porte un short kaki et un sweat-shirt.

Le duvet de ma nuque se dresse.

Je connais cet homme.

Il pivote sur lui-même et s'approche du mur formé par les récipients, soulève le couvercle grillagé d'un terrarium et y laisse tomber un rouleau d'essuie-tout vidé que les gerbilles tailleront en pièces.

Pétrifié, paralysé sur place, j'observe l'homme. Quelque part dans la boutique, un perroquet laisse entendre un braillement sonore et la caissière crie :

– Ta gueule, Aristote !

Le Johnny Henzel que j'ai sous les yeux est le sosie de celui du paradis. Ses cheveux et sa barbe sont de la même longueur. Ses pommettes sont aussi saillantes, ses cils aussi foncés. Il a le même bouton sur la joue.

Il a essayé de me dire la vérité, il y a des années. Il était encore dans le coma aux États-Unis, a-t-il affirmé. Rover était une bestiole, mais aussi une sorte de micro caché ou, pour rester dans le registre entomologique, un mouchard qui transmettait les voix de ceux qui entouraient son lit d'hôpital. Lui seul entendait ces voix.

Je ne l'ai pas cru. Il était à demi mort, mais j'ai pensé qu'il était à demi fou.

Il arrive fréquemment que les patients qui sortent d'un long coma ne se souviennent plus de leur passé. Johnny a-t-il oublié le sien ? A-t-il oublié le Village ? M'a-t-il oublié, moi ?

Je me rapproche des terrariums, mon visage entre des geckos et des lézards. J'enlève ma casquette des Cubs et la laisse tomber par terre.

Johnny s'est tourné de l'autre côté. Sur un rayonnage, il prend un sac de boulettes pour les lapins et l'ouvre avec des ciseaux.

Je commence à fredonner une chanson, doucement d'abord, puis plus fort.

C'est une chanson de Cole Porter, dont les paroles contiennent un mot-valise.

Johnny dépose ses boulettes et pivote lentement sur ses talons. Il fronce les sourcils et le symbole « presque égal » ≈ apparaît au milieu de son front.

Avec hésitation, il fait quelques pas et me dévisage entre les terrariums. Sa bouche s'ouvre toute grande. Il écarquille les yeux.

Je cesse de fredonner.

Dans un murmure, je dis :

– Boo !

99 [252,08]

Es

Einsteinium

– J'ai cru que j'avais perdu ma p*tain de raison, mon pote, comme si j'avais rêvé tout ça pendant mes mois dans le coma. Le Village, les Grands Murs, Thelma et Esther, Zig, la tête-de-mort, la briquation.

Bien que reconnaissable, la voix de Johnny est beaucoup plus grave qu'avant. Nous sommes dans l'arrière-boutique du Zoo, lui et moi, la porte à moitié fermée. Derrière nous s'entassent des boîtes en carton : le siamois en proie à l'ennui existentiel est affalé dessus. Les boîtes renferment des conserves de nourriture pour chats au nom prédestiné : 9 Lives, « neuf vies ».

Johnny me détaille de la tête aux pieds.

– Ben, mon vieux, j'arrive pas à croire que t'es là, dit-il. C'est super, mais aussi f*utrement bizarre.

Le voir me fait aussi une drôle d'impression. Il n'est plus le garçon que j'ai connu. Il mesure plus d'un mètre quatre-vingts. Il a une barbe qu'il caresse sans arrêt. Debout près de moi, il sent l'oignon, peut-être parce que je ne suis pas là pour lui rappeler de prendre sa douche.

– Où sont mes parents, Johnny ? lui demandé-je d'une voix chevrotante. Je ne les trouve nulle part. Je me suis arrêté au 222, Hill Drive, mais c'est un type au visage maquillé qui habite leur appartement.

– Ah ! Tes parents sont partis il y a longtemps, quand j'étais en troisième. J'ai entendu dire qu'ils vivaient en Alaska, mais je suis pas absolument certain.

– En Alaska ! m'écrié-je. Je doute que Zig me laisse le temps de faire le voyage jusqu'au plus grand État de l'Union.

Dans l'arrière-boutique, je découvre un bureau égratigné assez semblable à celui de Johnny au dortoir Frank-et-Joe. Il est parsemé de jouets en caoutchouc pour animaux : des os colorés, un coq plumé, un grand requin blanc. À côté du bureau se trouve une porte donnant vers l'extérieur et maintenue entrouverte – je vous le donne en mille – par une brique.

– T'as fini par trouver un de ces sacrés portails ! s'écrie Johnny.

– Oui, le jour de mon anniversaire de renaissance, dis-je. Zig m'a autorisé à venir te rendre visite, après toutes ces années. Pourquoi maintenant ? Je n'en ai pas la moindre idée.

– Je crois le savoir, moi.

Il remonte les manches de son sweat-shirt et tend les mains, paumes en l'air. Il a des pansements couleur chair autour des poignets.

D'une voix où je détecte la honte, il dit :

– J'ai fait une grosse bêtise.

– Pourquoi, Johnny ?

Il me gratifie d'un petit sourire narquois.

– Tristedu un jour, tristedu toujours.

Je touche un des pansements du bout du doigt. Je sais ce qu'il cache : les mêmes hideuses cicatrices que Johnny arbore au

Village. Je comprends alors que son double du musée Curios a sans doute commencé à vieillir le jour où Johnny s'est ouvert les veines ici, aux États-Unis.

– Mon psy m'a filé des pilules pour tristedus, mais ces p*tains de cochonneries marchent pas toujours.

Il pose sur moi un regard interrogateur.

– Tu vas croire que j'ai perdu la boule, mais, des fois, je m'ennuie du Village. Des fois, je pose l'oreille contre le terrarium des cafards pour entendre des voix de là-bas. Peut-être même la tienne, en train de corriger mes fautes de grammaire.

Pour ne pas l'effrayer, je ne lui parle pas de son jumeau du musée.

– Tu ne peux pas revenir, Johnny, dis-je sur un ton sans appel.

Il hoche la tête, l'air un peu morose, puis il s'égaie.

– T'es tellement jeune, mon pote ! s'exclame-t-il. Ou j'ai pris un coup de vieux. C'est dur à dire. T'es juste un gamin. Dans mon esprit, t'étais plus vieux.

– Sur le plan mental, je suis plus vieux qu'avant. Mais pas sur le plan physique, évidemment.

– Tandis que moi, je suis vieux et cinglé, dit-il avant de s'esclaffer.

Bien que sa plaisanterie soit macabre, j'esquisse un léger sourire.

– Tu m'as manqué, mon pote.

Il tend la main et ébouriffe mes cheveux soulevés par l'électricité statique, comme tu avais l'habitude de le faire, cher père.

– Tu m'as sauvé, Boo. Tu m'as sauvé la vie. Et t'es de retour au moment où j'ai le plus besoin de toi.

Le siamois miaule comme pour donner raison à Johnny. Ses yeux sont du même bleu azur que les miens.

– T'es un signe, dit Johnny.

– De quoi ?

– De vie, répond-il. Un signe que je dois m'accrocher à la vie.

Le moment serait-il enfin venu de lui demander pourquoi il m'a tiré dessus ?

Non, peut-être vaut-il mieux que je ne le sache pas.

Nous nous tenons près d'un tableau d'affichage. Une photo qui y est punaisée attire mon attention : on y voit Johnny avec la caissière du Zoo. Ils portent des tee-shirts assortis avec le mot NIRVANA sur la poitrine. Sous le mot, on distingue une sorte de binette souriante, sauf qu'elle a des *X* à la place des yeux et une bouche ondulée. Au-dessus de leurs têtes, Johnny et la fille brandissent d'énormes affiches. GRANDE, proclame celle de Johnny ; OUVERTURE, complète celle de la fille.

– Ta sœur ? demandé-je.

– Ouais. Brenda est la seule à qui j'ai parlé du Village. Je lui ai dit que c'était probablement juste une sorte de rêve psychédélique bizarre, mais elle a répondu : « Non, non, Johnny, t'es mort, et c'est là que t'es allé. » Elle a cru ce que moi j'avais du mal à accepter.

– Je note une certaine ressemblance, dis-je. Vous avez les mêmes yeux cuivrés. Et la même fossette sur la joue gauche.

– Faut que je vous présente. Elle va halluciner. Bouge pas, OK ? Je reviens tout de suite.

Johnny ouvre la porte et entre dans le magasin. J'entends une cliente qui entretient bruyamment Brenda de Zig seul sait quoi.

– Vous êtes sûre qu'elle est agglomérante ? demande la dame. Et jetable dans les toilettes ? Il faut qu'elle soit agglomérante et jetable dans les toilettes.

Des dizaines de photos de Johnny et de Brenda sont collées au mur opposé de l'arrière-boutique. Je traverse la pièce pour mieux voir. Sous mes yeux qui vont et viennent défile toute l'existence de Johnny. Un jeune homme en smoking bleu layette juste avant le bal de fin de lycée, les bras autour des épaules d'une version plus âgée de Cynthia Orwell. Un champion de l'équipe d'athlétisme de cinquième, médaille d'or autour du cou. Un jeune conducteur au volant d'une décapotable, un basset assis sur le siège du passager. Un artiste barbu plissant les yeux à côté d'une peinture murale abstraite, toute en tourbillons, sur un mur de briques.

Puis j'aperçois cette autre photo : un élève de quatrième, aux yeux caves, assis dans un lit, la tête recouverte de bandages. Johnny serre contre sa poitrine un coussin en forme de cœur. Sur le cœur est crocheté le mot HÉROS.

Drôle de cadeau pour un garçon qui en a abattu un autre.

– J'ai du monde, là, Johnny, lui dit Brenda. Elle peut pas attendre, ta surprise ?

Je me retourne au moment où Johnny et sa sœur entrent dans l'arrière-boutique. Ils s'arrêtent dans l'encadrement de la porte.

Johnny sourit comme un fou.

Brenda fronce les sourcils.

– Les clients sont pas admis ici, dit-elle.

Puis elle écarquille les yeux.

– Non, non, murmure-t-elle. C'est pas possible

– Pas possible, mon œil, réplique Johnny.

Brenda s'avance de quelques pas, un bras devant elle. Elle veut me toucher, je crois. Elle veut voir si sa main va passer à travers moi.

– Il est solide, dit Johnny.

– Bien le bonjour, Brenda Henzel, dis-je en reculant vers le mur. Le moins qu'on puisse dire, c'est que tu as beaucoup grandi depuis la dernière fois.

Un murmure étranglé s'échappe de ses lèvres. Sa main retombe. Ses yeux se révulsent. Ses genoux fléchissent et elle tombe lourdement sur le sol en béton.

– Oh là là, dis-je en direction du tissu violet en tas par terre.

Johnny se précipite.

– M**de, m**de, m**de, bredouille-t-il en s'agenouillant près de sa sœur pour lui prêter secours.

– Elle a été victime d'une réduction soudaine de l'afflux de sang à son cerveau, dis-je pour expliquer son évanouissement.

Johnny retourne Brenda et lui tapote doucement les joues. Elle est aussi blanche qu'une tranche de pomme de terre, sauf à la racine de ses cheveux, où une marque rouge indique sans doute l'endroit où elle s'est cognée sur le béton.

– As-tu des sels ? demandé-je, penché sur eux.

– Des *sels* ? Qu'est-ce que c'est encore que cette m**de ?

– Du carbonate d'ammonium.

La formule chimique est $(NH_4)_2CO_3$, mais je garde ce renseignement pour moi. Ce n'est pas le moment.

– Comme ammoniaque, j'ai que du Windex, dit Johnny d'une voix plus aiguë.

Brenda agite ses paupières et geint. Le siamois descend du haut de ses 9 Lives et renifle le cuir chevelu de la jeune femme.

– Il vaut peut-être mieux que je prenne la poudre d'escampette, dis-je. Elle risque de retomber dans les pommes en voyant un fantôme planer au-dessus d'elle.

Johnny pose sur moi un regard empreint de regret.

– Mais tu vas aller où ?

– Je vais rentrer chez moi. Au Village.

– Comment, Boo ?

À la façon d'un fanatique religieux, je réponds :

– Zig va m'indiquer le chemin.

Je détache ma montre à l'effigie de Casper le gentil fantôme et la lui offre en souvenir.

– Pour que tu ne perdes jamais la notion du temps, dis-je.

Je veux parler du moment présent et des jours que nous avons passés ensemble au Village.

La bouche de Johnny sourit, mais ses yeux me semblent un peu tristes.

– Comme si je risquerais de t'oublier, dit-il.

– « Risquais », le corrigé-je.

Puis Brenda ouvre les yeux, voit mon visage et crie au meurtre.

100 [257,10]

Fm

Fermium

Après être sorti du Zoo en courant, je me laisse dériver le long des vastes rangées de bungalows qui composent Hoffman Estates. Dans une rue, une petite fille d'environ sept ans me demande si j'aimerais prendre une menthe apéritive. Elle est plantée au bout de l'allée de la maison où elle habite sans doute, et porte un faux diadème sur la tête. Dans sa main, elle tient un bonbon dur enveloppé dans de la cellophane verte. Je suis d'autant plus touché par sa gentillesse que Zig ne donne pas de bonbons aux villageois.

Un peu plus tard, tandis que je suce la menthe, je m'engage dans la rue sans regarder des deux côtés et je manque d'être fauché par une voiture familiale.

– Regarde où tu vas, crétin ! hurle le conducteur.

Je me rends compte que je me trouve dans Meadow Lane, la rue où Johnny et moi nous sommes un jour allongés dans la neige pour admirer le ciel.

Je rôde pendant un moment dans les environs des Bluebell Apartments. Avez-vous déménagé à Anchorage en Alaska, chère mère et cher père ? Lors de notre croisière, nous avions tous formulé le vœu de nous établir un jour en Alaska. Vivez-vous désormais au pays des orignaux ? Sans vous, le quartier n'a plus beaucoup d'attrait pour moi. Et donc, je *vade retro* vers le collège Helen-Keller.

En traversant le long champ qui s'étend derrière l'école, j'éprouve une drôle de sensation au creux de mon ventre. Au début, je ne comprends pas ma réaction. Puis j'aperçois, dans l'herbe jaunissante, une canette de Coca vide qui gît sur le côté. Je m'arrête tout net. Je me souviens que c'est à cet endroit que Kevin Stein, Nelson Bliss et Henry Axworthy m'ont bombardé de pierres, le premier jour de ma quatrième.

Je me rappelle aussi un événement que j'avais oublié.

Après m'avoir jeté leurs projectiles, mes assaillants, tandis que je gisais sur le sol, hébété et sanglant, se sont plantés au-dessus de moi et ont conclu un pacte. Kevin, un garçon au nez de cochon, a posé la main sur son cœur et a déclaré d'une voix solennelle : « Je promets de faire de cette année scolaire un enfer de tous les instants pour Oliver "Boo" Dalrymple. »

Nelson a répété le serment et Henry aussi. Puis ils ont crié à l'unisson : « Une nation unie sous le commandement de Dieu, amen ! »

Il y avait une canette de soda vide tout près. Soda citron. Kevin l'a ramassée. Puis il a baissé la fermeture Éclair de son jean et a sorti son pénis. Il ne s'est pas détourné. Il m'a mis au défi de le regarder. J'ai fermé les yeux, mais je l'entendais. Il urinait dans la canette. On aurait dit le son d'un liquide versé dans un vase à bec.

« Tenez-le », a-t-il ordonné à Nelson et à Henry. Ils se sont assis sur mes bras.

Je me suis dit que c'était sans importance. Après tout, c'était surtout de l'eau contenant des traces de sels minéraux et des composés organiques. *Détends-toi et avale,* me suis-je dit. Cette fois-là, pourtant, je n'ai pas capitulé sans rien dire. Je me suis débattu. J'ai crié. J'ai essayé de faire des crocs-en-jambe à mes assaillants. En vain. Avec ses doigts crasseux, Nelson a ouvert ma bouche de force et Kevin y a versé l'urine tiède. J'ai craché, je me suis étranglé. L'urine est remontée dans mon nez en sang, a éclaboussé mon visage, mes cheveux. J'en ai même eu dans les oreilles.

Ils avaient gagné. Ils gagneraient toujours.

Bizarre, tout de même, que ce souvenir me revienne en mémoire à ce moment-ci.

Zig avait jugé utile de l'effacer.

Pendant treize ans, ce souvenir est resté caché dans une sorte de coffre-fort. Y était aussi enfermé le sentiment de désespoir que j'ai ressenti. Il me revient maintenant. Après leur départ, je suis resté là, allongé dans ce champ, pendant une heure ou deux. Vidé. Abandonné. Vaincu.

Aujourd'hui, je vois au loin une grappe d'enfants courir dans ce même champ en criant. Jouent-ils ou se terrorisent-ils réciproquement ? Je ne saurais le dire. Un merle se pose à un mètre de moi. Il me regarde en inclinant la tête d'un côté et de l'autre, comme si j'étais une énigme difficile qu'il s'efforçait de résoudre.

– Salut, petit ange, dis-je à l'oiseau.

Il s'envole et je marche jusqu'à la canette vide. Je l'aplatis en sautant dessus à pieds joints. Puis je la saisis et la lance le plus loin possible, comme un Frisbee.

Je retourne vers le long immeuble en briques qu'est le collège Helen-Keller. J'ai peur que ses portes ne soient verrouillées, car c'est l'heure du souper. Devrai-je m'y introduire par effraction ? Non, pourtant. Les portes sont ouvertes et quelques garçons s'attardent dans le hall. Ils portent des sortes de pyjamas qui sont en réalité des tenues de judo, nouées au moyen d'une ceinture orange. Ils ne font pas attention à moi. Dans le couloir, je marche le long de vitrines dans lesquelles sont exposés des trophées.

En cinquième, Johnny a remporté des trophées d'athlétisme pour notre collège. Je suppose toutefois qu'on ne l'a pas autorisé à faire sa quatrième ici. Quelle autre école a-t-il fréquentée ? Une sorte de centre de rééducation, j'imagine.

Zig a sans doute permis la hantise d'aujourd'hui pour me montrer que Johnny a poursuivi son chemin, bien que certains fantômes continuent de le hanter. Je suis l'un de ces fantômes. Peut-être l'ai-je aidé, aujourd'hui. Je l'espère sincèrement.

Je constate que mon ancien casier, le numéro 106, est fermé. Convaincu de connaître la combinaison, je fais le 7, puis le 25 et enfin le 34. Je tire sur le cadenas, qui s'ouvre.

Je jette un coup d'œil derrière moi, mais il n'y a personne. Seuls les yeux de Helen Keller m'observent, de l'autre côté du corridor.

J'ouvre la porte grinçante, certain de trouver le panneau du fond manquant et le casier vide. Or le panneau est en place et le casier plein. Les objets qui s'y trouvent n'appartiennent toutefois pas à l'Asiatique que j'ai croisée plus tôt dans le couloir. Nom d'une pipe ! Ce sont mes affaires !

Mon tableau périodique est collé au dos de la porte. Au-dessus se trouvent mes photos de Jane Goodall et de Richard Dawkins. Jane avec sa fine queue-de-cheval blonde et ses lèvres qui font la moue. Richard avec son sourire espiègle et ses sourcils broussailleux.

– Tiens, bonjour, dis-je. Vous avez l'air bien, tous les deux. Vous n'avez pas pris une ride.

Mon compas et mon rapporteur sont dans le casier, au même titre que mes manuels de chimie et de mathématiques. Mon exemplaire de *Sa Majesté des mouches* fourni par l'école, son dos intact, signe que je ne l'ai pas ouvert. Le cardigan vert forêt que grand-mère m'a offert pour mon treizième anniversaire. Mon dictionnaire espagnol-anglais. Mon sac de sport en vinyle craquelé et, à l'intérieur, ma tenue de gymnastique : short jaune, tee-shirt des Trojans, même une coquille protectrice.

Je fouille dans mes effets personnels. Sur la tablette supérieure, au fond, se trouve un sac en papier. Je me dis que c'est le repas que vous m'avez préparé il y a treize ans, chère mère et cher père. Je le tire vers moi. Il est lourd. Trop lourd pour un sandwich au beurre d'arachide, une barre de céréales et un sachet de raisins secs.

J'ouvre le sac.

Dedans, un revolver.

Il ne s'agit pas de celui du musée Curios.

C'est celui d'oncle Seymour.

Je lève les yeux. Sur le mur, Helen Keller me regarde. Elle hoche sa tête coiffée d'un mortier. Dans mon esprit, tout du moins.

Puis je me souviens.

Moi qui braque l'arme sur ma poitrine. Johnny qui crie « Non ! ». Se jette sur moi. La panique dans ses yeux. Les cicatrices à ses poignets. Le mouvement violent et la lutte. Le *bang* retentissant.

101 [258,10]

Md

Mendélévium

Hydrogène, hélium, lithium, béryllium, bore, carbone, azote, oxygène, fluor, néon, sodium, magnésium, aluminium, silicium, phosphore, soufre, chlore, argon, potassium, calcium, scandium, titane, vanadium, chrome, manganèse, fer, cobalt, nickel, cuivre, zinc, gallium, germanium, arsenic, sélénium, brome, krypton, rubidium, strontium, yttrium, zirconium, niobium, molybdène, technétium, ruthénium, rhodium, palladium, argent, cadmium, indium, étain, antimoine, tellure, iode, xénon, césium, baryum, lanthane, cérium, praséodyme, néodyme, prométhium, samarium, europium, gadolinium, terbium, dysprosium, holmium, erbium, thulium, ytterbium, lutécium, hafnium, tantale, tungstène, rhénium, osmium, iridium, platine, or, mercure, thallium, plomb, bismuth, polonium, astate, radon, francium, radium, actinium, thorium, protactinium, uranium, neptunium, plutonium, américium, curium, berkélium, californium, einsteinium, fermium, mendélévium, nobélium, lawrencium, rutherfordium, dubnium, seaborgium, bohrium, hassium, meitnérium.

102 [259,10]

No

Nobélium

Je me recroqueville dans le casier numéro 106 et je claque la porte. Les ténèbres m'avalent. Je suis à l'étroit, en sueur et tremblant. Je suffoque. Il y a un sac en papier dans ma main, mais je ne peux pas m'en servir comme source de CO_2. Je le lâche et le revolver tombe à mes pieds avec un bruit sourd. Je commence à pleurer tout doucement, les manches de mon cardigan se referment sur moi, comme pour me faire un câlin. Le casier est mon cercueil. Puissé-je ne jamais en sortir.

Le temps s'éternise. Je ne saurais dire depuis quand je suis là. Vingt minutes ? Deux heures ? À la fin, cependant, le panneau du fond s'ouvre et j'ai devant moi un garçon avec une crête iroquoise solidifiée à la colle blanche (polyacétate de vinyle).

– Seigneur ! s'écrie-t-il. T'as failli me faire avoir une crise cardiaque.

Je me déplie et m'extirpe du casier, sans vie. Je suis un zombie. Un mort qui marche. L'entrepôt grouille de trieurs : ils sont des dizaines à fouiller parmi les biens livrés durant la nuit, à les empiler sur des chariots, dans des paniers d'épicerie. Ils sont aussi diligents que des fourmis ouvrières.

– Qu'est-ce que tu fous là ? demande le punk.

– Je cherche des articles inhabituels.

– Il a rien d'inhabituel, ce vieux casier tout cabossé.

– Au contraire, répliqué-je.

Je jette un coup d'œil derrière moi. Le casier est de nouveau vide. Tous mes effets personnels ont disparu, y compris le sac en papier. Je ferme la porte.

Le punk s'engage à livrer le casier numéro 106 au musée Curios dans le courant de la semaine. Je lui demande quelle heure il est. 10 h 55, répond-il. J'ai été absent pendant plusieurs heures.

Je saisis ma lampe de poche remplie de cailloux et je retourne d'un pas lent à la bibliothèque Guy-Montag. Dans l'allée, j'entends un jappement, et Pierre surgit des buissons qui poussent le long de l'immeuble. Ciel ! Je l'avais complètement oublié, celui-là. Il m'accueille en sautant sur place. Je le prends dans mes bras. Devant la porte du musée, au deuxième étage, j'hésite à entrer. Je me force pourtant à ouvrir le cadenas qui retient la chaîne. Dans les salles d'exposition, mes pas résonnent et les griffes de Pierre cliquettent. Malgré les dizaines d'objets exposés, les lieux me semblent nus, comme s'il n'y avait pas âme qui vive ici.

– Voyons si elle est encore là, cette âme, dis-je à Pierre.

Nous nous dirigeons vers la chambre de Johnny. Je tire l'armoire qui en bloque l'entrée. Je ne suis pas surpris de trouver le lit vide. Dessus, il y a un short de gymnastique rouge, un tee-shirt sans manches blanc et un colifichet bleu. Je glisse ces articles dans le tiroir sous le lit, où le revolver se trouve toujours.

À tout hasard, je vérifie l'arme pour voir si Zig l'a rechargée pendant mon absence. Elle est toujours vide. Bon, je suppose que je ne pourrai pas tirer une balle dans ma cervelle de moineau ni dans mon cœur défectueux.

Je retire mon tee-shirt et mon jean et je me glisse sous les couvertures, vêtu de mon seul caleçon. Une subtile odeur d'oignon persiste. Pierre saute sur le lit et se roule en boule à mes pieds. Je suis très, très fatigué. Pourtant, je me demande si je vais pouvoir dormir. Et si j'y arrive, vais-je me réveiller ?

D'une voix légèrement tremblante, je dis à l'intention du ventilateur qui tourne au plafond :

– Raconte-moi une histoire pour m'aider à dormir, Zig. Mais, s'il te plaît, plus de contes de fées. Plus de fiction.

Le ventilateur tourne et tourne.

– Je veux savoir la vérité.

Fidèle à son habitude, Zig ne dit rien. Mais je peux me passer de sa réponse. Au fond de mon cœur troué, chère mère et cher père, je sais ce que vous savez depuis le début : Gunboy, c'était moi.

103 [266]

Lr

Lawrencium

S'il vous plaît.

104 [267,12]

Rf

Rutherfordium

S’il vous plaît.

105 [268,13]

Db

Dubnium

Pardonnez-moi.

106 [269]

Sg

Seaborgium

Sept semaines se sont écoulées, chère mère et cher père. Au cours de cette période, je n'ai parlé à personne de ma hantise et des mystères qu'elle a élucidés. Pour éviter de perdre la raison, je me suis tenu occupé. J'ai revampé le musée Curios. Permettez-moi de vous parler de ma nouvelle exposition intitulée *De plus-t-en plus curieux*. C'est Esther qui a suggéré le titre, tiré d'*Alice au pays des merveilles,* un livre de fiction que j'ai l'intention de lire un jour.

Ce soir, c'est la grande réouverture du Curios. Au cours des deux dernières semaines, j'ai descendu au sous-sol de la bibliothèque tous les objets de la collection. Ont ainsi disparu nos pièces de un dollar, le cerf-volant « chinois », les piles, les téléphones en panne, l'ordinateur personnel (un nouveau venu), les préservatifs, les couches pour bébés, le volume Mena-Mosul de l'*Encyclopaedia Britannica,* le déodorant à bille, les terrariums, les répliques d'animaux, le corned-beef, les boîtes de Hamburger Helper, la patte de lapin porte-bonheur, la statue en céramique de la mère (supposément vierge) de Jésus, les timbres-poste australiens à l'effigie de wallabies, et j'en passe.

Quant au petit revolver, je l'ai jeté dans le vide-ordures. Il est parti pour toujours. Mais peut-être pas, au fond, car pour ce que j'en sais il est comme un boomerang et Zig risque de le renvoyer un jour.

Une fois tous les objets entreposés au sous-sol, j'ai fait la tournée des hôpitaux du Village. Au fil des ans, ils ont tous fini par recevoir un photocopieur de la part de Zig. J'ai passé des jours et des jours à photocopier les documents que j'entendais montrer dans le cadre de l'exposition *De plus-t-en plus curieux*.

Ce soir, nous sommes le 31 octobre. Comme à chaque Halloween, je me suis contenté de jeter un drap blanc sur ma tête. Par les trous que j'y ai découpés pour mes yeux, je peux mesurer la réaction de mes visiteurs : des zombies, des sorcières, des momies, des monstres, des archanges, des gobelins et ainsi de suite. Ils débarquent, couverts de sang et de fluides corporels factices. Ils débarquent avec de fausses flèches en travers du crâne. Ils débarquent avec de faux poignards plantés dans le dos. Ces jeunes morts parcourent les salles du musée dans un état d'émerveillement. Sous leurs masques et leur maquillage, je ne vois pas toujours cet émerveillement, mais je le sens.

Ce soir, il n'y a pas à proprement parler d'objets à voir. L'exposition, ce sont les murs eux-mêmes. J'ai divisé le musée en treize sections, chacune identifiée par un gros nombre peint d'une couleur distincte sur un bristol. À l'aide de simples bâtons de colle, j'ai tapissé les murs de photocopies de toutes les pages des registres de renaissances encore existants des treize hôpitaux. On y voit le nom des nouveau-nés, leur ville natale, la date de leur renaissance, la cause de leur décès et leur code postal au Village. La plupart des pages sont tapées à la machine, mais les plus anciennes (j'en ai trouvé une qui date de 1938) sont écrites à la main, et l'encre a tellement pâli qu'elle est souvent illisible. Les pages sont présentées en ordre chronologique, à l'horizontale, à partir du coin supérieur gauche, les plus récentes dans le coin inférieur droit.

De plus-t-en plus curieux est une exposition qui célèbre la mémoire de tous ceux qui sont passés par le Village. Mon objectif est que chaque villageois ait le sentiment d'être un magnifique objet de curiosité.

Je n'étais pas sûr de la réaction des autres. Seraient-ils impressionnés ? Ennuyés ? Tout indique qu'ils sont impressionnés. Ils lisent les documents comme s'il s'agissait des pages d'un roman fascinant. Le président, Reginald Washington (un pirate), est ici, au même titre que la directrice de la prison, Lydia Finkle (une sorcière), le directeur de l'asile, le Dr Albert Schmidt (une goule), et l'ex-résidante de Schaumburg, Sandy Goldberg (une arachide géante en feutre).

Les exaspérants jumeaux Tim et Tom Lu sont aussi venus, affublés d'une moustache postiche et d'une canne. Ils sont vêtus comme Dupond et Dupont dans *Tintin*.

– Je me demande si, après toutes ces années, Oliver Dalrymple est encore une victime, dit Tim à Tom.

– Si seulement c'était vrai, répliqué-je.

Comme de nombreux autres visiteurs, Tim et Tom grimpent aux échelles disposées dans les salles pour chercher leurs noms parmi les listes de renés. Pendant ce temps, Pierre circule au milieu des jambes en jappant comme un fou. À la moindre caresse, il pousse son *wiii oou wiii oou*.

Mes amis sont aussi présents. Thelma, coiffée d'une casquette en tweed, incarne Sherlock Holmes ; Esther, qui arbore un foulard orné des signes du zodiaque, est déguisée en médium gitane ; Ringo, quant à lui, est une momie enveloppée dans des bandelettes blanches tachées de faux sang.

Le costume de Ringo me fait penser à votre vieille enseigne de coiffeur rouge et blanc, chère mère et cher père. L'avez-vous apportée en Alaska ? Je ne sais pas où vous êtes au juste, mais je me plais à vous imaginer déambulant au milieu des ours et des orignaux, ou dans le centre d'Anchorage, et admirant les aurores boréales à la nuit tombée.

J'invite mes amis à se joindre à moi dans la chambre de Johnny. Comme j'ai un toast à proposer, je me rends dans mon bureau et, du dernier tiroir de ma table de travail, je sors une bouteille de vin rouge français appelé Château Bel-Air, arrivée au Village en 1977. Je la cache, avec des verres en plastique et un tire-bouchon, dans un panier de pique-nique en osier.

Dans la chambre de Johnny, section de l'exposition que j'ai réservée aux renés du Onze, mes trois amis m'attendent en compagnie de Pierre qui, s'il vient vraiment de Paris, connaît peut-être le Château Bel-Air (ha ! ha !). Je demande aux autres visiteurs de sortir parce que je dois m'occuper d'une question vitale. Dès que nous sommes seuls, je ferme la porte et j'appuie sur le bouton-poussoir pour la verrouiller.

Je fais voir le contenu du panier à mes amis. Ringo, qui prétend avoir été un véritable ivrogne à l'époque où il vivait à Detroit, s'écrie :

– Vachement chouette, mec !

Esther, Thelma et moi n'avons jamais bu de vin. Je charge Ringo de déboucher la bouteille. Il la serre entre ses cuisses enveloppées de bandelettes et manie le tire-bouchon avec adresse. Il tire dessus et on entend le *pop* d'un pistolet. Nous

nous asseyons par terre, au centre de la pièce, comme dans un pow-wow. Je remplis les verres à moitié et je les fais circuler.

Thelma commence à ricaner avant même la première gorgée.

– Si Reginald savait ça, on se prendrait un an de retenue.

Je lève mon verre.

– À la mémoire de Johnny Henzel.

Mes amis lèvent le leur. Les filles me sourient d'un air nerveux. Nous parlons rarement de Johnny désormais. Peut-être Esther et Thelma se sont-elles entendues pour éviter de mentionner son nom devant moi. À moins qu'elles aient cessé de penser à lui il y a des années et soient gênées d'avoir oublié leur vieil ami.

– Aux États-Unis, il est né à Halloween, dis-je.

– À la santé de Johnny, disent-ils en trinquant.

Je me plais à penser que la présence de Johnny au Village n'était pas une erreur. Zig *voulait* que Johnny séjourne ici, du moins pendant un certain temps, afin que nous devenions amis, les bons amis que nous aurions dû être pendant notre vie sur Terre. Si nous avions été bons amis, là-bas, peut-être Johnny ne se serait-il pas ouvert les veines, peut-être n'aurais-je pas subtilisé l'arme d'oncle Seymour. Nous aurions pu nous entraider aux États-Unis comme nous l'avons fait dans l'au-delà.

Mes amis sirotent leur vin. Comme mon costume est dépourvu de trou pour la bouche, je dois faire passer mon verre sous le drap pour boire. Le vin est chaud et sirupeux.

– Ce truc est meilleur que ce à quoi je m'attendais, dit Esther.

– Ça a bon goût, approuve Thelma.

– Je détecte des arômes de muscade, dit Ringo en inspectant l'étiquette. 1977 a été une année exceptionnelle.

– « Des arômes de muscade » ? répète Esther en levant les yeux au ciel.

Ringo prend une gorgée.

– Où diable est-il passé, Johnny boy ? demande-t-il.

– Il se terre à fond de cale ? ajoute Esther.

Je secoue la tête.

– Il a quitté le navire, dis-je.

Esther et Thelma froncent les sourcils. Thelma soulève sa loupe, comme pour mieux examiner le fantôme devant elle.

– Il est re-remort, précisé-je.

– Que le diable m'emporte ! s'écrie Ringo.

Thelma pose sa loupe.

– Il a disparu ?

– *Hop !* confirmé-je.

– Quand ? demande Esther.

– Le 7 septembre, dis-je sans mentionner que Johnny était au préalable devenu le premier homme du Village.

Je ne suis pas encore prêt à tout révéler. Un jour, peut-être.

– Crénom, Boo ! s'exclame Esther. Tu aurais pu nous prévenir !

– Nous aurions pu lui organiser des funérailles, dit Thelma. Nous aurions pu l'honorer.

– Je l'ai honoré pendant treize ans, dis-je sous mon drap. C'est peut-être suffisant.

Thelma tapote ma tête de fantôme.

– T'es au poil ?

– Pas vraiment, dis-je en prenant une longue rasade.

Le vin me réchauffe le ventre.

Ringo me demande si j'ai monté *De plus-t-en plus curieux* pour me distraire de mon deuil.

– Pour t'éviter de ruminer ?

Je hoche la tête, même si je ne suis pas persuadé que ce soit la vérité. Je ne sais pas si j'ai pleuré Johnny Henzel. C'est possible. Après tout, il a été pour moi une sorte de héros. Mais la personne que j'ai pleurée, c'est Oliver Dalrymple.

Le garçon que j'ai cru être, mais que je n'ai pas été.

Mes amis et moi buvons le reste de la bouteille.

– Vous sentez quelque chose ? Vous sentez quelque chose ? répète sans cesse Ringo, comme si nous étions sur le point de devenir des personnes complètement différentes.

Je suis déjà une personne complètement différente.

Mes amis et moi rions en constatant que nos dents ont pris une teinte violette. J'avale ma dernière gorgée et je me lève. Je me sens légèrement étourdi et nauséeux, mais un peu plus au poil qu'avant. Je me dirige vers le mur où se trouvait le lit de Johnny. J'invite mes amis à venir consulter une page provenant de l'hôpital du Onze. Elle est collée au centre du mur. Esther doit se hisser sur la pointe des pieds.

– C'est moi qu'ai tapé ça, dit Thelma à propos de la page.

– Ton orthographe est lamentable, constate Ringo.

Voici les premières entrées :

Kendra Phillips | Murray, UT | 5 juil. 79 | leucemi | AIL

Nick Easterling | Tewksbury, MA | 17 juil. 79 | tomber d'un arbre | SAC

Haley Pierson-Cox | Louisville, CO | 28 juil. 79 | pnemoni | LOT

Jane Brunk | Vienna, VA | 31 juil. 79 | frapper par autobus | COQ

Lisa Antonopoulos | Sherwood, OR | 22 août 79 | inalassion fumée | PIS

Une dizaine d'entrées plus bas, la page prend fin ainsi :

Oliver Dalrymple | Hoffman Estates, IL | 7 sept. 79 | cœur trouer | BRU
John Henzel | Hoffman Estates, IL | 12 oct. 79 | balle au cerveau | BRU

Je montre du doigt la cause de mon décès. J'informe mes amis que le trou dans mon cœur s'est enfin refermé.

– Je ne sens plus d'élancements, dis-je. J'ignore si c'est bon signe.

Sur la tête d'Esther, le foulard aux couleurs du zodiaque a glissé et on dirait que le scorpion s'apprête à lui pincer le nez.

– Ce sont de bonnes nouvelles, Boo, dit-elle.

– Ça veut dire que t'es guéri, renchérit Thelma.

– Treize ans, c'est long pour une guérison, répliqué-je. Dans le grand livre où je consigne ces renseignements, c'est un record.

– Dommage que les Américains guérissent pas vite, dit Thelma. Nos mères et nos pères et nos sœurs et nos frères après notre passage, par exemple. Si seulement leur cœur se remettait vite, vite.

Nous pensons à nos familles et nous avons un coup de cafard, peut-être parce que nous sommes beurrés – mot que vous aimiez utiliser pour décrire l'état dans lequel vous vous trouviez après avoir bu des martinis dry à votre retour du travail.

Désormais, chère mère et cher père, je garde le casier numéro 106 dans mon bureau et il m'arrive de jeter un coup d'œil à l'intérieur pour voir s'il s'ouvre sur un autre monde. Jusque-là, non, mais peut-être un salon de coiffure de l'Alaska y apparaîtra-t-il un jour. Dans le casier, je range le livre que j'ai écrit : il est prêt et attend d'être livré. Je vous le remettrai, puis je réintégrerai mon monde ; vous lirez mon histoire et vous comprendrez enfin les détails pratiques de ma vie sur Terre et dans l'au-delà. Ensuite, vous refermerez le livre et vous me mettrez en terre pour de bon, et mon fantôme aura fini de vous hanter.

Esther coupe court à nos rêveries.

– Ne soyons pas tristes et perdus, ce soir, dit-elle.

Je dis à mes amis qu'il y a une autre bouteille de vin dans mon bureau. Une bouteille de vin blanc de la Napa Valley.

– Va la chercher ! s'écrie Ringo. Quand on sera bien bourrés, on ira à cette grosse fête de Halloween, dans le coin Nord-Est.

Sous les bandages, ses yeux scintillent.

– Ce soir, soyons déchaînés et fous !

Il fait la roue dans la pièce. Avec son costume et tout le vin qu'il a ingurgité, c'est un petit miracle. Pierre aboie et sautille sur ses pattes laineuses. Ringo soulève le chien dans ses bras et danse le pogo avec lui.

– Tu peux être déchaînée et folle, Essie ? crie-t-il à Esther.

– Compte sur moi.

– Et toi, Thelma ?

– Seigneur, oui.

– Et toi, Boo ? Tu peux être déchaîné et fou ?

J'y réfléchis un moment.

– Ce n'est pas du tout impossible, dis-je.

REMERCIEMENTS

Mille mercis à Paul Taunton de Knopf Canada, à Lexy Bloom de Vintage Books à New York ainsi qu'à Dean Cooke, Ron Eckel et Suzanne Brandreth de l'Agence Cooke. Merci également à Jessica Grant, Ross Rogers et Christian Dorais. Et, pour la version française du livre, un grand merci à Antoine Tanguay, Lori Saint-Martin et Paul Gagné.

Cet ouvrage a été achevé d'imprimer
sur Roto-Page
par l'Imprimerie Floch à Mayenne
en mai 2019

N° d'impression : 94410
Imprimé en France